南方传媒智库丛书

练江驻河日记

练江驻河深调研全媒体报道组　编

南方日报出版社
NANFANG DAILY PRESS
中国·广州

图书在版编目（CIP）数据

练江驻河日记 / 练江驻河深调研全媒体报道组编. -- 广州 : 南方日报出版社, 2019.10
ISBN 978-7-5491-2064-2

Ⅰ. ①练… Ⅱ. ①练… Ⅲ. ①日记－作品集－中国－当代 Ⅳ. ①I267.5

中国版本图书馆 CIP 数据核字(2019)第 205787 号

LIANJIANG ZHUHE RIJI
练江驻河日记

编　　者：练江驻河深调研全媒体报道组
出版发行：南方日报出版社
地　　址：广州市广州大道中 289 号
出 版 人：周山丹
责任编辑：付惠平　黄敏虹
责任技编：王　兰
装帧设计：肖晓文
责任校对：阮昌汉　魏智宏
经　　销：全国新华书店
印　　刷：广州市岭美文化科技有限公司
开　　本：787mm×1092mm　1/16
印　　张：19.5
字　　数：350 千字
版　　次：2019 年 10 月第 1 版
印　　次：2019 年 10 月第 1 次印刷
定　　价：78.00 元

投稿热线：（020）87360640　读者热线：（020）87363865

前言

老子《道德经》有言：上善若水，水善利万物而不争。悠悠练江，是粤东人民的母亲河，因水清如白练而得名。然而，随着流域内经济人口快速发展、污染排放加大，练江逐渐成为广东污染最严重的河流，被中央环保督察组高度关注。

河川之危、水源之危是生存环境之危、民族存续之危。练江之治，是河长们肩上沉甸甸的责任，是广东贯彻落实习近平生态文明思想、迈向高质量发展必须迈过的坎。2018年以来，省委书记、省第一总河长李希，省长、省总河长马兴瑞多次到练江流域调研部署治理工作，马兴瑞主动牵头督办练江污染整治。两位总河长发出广东省污染防治攻坚战指挥部一号令，要求开展全面攻坚专项行动，力争到2020年基本消除包括练江在内的9个劣V类国考断面。

高位推动，迎难而上，以制度的力量守护绿水青山，河长制给练江治理带来什么变化？2018年6月，中央环保督察组在练江流域“回头看”不久，南方日报、南方+客户端启动“练江驻河深调研”活动，32组全媒体记者约70人次走近练江，在练江流域汕头段展开长达180多天的驻河行动。我们深入干支流，见证河长行动，记录治理进程，从练江流域传回一篇篇“沾泥土”“冒热气”的驻河日记。

这是一次践行“四力”的具体行动。已开展一年的“练江驻河深调研”活动，是学习贯彻习近平总书记对新闻工作者提出的“四力”要求，深入落实“走转改”及省委“大学习、深调研、真落实”决策部署的切实行动。我们踩着泥巴，走进练江治理最前线，足迹遍布15条支流，深入治水末梢，感触练江变化。在练江，我们看到河长们包干重点支流，夜宿江边办公、巡查河流污染、研判治污难题；在练江，我们看到各级领导、各部门力量“拧成一股绳”，挂图作战，下沉一线推动设施建设，努力攻破“九龙治水”的痼疾；在练江，我们看到广大干部群众众志成城，冒着风雨清河岸、清垃圾，监督违法排污，“人人都是河长”的理念逐渐深入民心……伴随着练江治理的推进，每一位参与其中的记者深入基层练脚力，洞察生活强眼力，学思结合增脑力，书写时代精笔力。

这是一次智库转型的深入实践。在练江驻河的过程中，我们更有幸参与到治水进程，与练江各级河长一起共同推动治理的进步。例如，在驻河过程中，我们曾发现“红河”污染、曾看到水浮莲清理仍有死角，第一时间与当地河长联系，共同推动了问题解决。我们将所见所思，发出一份份调研报告与决策参考，与党委政府及河长们分享党媒的观察与思考。

这更是一次媒体融合的创新探索。2018年末，广东全面建立河长制一周年之际，《练江治理的河长制启示》、练江驻河日记全集连载等融媒体产品，在《南方日报》、南方+客户端持续15天播发，多维度、立体呈现练江治理进程。2019年年中，中央环保督察“回头看”一周年之际，我们回访练江沿线看变化，推出《练江治理的河长制实践》全媒体报道，再次引发流域党政干群等社会各界的热烈关注与共鸣。媒体融合赋能，我们努力为练江治理凝聚共识、汇聚合力。

本书是一年来我们驻河调研成果的阶段集纳。我们希望，当人们打开这本《练江驻河日记》仔细阅读，能从这数万字的调研成果中有所收获、有所启发，从练江的治理攻坚中看见坚守、看见乡愁、看见更美好的未来。

凝聚一条心，共治一江水，练江治理攻坚不停息。坚守党媒初心，锤炼“四力”担使命，我们还在路上。

练江治理，让我们一起努力！

练江驻河深调研全媒体报道组

2019年9月

扫码看练江驻河日记精华版

目 录

练江治理的河长制实践

中央环保督察"回头看"一年来，
治水攻坚合力日益凝聚

练江治理的河长制实践

炎炎夏日，练江二级支流谷饶溪两岸，钩机吊臂起伏。曾经林立于两岸的违章建筑清拆一空。"以前夏天不敢走在河边，臭气熏天。现在水不臭了，视野也开阔了。"村民朱先生感叹。

去年6月，中央环保督察组进驻广东"回头看"，在练江流域发现较多问题。位于汕头市潮阳区谷饶镇的谷饶溪，正是督察组当时重点检查的地方。

练江治理，牵动人心。中央环保督察"回头看"后的一年，也是广东河长制从全面建立到深入实施的一年。省委书记、省第一总河长李希，省长、省总河长马兴瑞分别主动牵头督办全省污染最严重的茅洲河、练江污染整治。两位总河长发出广东省污染防治攻坚战指挥部一号令，要求开展全面攻坚专项行动，力争到2020年基本消除包括练江在内的9个劣Ⅴ类国考断面。

以制度的力量守护绿水青山，河长制正在给练江治理带来什么变化？

去年6月底，南方日报、南方+客户端调研组蹲点主干支流，曾经开展了长达180天的"练江驻河深调研"。近日，调研组回访练江沿线，解码练江治理背后的河长行动。

河长包干支流，住到练江边治水

——"河长住河边不是做做样子，都是带着数据去的。背后是庞大的团队'大兵团作战'，支撑科学治理、系统治理。"

中央督察组在练江流域"回头看"时，曾建议"汕头市领导带头住在臭水边，直到水不黑不臭"。

一年来，作为河长的当地领导们真的住到了练江边，包干支流驻点办公。

距谷饶溪清淤现场不到十米，一栋三层楼房挂着“功成不必在我，功成必定有我”标语，二楼约七八平方米的房间陈设简单，窗户正对着谷饶溪。这里就是汕头市市长、市总河长的驻河工作点。

“市长来得很勤，有时不打招呼直接到现场。”镇级河长、谷饶镇党委书记杨桂青说。杨桂青记得，市领导驻点的第一项工作是拆违，去年7月开现场会协调，仅用5天时间，拆除了谷饶溪边存在30多年的“违建群”，河道清淤、清障和堤岸修固接着开展。

谷饶溪仅是驻点之一。汕头市练江办介绍，中央环保督察“回头看”后，市里成立了由市委书记、市第一总河长任组长，市长、市总河长任第一副组长的汕头市练江流域综合整治领导小组。

练江治理的“领导分片包干制”迅速建立起来，练江流域（汕头段）15条污染最重的一级支流分别由14位市领导（市级河长）包干治理。

“谁家的孩子谁抱走。”汕头市练江办副主任刘燕飞形象地说，“包干领导每月至少现场驻点一次，通过巡河、开座谈会、走访群众，督导重点任务完成情况、基础设施建设进度，研究协调解决工作难题。”

汕头市委书记、市第一总河长驻点的峡山大溪，在15条支流中污染最严重。记者近日在峡山大溪进入练江干流处看到，江面较干净，不时有保洁人员在船上打捞漂浮物，挖掘机正开动清淤，与治理前水浮莲密布的景象大相径庭。

“领导住河边不是做做样子，都是带着数据去的。”刘燕飞说，包干驻河背后是庞大的团队“大兵团作战”，支撑科学治理、系统治理。

“每条包干支流都成立了由驻点市领导任组长的专项工作组。汕头市练江办联合生态环境部华南环科所等单位，每天向包干领导、工作组提供各支流的水质数据、整治进展，同时开展内部排名倒逼治理。”刘燕飞拿出厚厚一叠图表说，通报的数据甚至会精细到每天管网建设的进度，并推算能否如期完成任务。市练江办还向潮南、潮阳两区派出督察组，每天出督查简讯、每月出督查报告。“在这个体系下，河长们相当于每天都在‘驻河’。”刘燕飞介绍，至今年7月底，市领导班子带头驻点居住171人次，市总河长在练江驻点调研现场办公近百次。

规范的驻河制度下，治水责任层层压实。

潮阳区练江办主任陈主川介绍，区领导每月至少驻点一次，镇领导等基层干部每天都在看河、落实各项措施。

"村两委干部每星期巡河两次，主要看河面是否有垃圾、是否有排污口。"两英镇后洋村村支书、村级河长黄泽民表示。

刘燕飞说，除了市、区、镇、村四级联动，在更高层面，练江整治还形成立体化"五督"联动机制：省长半年现场一督办，生态环境部华南督察局一月一督察，省直部门一月一督导，市主要领导一周一调度，市练江办全程督查，让治水措施切实落地。

河长矩阵总动员，环保设施建设大提速

——"为了早日建成污水处理厂，今年春节施工人员只在年初一放了半天假，镇党委书记、镇长都陪工人吃饭过年。"

工欲善其事，必先利其器。环保基础设施建设长期滞后，是练江治理最难啃的骨头，也是河长们联动攻克的重点。

"厂区内的土建结构全部完成，正在安装设备。"在潮阳区生活污水处理厂，厂长姚旭东介绍，该厂的配套管网建成了90%左右，剩下的8月底可以完成，"到时候潮阳区的生活污水再也不进河里"。

资金难题曾是困扰环保基础设施建设的最大瓶颈。中央环保督察组曾指出，练江污染整治项目几乎无一按时完成。"仅潮南区管网建设就需要55亿元，按照区财政的状况，5年不吃不喝也拿不出那么多资金。"潮南区委常委、常务副区长王楚彬说，中央环保督察"回头看"之后，省总河长、省长马兴瑞多次现场调研部署，省政府决定省里承担大部分资金，还协调了省属国企参与进来，省直部门每月督导指导，资金和技术问题迎刃而解。

汕头市练江办负责人介绍，广东省已明确10个污水处理厂二期及配套管网和潮阳纺织印染中心污水处理厂由省属国企投资建设运营，省财政投入资本金60%，省属企业融资20%；省生态环境厅、工业和信息化厅、水利厅等也通过各种渠道给予资金支持。截至6月25日，练江流域综合整治项目计划总投资339.94亿元，累计完成投资178.53亿元，到位资金249.65亿元。

河长走到一线，推动工程落地提速。

汕头市总河长明确提出对练江整治项目优化提速、容缺后补审批。市驻点领导、区包办领导直接下到镇、村和项目建设工地，现场办公，减少环节。

"任务重、时间紧、投资大，项目边审批、边施工、边设计，才赶上工期。"

潮阳区某污水处理厂负责人坦言，没有制度的创新，大家也不敢放开手脚干。

河长制体系自上而下的责任传导，激发着基层干部的干事热情。区、镇级河长挂图作战，推进重点项目。刘燕飞说，每个项目由区党政领导牵头，制定征地拆迁和建设方案，编制精细化管理作战图，就地实时解决建设遇到的问题。

“以前由环保部门负责推进征地拆迁，力不从心。现在上级河长督办，推进管网建设的责任分段落实到各级‘一把手’，工作更有力。”当地生态环境局干部感叹。

“今年春节施工人员只在年初一上午放了半天假，其余时间都在加班加点施工，镇党委书记、镇长都陪工人吃饭过年。”潮阳区谷饶二期污水处理厂建设方广业集团的许经理记忆犹新。2019年底前，所有生活污水处理设施及配套管网要投入使用。汕头正按照时间节点加快推进。截至7月底，谷饶二期污水处理厂通水运行，其余9座污水处理厂主体工程基本完成并通水调试。730公里配套管网建成678.4公里。

人人都是河长，治水不是“瓦上霜”

——“党员干部带头干，村民跟着学，谷饶污水处理厂二期项目从动工到建成，群众零纠纷、零投诉。”

顶着烈日、踩着泥巴，挥起铁铲……河长带头，与党员干部一起义务劳动，清除岸边垃圾、打捞河面漂浮物，周边群众也纷纷加入进来。

从去年开始，潮阳区区级河长（区领导）挂钩联系镇（街）、区直部门挂点联系村（社区），每周至少参与一次垃圾整治大行动。刘燕飞介绍，一年多以来，潮阳、潮南两区共清理生活垃圾119.7万吨，并形成垃圾日产日清机制。

治水不是他人“瓦上霜”，以河长制推动河长治，需要全民治。

在各级河长带领下，党员干部带头参与管河护水，基层党建与河长制工作同频共振、同步发力。潮阳区创新开展“村企党建结对共建”活动，广东建工集团、广业集团公司党委下属基层党组织与潮阳区村（社区）党组织结对共建，以党建引领推动练江环保基础设施建设。潮南区结合“支部主题党日”推进练江整治，67个区直单位基层党组织与25个重点村（社区）基层党组织结成帮扶对子，在职党员下沉开展一线服务督导。

河长制由浅入深的推进，如同一个强劲磁场，吸引着社会各界加入，形成治水强大合力。

沿着练江各条支流，河长牌和微信监拍活动牌随处可见，方便公众举报乱丢垃圾、污水直排等违规行为。截至今年7月底，市、区“曝光台”共受理群众有效举报信息303条，98%已落实整改。

“现在，在练江流域偷排的成本很高。”刘燕飞说，群众监督举报，多部门联合执法、重拳出击。市总河长牵头市纪委监委、法院、检察院、公安局、生态环境局五单位联合执法，查获一家，必处理实际经营者，必追查上下游企业，必深挖保护伞。“去年以来共追捕实际经营者85人，查处保护伞6人，企业偷排现象得到明显遏制。”

污染在水里，根源在岸上。练江流域印染、纺织行业发达，曾带来大量工业源污染。伴随着产业转型升级，企业成为治水的中坚力量。

今年起，汕头市规定，园区外印染企业全部依法停产退出，各级河长全力推动企业统一入园，集中治污，环保升级。记者走访潮南区印染企业最为密集的两英镇，沿河多家企业大门紧闭，门锁落灰。在潮南纺织印染环保综合处理中心，入园企业正在通用厂房里安装、调试设备。“之前污染严重，老厂房不好改造，入园区正是更新设备的好机会，政府还给补贴。”汕头宏信织造实业有限公司廖秀杰说。

潮阳区副区长张国春深有感触，中央环保督察“回头看”后，“河长带头、依靠群众”成为鲜明的特征。“看着我们带头干，村民跟着学。谷饶污水处理厂建设曾因征地问题耽搁三年，但去年二期项目从动工到建成，群众零纠纷、零投诉。”

省、市、区、镇、村多级联动，环保基础设施加速落地，社会各界共同参与，练江水质开始改善。2019年1—6月，练江海门湾桥闸国考断面氨氮和总磷同比分别下降23.1%和66.3%，化学需氧量和总磷符合地表水Ⅴ类标准。

“对照国家及省的要求，2020年练江国考断面年均浓度要达到Ⅴ类。”生态环境部华南环科所研究员曾凡棠建议，接下来须继续扭住河长制这一抓手，加快形成攻坚合力，把打劣Ⅴ类水体歼灭战与久久为功结合起来。

看着家乡的谷饶溪逐渐变好，杨桂青说：“啃下练江治理的硬骨头，大家的信心越来越足了。”

南方日报记者　谢庆裕　张子俊　李赫　廖奕文　张伟炜　发自汕头

策划统筹：谢思佳　郑佳欣

（原文刊发于2019年8月19日《南方日报》A06版）

练江驻河日记

奔一线 >>

驻河第1天

连夜奔波数百里，直抵练江第一线

2018年6月21日
星期四
天气：多云

记录人：肖文舸　李凤祥
地点：汕头市区

晚上8点36分，一辆开往潮汕站的高铁，从广州南加速驶出。

车厢连接处，行李架上的电脑，借着手机热点微弱的信号，慢慢弹出了“练江”“污染”“治理”等有关内容。

白天，《法制日报》一篇题为《中央环保督察留给汕头13个整改项目无一按时完成　督察组建议市领导与老百姓住一起》的报道，将这条长久以来治理艰难的河流再次抛上了热搜。督察组言辞之严厉，很少见。练江，曾经因为千里澄江似练而得名。何以落得“黑臭水体遍地”“死鱼清晰可见”“垃圾应有尽有”？

出发3小时前，部门会议上热烈讨论了这个话题，作为密切关注着广东水污染治理的一群人，一堆问号在我们的眼前铺开——河长制如何在练江治理上见效？只知道河长要巡河，这次被要求住在河边，他们会去吗？南方日报怎么发挥媒体监督、智库建议、舆论引导的作用？

想，不如做；二手判断，不如一线见证。想找答案？越接近现场，就越接近真相。当机立断，立刻行动。作为先头部队，我们得尽快住到河边去。火速查完高铁班次，打车回家收拾行李，出发！

出发3小时后，抖抖站得有点麻的双腿，我们大步迈出车厢，奔向已在站前广场等待我们的汕头记者站同事。跳上车，朝汕头市奔去。

夜幕深沉，不见星月。前方的未知，让我们紧张；现场的真相，又让人迫不及待。

近凌晨1点到达市区，我们获得了一条有用的线索——按照中央督察组要求，汕头市主要领导已准备住到练江边，亲身感受污染情况。可能明天就会开始。

安顿住下后，为了在接下来的走访和调研中更加专业，也为了保护好自己，我们连夜开展大量的资料搜集和学习，查阅练江流域地形图、行政区划图、之前治理的政策做法……等草拟完一份关于练江治理的初步建议报告，已是凌晨4点多。

河长会率先住哪？明天去现场就知道。

住河边 >>

驻河第2天

重走督察路 深夜宿溪美

2018年6月22日

星期五

天气：多云转雨

记录人：肖文舸　李凤祥　沈丛升

地点：汕头市潮阳区和平镇、铜盂镇李仙村、谷饶镇溪美村

早上8点，我们直奔潮阳区和平镇练北村、临崑上村练北大坑地（练江支流）。

根据昨晚做的“功课”，中央督察组到访的几个地点是我们此次回访重点对象，大多集中在汕头市潮阳区、潮南区。6月15日，督察组行至练北大坑地，发现“河水又黑又臭，漂浮在河面的死鱼清晰可见”。

“重返故地”看到，数台挖掘机岸边作业，旁有一人，见我们驻足，便快步走来。“督察当晚我们镇村两级立即开展河底清淤工作，到目前每天清出淤泥约20辆卡车，清淤深度约1.5米，清理河道长度近1公里，总共投入资金超过20万元。”这人是临崑上村党支部书记、练北大坑地临崑上村段村级河长张泽丰。他说，下一步要发动每个村民参与到练江保护中来，不再乱扔垃圾、乱倒生活污水。

也许是紧急清淤起了作用，河水已由黑转黄。

接着，我们对照手机地图前往下一个点——潮阳区铜盂镇李仙村官田水（练江支流）。“从电子垃圾、女士内衣加工废料到焚烧过的工业垃圾和生活垃圾，应有尽有……”官田水畔这条当时不堪入目的土路会有怎样的变化？我不禁催促起司机师傅。

天空阴沉，下起小雨；道路泥泞，空气却清新起来。

终于到了。此地偏僻，但高压之下，当地河湖清淤和垃圾清理一样不敢怠慢。河岸边几乎没有垃圾，一些新挖出来的河底黑泥暂时堆放着。

“当晚开始，共有15台挖掘机作业，至今已清运垃圾超过100吨。”李仙村党支部书记、官田坑李仙村段村级河长刘祖标也在现场。他很主动：“顺着走下去，我们还清理了一个临时垃圾场，要不要去看？”

“走！”面对越下越大的雨和河岸淤积的黄泥，我们没有犹豫。

淤泥深至脚踝，四五百米走了二十分钟，终于来到一段宽约十米的田埂上。

“之前这堆了几十立方米的电子垃圾，我们已清走，等专业监测后再无害化处理。”刘祖标说：“李仙村是纯农业村，电子垃圾是‘外来客’。但村里没有及时监管，要好好反思改进。”

走完这两处，我们开始琢磨今晚驻河的位置。同时消息传来，“听说市领导今晚要住在河边。”

“正好，看看市级河长怎么做。”我们心照不宣。

没一会，又听得河长因公务取消了原计划；再过一刻，确认今晚市长来住。选点定在另一督察重点、潮阳针织内衣重镇——谷饶。

我们即刻动身。谷饶镇是潮阳区经济大镇，乡镇企业发达，人口众多。环境承载压力大，加上多年来工业污水和生活污水未经妥善处理直排谷饶溪，造成了如今污染积重难返的局面。

傍晚，我们被邀请旁听谷饶镇党政领导班子民主生活会暨练江治理现场会。会上，汕头市、潮阳区、谷饶镇及每个村的负责同志一一谈了问题、措施、计划。“今天我住在河边，明早整条谷饶溪一起走一遍。各级河长动起来，找问题，真落

练江驻河调研小组重走督察路，来到官田水畔

实，要靠大家一起，把这条母亲河治好。”市长说。

会场上，当地干部“置死地而后生”的决心不小，但问题也着实不少：管网建设滞后、群众亟须发动、企业偷排时有发生……因此，三个多小时的民主生活会刚结束，市长又继续就练江治理基础设施和工业园区建设主持召开闭门专题讨论会。

由于是闭门，我们先行前往今晚的宿地——谷饶镇溪美村。凌晨零点40分，车穿过一座小桥，转入村里。月色朦胧，蛙声阵阵；凉风吹来，河水倒映着夜空，不知颜色是浊是清。今晚我们留宿溪美学校校长办公室。

“我晚上不住这。”面对我们唐突来访的抱歉，校长连忙说。待他走后，我想打开窗户看看外面影影绰绰的潮汕民居，却发现没有一扇能开。

回想路上见闻，如此深夜，街道旁竟仍有一些饭馆、超市还在营业，不时有行人走过，充满生活味道。区位有优势、经济有活力、文化有特色，却被污水横流耽搁了发展前景，实为不忍。希望能见证这里的各级河长快行动起来，背水一战，还“澄江似练”。

市长巡 >>

驻河第3天

断源截污清淤 一个都不能少

2018年6月23日

星期六

天气：雨

记录人：肖文舸　李凤祥　沈丛升

地点：汕头市潮阳区谷饶镇、铜盂镇

早上7点30分，起床，下楼。黑色的谷饶溪就在脚边，虽然雨后空气清新，但仍有异味飘来。我们从溪美学校向隔壁的村民活动中心走去，准备与昨晚住河的郑剑戈市长会合巡河去。

沿河行走，水的那边，潮汕民居和一排红灯笼相映成趣。我望着倒影，不禁想：如果河水复清，该是一幅多么和谐美丽的景象。

“出发吧。”领队的召唤打断了思绪，我们沿着谷饶溪一路走。在华里创大桥附近的河道边，两台钩机将约5米长的“臂膀”伸进河水，经十余秒的捞取后，出水的黑色底泥和垃圾填满了近1立方米的钩铲。

“清淤”是治理河湖的重要手段，当地迅速反应行动，改变正在发生。小问题不处理就会变成大问题，不作为只会越来越难。但愿现在是个好的开始吧！

不仅如此，要想治好水，“断源”最关键。堡光路兴业染整厂内的见闻也让我们印象深刻。

市长要求打开厂边井盖现场取水验查污水处理情况，水瓶里的水出乎意料的清澈。“但工业污水即便处理达标，也不能直排。练江鲜有生态补水和自净能力，工业废水直排，水分不断蒸发，其他物质沉淀影响河流生态。”郑剑戈说，工业企业必须搬迁到园区集中处理排放污水。

原来，按照《地表水环境质量标准》要求，最低Ⅴ类水标准是COD（化学需氧量）浓度不高于40 mg/L、氨氮浓度不高于2 mg/L、总磷浓度不高于0.4 mg/L。即便是达标处理的工业污水，几项指标也远远高于以上数值。

治理不断而排放不止，等于做无用功。而针对占练江污染源近半的工业污水，不能用与处理生活污水一样的办法。治水就像治病，得对症下药。工业企业四散直排难以控制的局面，要通过企业集体入园集中处理这个法子来解决。

2019年1月1日起，市政府对潮阳区、潮南区两个纺织印染环保综合处理中心园区外的企业，一律不再发放排污许可证。同时也将对工业园区项目建设重点保障、精简流程、高效推进。

断源和清淤都在推进，但在潮阳区铜盂污水处理厂的见闻让人不禁担忧起“截污”进展。初到时，办公室门紧锁；近十分钟后，一名工程师匆匆赶来开门。

“污水处理菌种培养开始了吗？”同行专家问。

“还没。”工程师说，“我们也想快点做完这个项目。”

“你们速度太慢了！”原来，过去1年多来配套进厂主干管网建设才完成3公里。当地干部透露，项目自2016年底中标后，本来进展不错，但到2017年中突然慢下来，当地多次催促建设单位未果，负责人也见不到。“怀疑是PPP（Public-Private-Partnership，即政府与社会资本合作）项目资金链出了问题。”

如果确认无法继续推进建设，PPP是否有合理的退出机制？又将采取什么办法尽快再次启动？管网是河湖治理的关键基础设施，关系着截污成效和污水处理厂作用的发挥，已不能再拖。我们决定对这里长期“回头看”，希望尽快出现积极的变化。

我的足迹

一场仗 >>

驻河第4天

打一场练江整治的人民战争

2018年6月24日
星期日
天气：晴

记录人：谢庆裕
地点：汕头市潮阳区、潮南区

潮阳和潮南，是练江流经汕头的两个区。

这两个区的总河长和党委一把手是区域治水第一责任人，他们对此次中央环保督察组到练江“回头看”有何心路历程？对练江治理又有何切身体会？

今天，我们对潮阳区委书记蔡永明、潮南区委书记张学龙进行了专访。

“不回避问题”“背水一战”“知耻后勇”！尽管连日的部署治理工作颇为疲惫，但两位区委书记都以坚定的语气表达了诚恳接受督察组意见，推动全民治好练

潮阳区委书记蔡永明（右一）接受专访

江的决心。

张学龙说，“举全区之力推进练江流域综合整治”。而刚在区里开完千人动员大会的蔡永明也斩钉截铁地说：“要全区动员、全民行动，打一场练江整治、环境整治的人民战争！”

这场人民战争如何打？

张学龙说，潮南区已把中央环保督察组整改意见整理成行动方案，排出时间表，实施“五清”大行动，把力量下沉到村。潮阳全区则开展“潮阳无垃圾”大会战百日行动，全域推进272个村（社区）垃圾整治全覆盖。

上面千条线，下面一根针。基层工作错综复杂，给地方党委和政府推进练江治理带来了难题。“我们这边打击，有部分村民在那边倒垃圾；这边截污，那边又有人排污。”张学龙认为，改变公众的不文明行为，还要抓严抓实抓细。潮南为此发起了“全民监拍”行动，鼓励村民举报偷排行为。

采访的过程中我们也不禁思考，上述举措已初见成效，未来是否可以明文纳入当地河长制的实施范围，以地方基层河长的履职规范等方式确定下来。通过一级抓一级，责任层层落实，利用河长制形成纵向到底（村级）、横向到边（各级各部门协同参与）的治水局面。

三座山 >>

驻河第5天

练江整治处于急救期，当务之急是截污治污

2018年6月25日
星期一
天气：晴

记录人：谢庆裕　沈丛升
地点：汕头市区

站在巨人的肩膀上，往往能看得更远。

为了较全面了解练江的污染及治理现状，我们想到了借助权威专家的力量。曾凡棠作为生态环境部华南环境科学研究所学术委员会副主任委员、水环境研究中心主任，他长期参与练江治污，也是省里制定练江整治实施方案的主要负责人。

几天前，他还受汕头市委特邀，对当地干部作了“练江流域污染成因与水环境综合整治方案”专题辅导报告。

今天，我通过电话，向身在广州的曾教授进行了请教。

以下是一些精要观点：

一、造成练江污染有“三座大山”

他认为，练江水体黑臭的症结有“三座大山”——工业污染（特别是两潮地区印染产业污染）、生活污染、农业养殖等面源污染。

“练江水体黑臭、垃圾遍布、污水横流，污染程度在全省乃至全国都是比较少见的。”他说，造成这一现象的根源，客观上是受自然条件的约束，练江流域人多水少，负荷重，超过了河流本身的承载力，主观因素而言，则与练江周边工业生产特别是印染等高耗水高污染产业的污水排放脱不开关系；另一方面，农村环保基础设施欠缺，生活污水直排，生活垃圾无出路，加之农业养殖等面源污染。

二、练江整治目前尚处急救期

“目前练江整治，相当于病人的急救期，是初级阶段，当务之急是截污治污，消除黑臭。”曾凡棠说，中级阶段则是治疗期，要控制面源污染，修复生态（要能养活沉水植物，不仅是水面上的植物）；高级阶段，是康复期，要推动河流生物多

曾凡棠为汕头市领导干部就练江治理作专题辅导报告

样化，生态健康。“即使发达国家，也不是每条河都能做到高级阶段。练江如果能达到中级阶段，就基本完成任务了。”

三、农村生产方式转变带来意想不到的影响

值得一提的是，人们大都认为大量使用化肥是农业科技发展、提升种植效率的标志。但曾凡棠却提出不同观点：“化肥取代农家肥，人畜排泄物由资源变废物；数百万人用马桶取代茅坑，污水由进田变排河；养猪由以前的自给自足变为商品生产，几十万头猪造成的高浓度废水直排。”他认为，这些农村生产生活方式转变，使土地原有的消纳功能丧失，污染向支流源头蔓延。

他建议，要把畜禽养殖排泄物当作肥料利用起来，重新发挥土地的消纳能力，发展有机农业、生态农业，或用于园林绿化。比如，惠州就有租鱼塘建湿地等尝试。

管网难 >>

驻河第6天

管网难题怎么破?
任务分解到镇村

2018年6月26日
星期二
天气：晴

记录人：谢庆裕　沈丛升
地点：汕头市潮南区陈店镇、陇田镇

来到汕头的第3天，我们的足迹从潮阳区转向潮南区，沿着中央环保督察组走过的路线进行回访。

从现场情况看，当地迅速行动，清理了垃圾与河面漂浮物，效果明显，至于较长期的截污管网建设、提升群众环保意识等工作，还需要加快进度、久久为功。

在陈店镇文光社区木斗耘溪，此前曝光的垃圾堆满河涌边的景象已大为改观。“从6月17日上午8点开始，到6月19日晚上7点，捞起来的水浮莲、垃圾等有五六百立方米。”连日的清理行动，使文光社区书记陈汉辉肤色黝黑。

陈店截流大部分堤岸已加固，工作人员在水里清漂

看到我们，他顾不上脸上的汗水，快步迎上来，如数家珍般介绍整治的进展——这次行动，社区共出动“两委”干部、治保员、清洁工30人，钩机3台，卡车3辆，小木船2艘。

而在木斗耘溪前，尽管烈日当空，另一条支流陈店截流河畔也正在热火朝天地开展堤岸加固工作，更有工作人员泡在河中清理漂浮物。

“我们加大了清理力度，但经常清完三个小时又有垃圾。”陈店镇镇委书记林镇奇仍感到不放心。他告诉我们，目前镇里大力发动群众举报，每次奖励30到50元，多次出现偷倒垃圾等不文明行为的，还会被挂上“不文明家庭或商户”，上镇里的电视作检讨。

环保基础设施是当天下午我们调研的重点。截污管网的滞后，造成了潮南区三座污水处理厂进水浓度并不高。督察组此前发现，已经完工的陇田污水处理厂，实际上并未发挥应有的效益。这也令当地加大了对管网建设的紧迫感。

汕头碧水源环境科技有限公司总经理方其远坦言，在当地铺设管网难度较大，几十年来，这里都是每家每户一个出口，生活污水与雨水混合，通到化粪池后就近排到沟渠里，很难收集。“加上农村道路狭窄，一个工作井还没加管网的宽度就有20米，施工没有工作面，需要拆迁。”

对此，下一步，潮南区将把镇、村作为责任主体，分段落实管网建设责任，以属地管理为原则解决拆迁问题，管网建设滞后的镇、村将被问责。“镇、村干部与群众沟通起来会更顺畅，有利于项目的推进。”在潮南区环保部门看来，这种广泛发动镇、村力量，细化责任落实的新思路，或许能更好化解管网施工常常面临的“邻避”难题。

复溪美 >>

驻河第7天

曾经溪水可游泳
溪美村如何复"溪美"?

2018年6月27日
星期三
天气：晴

记录人：谢庆裕　沈丛升
地点：汕头市潮南（阳）区谷饶镇溪美村

谷饶溪是练江的二、三级支流，属于练江水系的"毛细血管"。其流经的溪美村位于潮阳区谷饶镇，是中央环保督察组停留时间较长的地方，这里的水污染现状与该村的名字大相径庭。我们今天再次到这里了解情况。

烈日下，异味扑鼻而来。

"这里是谷饶溪的末端，'溪美'也有'溪尾'的意思。二三十年前，这里河水很清，村民可以在河中抓鱼洗澡。但这些沿河的房子建有几十年了，一直这样直

谷饶溪未消除黑臭，河边有大量违章建筑待拆除

接向河里排污，加上周边工业的发展，河水变得又黑又臭。”谷饶镇派来驻村的镇干部张楚镇，目前挂任溪美村党支部第一书记，他希望改变落后的局面。

溪美村如何恢复“溪美”？

从当地正开展的工作情况看，一是拆违。我们在现场看到，谷饶溪沿岸很多房子已经写上“拆”字。“经过反复地做工作，赔偿基本谈好了，马上要陆续清拆。”教师出身的张楚镇，对整治谷饶溪、改善村容村貌花了不少心思谋划。

二是治涝。张楚镇说，溪美村也是一个内涝村，接下来要对沟渠进行清淤清污清障整治。对于两岸的道路、堤岸也进行修整。

三是最重要的截污控源。目前这方面确实任重道远。我们沿河行进来到广业集团建设运维的谷饶污水处理厂。该厂已经建成多年，但据镇政府介绍，仅建成通水的1142米进水总管（包括原污水处理厂厂区配套管网300米，厂外使用配套管网842米）。尚需建设厂外配套管网31.2公里。

谷饶镇宣传干事郑炎城说，原来由于群众意见不一、前期手续繁多等原因而进展缓慢的截污管网工程，正加快推进——沿谷饶溪3.1公里截污干管将在近期先行动工建设，建成后进入谷饶溪的污水全部截入污水厂处理。

“镇里的企业也不敢违法排污了。”郑炎城说，谷饶镇对全镇的企业、作坊逐家逐户进行地毯式清查，全面核查整顿入河排污口，从严打击环境违法行为。最近，该镇联合环保、公安等部门出动300多人次，对全镇水体进行全面反复检查。6月18日，在检查中发现汕头市联兴发织造有限公司印染车间部分未经处理的生产废水渗漏后直接向外排放。公安机关现场将公司负责人等5人带走调查。

事实上，支流、河涌作为河流的“最后一公里”，普遍是各地治水的难点。无论是着眼于末端截污处理的环保基础设施建设，还是从源头控污，对排放企业严格执法监管，都亟须两手抓两手硬，黑臭的溪水才有恢复清流的希望。

夜里捞 >>

驻河第8天

“背水一战”的当地干部

2018年6月28日
星期四
天气：晴 高温

记录人：谢庆裕 郭家轩 沈丛升
地点：汕头市区

今天我们分别专访了汕头市河长办、水务局、环保局的主要负责人。

“每条河流都成为群众最向往的地方，这是我们的工作目标。但这次督察组发现了那么多问题，我们感到很痛心。虽然做了很多工作，但要实现人民群众的期望、生态文明建设的目标仍任重道远。”汕头市河长办主任、市水务局局长谢宋彪开门见山地说。

泡在河里连夜捞水浮莲

琢磨着练江治理如何加快进度，谢宋彪坦言每晚难以入寐。最近，他的手机无论白天夜晚都会收到各区、镇、村发来的清漂进度照片。“我要求他们每清理一个地方，都要把照片发来，防止弄虚作假。”每每看到各地干部群晚上打着灯，有时甚至泡在水里打捞水浮莲，谢宋彪眼眶不禁湿润。

“去年这个时候，市领导视察练江，船都几乎被水浮莲刹住。现在，全市所有大江大河，尤其是练江干流和一、二级支流，基本没有存在大面积水浮莲的水体。”他给我们列了一组数据：今年汕头全市开展“五清”行动以来，共清理水面漂浮物29.5万吨，清淤河道1279.8公里，清理违建构筑物7.5万平方米，清理河湖障碍物1785处，河道外部环境面貌明显改观。

同时，汕头建立了市、县、镇、村四级河长体系。“河长制的高位推动模式，使得河道清理行动明显更为有力。”谢宋彪说，全市3162名河长已巡河7823人次。汕头还在全省率先出台了河长制考核办法，连续两年考核不及格的河长不能提拔。

“每个环节都是难啃的硬骨头”

连日来，汕头市环保局党组书记曾彦和同事也都是“白+黑”地工作。

下午3点，我们在汕头市环保局的会客室见到了曾彦。个子不高，上身白衬衣、下身西服裤，头发梳理整齐，黑皮鞋上的污渍还没来得及清理干净。他说昨晚开会到深夜1点多，今天晚上8：30还要去市政府开会。

他介绍，目前首要任务是控源截污，同时还要着手进行清淤，生态修复，每个环节都是难啃的硬骨头。“控源截污”主要有三招：一是加强练江流域环境监管执法，实行“关停取缔一批、治理改造一批、整合搬迁一批、加强监管一批”。二是加强练江流域水质监测，选择练江的15个支流重点监控断面启动设置小型水质自动监测站建设。三是加强宣传和信息公开工作。

每一项举措都有明确的时间表。“针对督察组提出的进度慢、效果差等问题，市委、市政府下定决心要有所改变，市长现场办公，一个项目一个对策一个方案，所有问题都必须解决。”曾彦说。

采访中他一直在重复这句话——“我们有信心，不管怎么样，一定要打个漂亮‘翻身仗’；目标就是要在今年底，练江整治要有明显改善。”

试1.56公里 >>

驻河第9天

杨克斌的1.56公里黑臭水体攻坚战

2018年6月29日
星期五
天气：晴 午后有大雨

记录人：郭家轩 张伟炜
地点：汕头市潮阳区和平镇五和村

杨克斌从事水利、生态治理等环保工作已有近20年，现担任汕头市水利学会副理事长、广东中源设计咨询研究院院长，同时也是汕头市潮阳区的“环保顾问”。在过去一年中，他带领团队一直在进行水体修复试验。

上午，我们从汕头市区出发，驱车近一小时，来到潮阳区和平镇五和村。一下车，映入眼帘的场景让人震撼：被栅栏隔开的河道，一边是黝黑、阵阵臭味的水体；河道另一边，则是绿水荡漾，时而还有小鱼乱蹦。

从去年6月以来，杨克斌与村委会积极沟通协商，最终挑选了1.56公里的河道作为陈厝寮黑臭水体生态治理试验段，并从今年3月开始了为期1年的修复试验。

试验取得的效果让杨克斌很受鼓舞。“经过1个多月的治理，4月河道内水体治理已有成效，刚好周边稻田需要河水灌溉，村民就迫不及待地把试验段河水抽去灌溉稻田。”杨克斌一边指着河涌对面的稻田一边说，“以前的黑臭水体，村民是绝对不会碰的，现在水质变好了，附近村民自然就想拿去灌溉水稻。”这一好消息马上传到周边村子。“在这段河体治理效果出现后，周边农村的村民和村委都主动找我们咨询，希望能把其他村子里的黑臭污水也进行处理。这对我们团队都是莫大的鼓舞。”杨克斌显得十分兴奋。

既然有成效，这一试验未来可否逐步推广到练江其他支流治理？在杨克斌看来，一方面，河道新的水生生态系统初步形成，但系统功能还不完善，在周边污染物质持续进入的情况下，水体存在再次恶化的风险。另一方面，从前期研究到现在，试验段已投入近500万元，后续资金从哪里来，也是考验。此外，河流综合治理是一个系统性工程。“就好比得了大病后，除了需要下猛药，也需要配套长期调理。”不过，杨克斌很有信心：“整个试验段效果已经得到了潮阳区政府的认可。现在中央、省里对练江治污这么重视，我们有信心打赢这场攻坚战，也有能力把练江治理好。”

在短暂的一天接触中，务实、乐观、对职业充满热忱是杨克斌留给我的印象。当天晚上，他特意发来微信：“很快潮阳区就会推出区域内练江支流，重点是覆盖中港河、北港河、官田坑支流的综合治理方案。”能够想象，亲自参与过方案研究的他，当时心情一定不会平静。

南北异 >>

驻河第10天

头顶烈日“河长”初体验：护城河南北段差异大

2018年6月30日

星期六

天气：晴

记录人：郭家轩　张伟炜

地点：汕头市潮阳区护城河流域

今天的驻河，决定从流经潮阳城区的护城河开始。

护城河，顾名思义，是人工挖掘的围绕城墙的河，一般离中心城区不远或者就在城市中心。练江护城河支流也是如此，流经潮阳区棉北街道、文光街道、城南街道，长度6.0公里。因为主要流经城区，护城河算是练江流域内15条一级支流里，整治较早的支流之一。

河道水质情况如何？为了近距离观察护城河，我决定做名“记者河长”，徒步巡河，亲眼看看护城河的“全貌”。从上午10点半开始，沿着护城河岸一路走走停停，拍照、录像、做记录，哪里水体有异味，哪段水面有漂浮物、垃圾，哪里有污水排放口，我都记在随身带着的笔记本上，并做好标记。

当天以水门桥为界，分南北两段走完了整条护城河。从感官上来说，相比“北段”河道，“南段”河道水体干净，水面漂浮物较少，异味较小。尤其是临近塔脚桥这一段河道，水体情况应该是今天最好的。附近沿着河道的绿化景观也相当不错。

而“北段”护城河，从水门桥至北闸桥、长达近2.5公里的河道水体：时时能看到一些黑臭水体，而且越往北走，河道垃圾越多，臭味更加浓烈。有意思的是，就在相距河道不到10米的平北社区里，居然“藏着”一片小湖。这里水体清绿，不远处阳光下碧波粼粼，村屋倒影清晰可见。相比不远处的护城河，形成鲜明反差。

为何“南北段”差别这么大？我根据所见判断：“南段”河道两边多是居民住宅、商铺，沿河人行步道、景观带维护情况更好；而“北段”河道两岸则分布有海鲜市场，以及门窗装潢、废品收购站、汽修厂等厂房与废弃房屋。

不过，护城河“南北段”水体状况不同是否与这些有关？希望能从未来几天的探访中得到答案。

护城河 >>

驻河第11天

再巡护城河
从街坊口中找答案

2018年7月 01 日
星期日
天气：晴

记录人：郭家轩 张伟炜
地点：汕头市潮阳区护城河流域

为了解决昨天巡河时遇到的疑惑，今天我们又来到了护城河，希望能找到一些“蛛丝马迹”。今天是党的生日。在这样的日子来巡河，关注练江护城河支流的治理情况，很有意义。

当天我们选择从护城河最南端的前溪水闸出发，沿着安静的护城河步行北上。

有意思的是，用肉眼观察，这里的水体情况也颇为不错：闸口下，还有父亲带着儿子来这里一起钓鱼，享受亲子时光；两岸景观错落，树木郁郁葱葱，鸟叫声此起彼伏，别有一番意境。

在水闸附近，我们遇到了正在散步的村民刘伯。他从小生活在这里，亲眼见证了这里的变化。从和他的交谈中，我们的疑惑似乎得到了一些解答。

近年来，政府重视练江污染问题，从2008年开启了护城河综合治理工程，经过近几年的雨污分流、景观打造等综合治理手段，护城河整体已经算是不错了，但不同河段水体还是会有一些差异。

这是什么原因？可能与河道宽窄、水位深浅，以及周边居民数量、污染排放源等有一定关系。刘伯结合他的经验判断：“这里所处的口美社区居民并不算多，再加上河道比较宽，水位深，临近练江干流，水体流动性好，所以整体环境还算不错。”

带着刘伯的答案，我们沿河道北上一路验证。我们发现，护城河里存在黑臭水体、漂浮物较多的部分，多是河段窄、水位浅的地方，流动性较差。

除此之外，在护城河边开小饭馆已有4年的李叔也给出了另外的答案：“周边居民密度大的河段，还是会有人丢垃圾，如果一段时间没有清理河道，还是能闻到阵阵臭味。”

通过两天近距离观察和走访，似乎刚刚才摸到了一些线索，但还有不少疑惑等待着我们找寻答案。明天我们暂时计划沿护城河顺流而下，到练江的入海口去看看那里的情况。

桥闸起 >>

驻河第12天

“桥闸的起落，关系着我们一家的生计”

2018年7月02日
星期一
天气：晴 闷热

记录人：郭家轩 张伟炜
地点：汕头市潮阳区海门湾

海门湾大闸桥，又称井都大闸桥，在距潮阳市东区南6公里处，跨龟头海两岸，扼练江出海口。

远望大桥，桥下七十二孔，颇为壮观。当地老人说：“潮南河浦三十六天罡，潮阳海门七十二地煞。自从有了这些桥，两个地区就一直风调雨顺。”意思是：汕头潮南区河上架了36座桥，算是36孔；汕头潮阳区海门井都，也有一座大桥，一桥就有72孔。

尽管这一说法难以验证，但至少从中可以看出桥闸对于当地人的重要意义。对于桥下从事海鲜批发生意的姚阿姨一家人来说，桥闸的重要性更是不言而喻。

为什么呢？“近两年生意受练江水的影响比较大，一旦开闸后，练江水入海，闸门外的鱼就会死，也没办法抽海水来养水产。”做海鲜批发生意已快30年的姚阿姨有些沮丧地回忆：“今年3月，有一天因为没有看到桥闸打开，从海里抽水上来，结果一水池的海蚌全死了，亏了3万元。”

所以，姚阿姨一家人每天最重要的“工作”之一就是观察闸门的起落——闸门没开，立刻抽水；闸门一开，“按兵不动”。“可以说，闸门的起起落落，关系着一家人的生计。”

不过，姚阿姨一家都觉得，近来水质确实好很多，没有那么臭了。“晚上睡觉还可以开开窗，不像以前经常半夜起来关窗。”姚阿姨边说边回头指着入海口的方向，“希望通过坚持治污，让练江恢复良好水体，造福子孙后代。”

当时正值下午5点左右，顺着姚阿姨指的方向：跨海大桥下，不少渔船停泊在港口，与远处的跨海大桥共同构成了一幅美景。望着这一幕，汗流浃背的我们心里竟是阵阵畅快清凉。

文明村 >>

驻河第13天

“汕头市文明村”：已经改变和正在改变的

2018年7月03日
星期二
天气：阴

记录人：郭家轩　张伟炜

地点：汕头市潮阳区金浦街道七里港支流

午后，阳光已没有那么强烈，但空气依旧闷热。我们循着一股“怪味”，找到七里港河道的具体位置。七里港支流是练江流域中，属于潮阳区辖区范围内的一条重要支流，因流经广汕公路北侧的七里港桥而得名。

在位于金浦街道寨外村的七里港河道边，我们偶遇了小郑。刚刚辞职的他从广州回到老家。“好像从我记事起，这条河沟就是这样，黑臭，时常有垃圾漂浮。”

其实，小郑离开老家的这些年，村子里发生了很大的变化。得益于乡贤捐助、村委积极筹资，去年村里的几条老路都“升级”成了水泥硬化路。路边沿河道一侧的人行步道也修葺一新，还配上了大理石围栏，竖起了路灯。沿着路边的一排村屋，几乎都是清一色的4层小楼。今年2月，寨外村还获得了“汕头市文明村”的称号。

为什么唯独七里港河变化不大？小郑发现，尽管这些年一直在治理河道、清理垃圾，但目前整个街道9万多居民的生活污水，仍然是直排到河道里，而且“总是会有沿河居民往河里倒垃圾”。彻底改变七里港河的现状，已是刻不容缓。

“我们从今年3月开始，进行了清淤、清障、清浮莲，到5月正式完工。之后又专门安排了2个人，固定来打捞垃圾、漂浮物。”金浦街道工会主席马少鹏说，去年年底七里港河纳入全省第二期中小河流整治范围之内，省财政拨付近1800万元用于七里港河整治，目标在今年年底完成。

除此之外，对于改善七里港河污染十分关键的截污管道建设，也正在快马加鞭推进。比如，覆盖金浦街道22公里截污管道建设方案，在上个星期已结束征求意见，将尽快启动招投标。建好后，生活污水都会进入截污管道，汇到污水处理厂，七里港河的水质肯定会大大改善。这也让小郑十分期待。

在小郑的指引下，我们从七里港桥沿着河道一路向南，感受着七里港河静静地汇入练江干流。在和小郑告别时，他说：“很快我还会出去打工，希望下次回来，这里能真的有一些新的变化。”真心希望他的愿望成真！

养殖场 >>

驻河第14天

“练江流域内的畜禽养殖场要逐步清退”

2018年7月 04 日
星期三
天气：中雨

记录人：郭家轩　张伟炜
地点：汕头市潮阳区金浦街道太和坑支流

转眼间，在潮阳区“驻河巡河”已经7天。日晒雨淋的经历，让我们着实感受了巡河的不易。当天上午下起了雨，我们按照计划前往太和坑支流。

这条支流在高德地图上甚至没有显示，只能根据掌握的大概区域位置去寻找。这条长度仅为4.7公里的支流，仅有一侧有路通行，且仅有不到2公里的道路通车。

我们徒步沿着这条支流观察，基本看不到河面有漂浮物与河道边垃圾，河道两侧明显有污染物清理过的痕迹。在道路的尽头、河道两侧，则倾倒了大量从河底打捞上来的淤泥。当地居民说，捞上来的这些淤泥，晒干了可以做种地肥料。

就在太和坑梅西村的河涌旁，我们见到了一片拆除后废弃的水池、散落的砖体。这里原来是什么场所，为什么会被拆除？

原来，这里之前是一处无证养猪场，前一段时间被清拆。我们从金浦街道工作人员那里了解到，由于这条支流的污染源主要是企业、养殖排污，为此，去年年底，金浦街道牵头清退沿岸1公里范围内的畜禽养殖场。

不过，这一范围很快就要扩大。根据汕头市环保部门的最新要求，练江全流域范围内的畜禽养殖场都要搬迁、清空。根据该工作人员的介绍，经过近期排查，他们发现太和坑支流流域内还有24家养猪、养鸡场，后续这些养殖场如何处理，还要等待进一步通知。

因为一些客观原因，我们当天没能找到被拆除养猪场的老板，不知他和家人的生活会受到多大影响。搬迁、清空畜禽养殖场势在必行，但如何妥善执行，有效避免可能由此产生的社会问题，还需要地方相关部门作更多的思考。

我尽力 >>

驻河第15天

“将来我可以跟我的孩子说，当年我也付出了努力”

2018年7月05日

星期四

天气：晴

记录人：郭家轩　张伟炜

地点：汕头市潮阳区文光街道

这段时间一直想和护城河的河长聊聊，今天终于成行。

上午，顶着大太阳，我们和潮阳区文光街道党政办主任、河长办主任郑邦达，沿着护城河一起巡河。一会儿的工夫，我们都已满头大汗，全身湿透。常年在基层工作，郑邦达已习惯这样的“工作环境”。

通过与他的交谈，我们发现，目前基层治河面临两个问题：一是如何通过有效的制度、手段实时动态了解河流污染情况；二是如何解决基层治河面临的资金缺口。

对郑邦达来说，作为河长，他的主要任务是巡查辖内护城河段，发现问题，上报到区相关职能部门。通常，河涌垃圾、漂浮物、管道排放污水等，都是巡河需要关注的问题。

“比如管道排水如果变成乳白色或有其他变化，我们就会马上上报，请环保部门来做水质监测。然后尽快把问题解决掉。”郑邦达边说边为我们演示，“现在通过汕头市的河长APP，点击‘我要巡河’，将发现的问题拍照上传，相关职能单位就能看到，然后派人落实下来，把这个问题给解决掉。”

对于护城河辖内河段的整治情况，郑邦达显得很自信：“护城河文光段的治污情况应该是护城河、乃至整个练江流域最好的。”

当然，这背后需要大量的人力、物力、财力投入。郑邦达说，去年一整年文光街道用于辖内练江流域的水体整治花掉了近50万元。

“比如日常巡查，养条小船，雇佣打捞人员、日常管理人员，都要发工资。每天两个人一条船，总共四个人，每个月工资支出就要上万元。”郑邦达坦言，治理辖内河道污染的资金缺口还很大。“按照汕头‘一河一策’的设计方案，仅文光街道辖内的河道整治、生活垃圾处理等，2018年至2020年三年内，就需要投入2500万元左右。”

这些钱从哪里来？“一个是从‘牙缝’里挤，从集体收入中挤出大部分资金投入到练江整治、环境卫生整治。”郑邦达说，还有就是去拜访乡贤，跟乡贤汇报这几年社区在环境治理、练江整治方面，怎样去投入人力、物力、财力，然后动员乡贤反哺家乡。“有的乡贤看到整个家乡社区环境面貌改善了，人居环境变好了，他们也主动捐资捐款，帮助社区进行一些日常的管理工作。”

通过短暂的接触，郑邦达的身体力行以及多年基层工作练就的好口才与机关枪式的语速，给我们留下深刻印象。尤其是郑邦达在告别时说的话：“希望群众能一起参与，政府加大投入，共同改善我们的生态环境。环境好了，不敢说我有多大的能力和功劳，起码将来可以跟我的孩子说，当年我也付出了努力……”这句话，不仅说出了他的心声，也道出了曾彦、杨克斌、姚旭东、马少鹏们共同的愿望。

返故地 >>

驻河第16天

时隔三年重访练江：改观不少，但现状仍未让人满意

2018年7月06日
星期五
天气：晴转雷雨

记录人：张由琼
地点：普宁市占陇镇、潮南区陈店镇

上午9点，经过一晚休整，我们从普宁城区驱车前往占陇镇，这里和汕头潮南区陈店镇交界。一路上心情有点复杂，三年前我们曾经从源头白坑湖水库顺流而下，直到出海口，利用无人机对练江全流域进行航拍调查，在当时也掀起了一场舆论热议，政府和民间层面把整治练江提上重要议程。然而最近中央环保督察组再次对练江进行点名批评，多少让我有些愕然。

来到杉铺村，那座曾经紧挨着练江干流的数米高的垃圾小山堆已经不见，移走应该已有很长一段时间，岸边放置有一块告示牌和一个大型垃圾桶，可以回收旧衣

普宁市占陇镇杉铺村，此处练江干流可见一些鱼儿

物。上午的天空放晴，阳光照射在水面，视觉上不再只是墨色，还夹杂着绿色，突然间还有几尾鱼在浅滩游过。直觉上是比三年前改观了。

河岸有家修单车铺，这会儿并没生意，五名中老年人正在喝茶聊天，村里人都姓梁，一位60岁左右的老伯告诉我们，自从2016年前后当地政府开始大力整顿河岸旁的垃圾，环境和水质确实比以往有所改善，但今天的情况是因为很久没下雨了吧，看到的鱼也只是生命力最为顽强的罗非鱼。

往下去到青洋山村，和杉铺村村民说的一样，这里的村民也证实了政府每隔一段时间就会打捞河面上的垃圾，自从村里公共厕所建了化粪池后，河水干净了不少。“上个月我们村还在内河里划了一次龙舟，不过这水还是有些臭，尤其是下雨的时候。”一名50多岁的苏姓老伯说。

离开青洋山村，过一座桥，就到了潮南区陈店镇，天空突然间乌云密布，一场暴雨即将来临。即便是在封闭的车厢里，还是闻到了阵阵臭味，气味笼罩在全镇上空。

我们来到镇中心美南溪北溪段，这是一条只有四公里不到的小支流。三年前印象尤为深刻，河里遍布各式垃圾，甚至有塑料模特的头，居民随意把垃圾倒入河中。如今，河里的漂浮物已经被捞起，居民的生活垃圾被堆叠在河边的一块空地上，看得出是临时堆放，几只鸡和池鹭正在垃圾堆上寻找食物。询问周边的民众，他们说对于这条臭河涌，已经习以为常，最近一段时间，陈店镇政府的确加大力度整治，但更多的只是捞起漂浮的垃圾，历史欠账实在太多，难以一下完全改变。

在练江的干流和支流走访，一天下来，回到旅店，脑子一直在对比着三年前和现在的练江，究竟这三年有没有改进？肯定的是，即使有改进，现状仍不能让人满意。

重压下 >>

驻河第17天

重压之下的紧张与扎实

2018年7月07日

星期六

天气：多云间晴

记录人：张由琼

地点：潮阳区谷饶镇、贵屿镇、和平镇

前一晚回看了自己2015年拍摄的所有影像素材，今天的计划是把三个污染较重的镇——谷饶、贵屿、和平，沿着主要支流走一遍，用无人机以三年前的相同视角记录下来。

途经铜盂镇新岐村，鳞次栉比的老屋一列排开，每家门口都摆放着一个绿色的垃圾桶，整齐划一，画面极其和谐。事实上，昨天经过沿途的一些村庄，已经留意到这一微小变化。

三年前的谷饶溪已经是严重黑臭水体，当时采访过程中，我们目睹了大量的红色印染污水汇入墨色的河涌水，搅浑后变成了一大团的褐色，当时赶来的镇领导对我们说并不是纵容排污，只是因为配套管网不完善，只能从河涌抽水处理，谷饶溪就相当于一条露天的污水管道。这样的解释我一直不能理解，毕竟河涌边上就是谷饶中学，上千名师生每天都要在臭味中学习和生活。

时隔三年，谷饶溪水体还是黑臭，在督导组点名批评后，水面上的粪污和垃圾已经捞起，在华里急水桥往前一公里处，已有一台挖掘机在河面上清淤。

“1998年以前谷饶溪还是很清的，水很深，稍大点的船都能运货进来，我们每天都在里面游泳。这些年实在太臭了，不知是不是与这个有关系，我们住在旁边的人家的电器都比别人家的更容易坏。”40岁左右的张大哥正在围观施工，听说很快还要拆除河涌两旁的违建，他非常期待，环境好了，就不用老担心孩子的健康。

我们在谷饶和贵屿交界的一家快餐店解决午饭，看见厨房旁边有一个两米高的铝制储水桶。老板告诉我们，自来水的水质并不稳定，有时会有异味，许多人家都会放置这样的水桶，偶有闹水荒时，其他镇就会有人开三轮车载水来卖。

途经贵屿镇仙彭社区时，数名工作人员正在仙彭河溪里打捞垃圾。椭圆状的河溪一头是潮汕地区特有的“下山虎”民居群，一尾则是部分塑料加工的小作坊，环绕着一块由青转黄的稻田，稻穗已经开始压弯稻秆，与墨色的河水形成鲜明对比。

下午4点，在和平镇中寨村发生了一件让我们颇感意外的事情。我们在支流西门桥沟发现一块数百平方米的水浮莲，正用无人机拍摄，周围有部分民众围观。突然，赶来数名心急火燎的干部模样的人，果不其然，其中两位是马姓副镇长以及范姓中寨居委书记。他们向我们解释水浮莲是前一天下暴雨从上游冲刷下来的，承诺周一之前一定清理干净，并且介绍了近期和平镇治理练江的工作重点。态度极其诚恳，言语中可听得出近段时间的工作很扎实，也能感觉到重压之下他们的紧张。

我们也表示，对于基层干部付诸整治练江上的努力，我们作为媒体记者，会把这种精神和态度向全社会传递，拯救潮汕母亲河是所有人都应该共同努力的事情。

细细的谷饶溪穿过庞大的谷饶镇

720° 全景 >>

驻河第18天

尝试用“空中720° 全景”呈现练江样貌

2018年7月 08 日

星期日

天气：晴

记录人：张由琼

地点：潮南区峡山镇、成田镇，潮阳区海门镇

清晨8点不到便出了门，今天想用“空中720° 全景”的方式来呈现练江的样貌，需要耗费些时间。路过峡山镇义英居委，河涌旁有座小庙，一位60岁左右的阿婆骑着自行车，车篮里放着一袋香烛纸钱和祭品。当她跪在垫子上拜祭时，我猜她应该是在许愿家人健康平安吧。

上午我们的目的地是峡山镇董塘社区，大溪支流在这里有一个水环境生态修复项目。水面上种植了美人蕉、菖蒲等水生植物，数台增氧设备正搅动着水塘，以此增加水体溶解氧。沿着河堤走了一圈，水质确实会比其他地方要好，也没有明显的臭味，但离“水体变清澈”“鱼儿畅游”还是有些差距。

“不下雨就很好，一下雨附近沟渠的污水就会随着雨水一道流入河涌，本来稍微清一些的水体又成了墨汁，如果能把雨污分流设施建好，可能就不会如此反复。”路过的一名40来岁的中年男子主动和我们攀谈。

聊得投机，男子告诉我们，他姓冉，来自四川达州，1999年20岁的时候来到峡山镇打工，记得那时候这里的河涌都是非常清澈的。2000年开始，针织和印染企业越来越多，人口也越来越密集。污染最严重的是2014年前后，水体又黑又臭，只要一起风，即便是夏天，附近民居的窗口都得关得严严实实。这几年工厂陆续搬走，政府加大了整治力度，水质开始有转好的迹象。

中午天气晴热，地表光线充足，简单吃过午饭后，我们在胪岗镇的练江支流中港河做了一次拍摄尝试，无人机在高空500米拍摄了一张全景平面图，红色瓦顶的潮汕民居整齐划一，像密密麻麻的小盒子，一条“黑龙”横贯其中。

下午5点，我们来到海门镇的练江出海口，再次从高空500米俯瞰，和三年前一样，练江依旧和堤外的大海颜色泾渭分明，一边是黑色，一边是淡绿色，远处是浅蓝色。海门镇有个叫莲花峰的海滩景点，离练江出海口直线距离不到一公里。傍晚时分，前来海边玩水消暑的人越来越多，我随机问了几位游客，没有一个人知道练

江出海口就在隔壁。走在海边，双手捧起海水闻了闻，并没有特别的异味，也没发现沙滩特别肮脏。

这不由让人感慨万分，大海是如此包容，每天有源源不断的黑水汇入她的体内，可她给我们的却是无私的洁净；但这包容也是有限度的，希望当地能尽快把练江治理好。

2018年7月8日，练江出海口，练江水与海水泾渭分明

“进口菜” >>

驻河第19天

贵屿镇的“进口”蔬菜

2018年7月09日

星期一

天气：晴转阵雨

记录人：李业珅 陈彧

地点：潮阳区贵屿镇

“我们当地人不怎么种菜，这些菜都是从普宁‘进口’的。”巡河第一天，午餐我们是跟贵屿镇的干部一起吃的，吃饭时，当地干部无意间的一句话，让我很惊讶：十几万人口的贵屿镇，没有人种菜？

“土壤重金属超标，种了也没人敢吃。”这位干部话语中带着无奈。贵屿镇曾被称为“电子垃圾第一镇”，电子垃圾拆解业已有30多年的历史。昔日，“家家点火、户户冒烟、空气恶臭”。人们在电子垃圾中“洗金”淘到了金，但是却搭上了环境。他说，拆解行业曾一度不顾环境污染，对河水土壤的毁坏较大，镇上土壤没办法种菜，也正因为这样，当地的菜价相比邻镇都要高，百姓的生活成本也随之升高。

几年前，贵屿电子垃圾拆解业开始集中整治，根据潮阳区统一安排，2016年起贵屿所有电子拆解厂必须进入循环产业园。经过整治，贵屿镇的环境也在悄然改变。

贵屿镇南阳乡村民陈姐回忆，从去年年底开始，北港河的水质和村里的空气都有了明显改善。尽管距离产业园比较近，但在村里很少闻到化学药剂的酸臭味，同时，紧邻的北港河水质也在好转。

不过，镇委书记赵少雄说，治水最难的是治泥。贵屿的淤泥里，重金属严重超标，如果说治理一段污水要花100块，那么同样范围治淤要花1000块。

“很多干部压力都很大。但就像今天李希书记来练江视察的时候说的，要痛定思痛，知耻而后勇。”在赵少雄看来，这件事虽难，但“绿水青山就是金山银山”。赵少雄说，镇上正在接洽一些环保企业，想对镇上的产业进行改造升级，让治理“标本兼治”。他也希望有一天，镇上的居民能吃上自己地里长出的放心菜。

不吃鱼 >>

驻河第20天

钓鱼者不吃鱼，养猪场被禁止

2018年7月 10 日
星期二
天气：晴

记录人：陈彧　李业珅
地点：潮阳区铜盂镇

在过去的两天里，广东省委书记李希到汕头市进行调研，专程来到峡山大溪与练江干流交汇处，临河观察流域污染情况，实地舀取水样察看水质，现场督导练江综合整治工作。根据《南方日报》报道，他提出汕头要“加快推进排污管网、污水处理设施等环保基础设施建设，从源头上解决污染问题”。

而在今天的走访中，我们也发现目前当地村子生活污水排放也存在不少问题，源头解决污染问题任重道远。

我们自北港河顺流而下，很快便来到铜盂镇的潮港村。相比起源头的水质，北港河铜盂段的河水有一定程度的变深，带有淡淡的气味。河岸两边正在加固的河堤上，原有的垃圾已经清除，但仍可以看到一些生活垃圾残留。

就像很多被污染的河流一样，北港河也有一个清澈的“历史”。潮港村的郭伯就告诉我们，早在十多年前，北港河的水是可以饮用、游泳的，而且河内都是鱼虾，成为周边居民的美食。但是随着这十多年来工业污水、生活污水、垃圾的污染，北港河也开始变得黑臭，已经不复从前。

当我走在河堤上，依然可看到一两个钓鱼者的身影。这样的水质还能钓鱼吗？他们告诉我，其实河里除了“耐污能力”比较强的罗非鱼之外，其他鱼虾都几乎绝迹。所以他们钓鱼也只是单纯图个开心，“北港河里的鱼，没人敢吃啊。”

而就在我们巡河的时候，潮港村里走出两个村民，拿着扳手，直接打开河边的闸口。很快，深色的生活污水从潮港村内的一个水池里，直接涌入北港河。对于这种生活污水直排北港河的现状，潮港村的村民显得很漠然。他们更多地去指责上游谷饶印染厂排放的污水污染了北港河，却没有意识到生活污水也是造成污染的原因之一。

而郭伯也告诉我，除了污水之外，之前村里每家每户的垃圾经收集后，也是统一扔到北港河的两岸，镇政府建立垃圾中转站后，才统一收集后处理。历史的问题、客观的原因，让他们对生活污水的处理方式也感到很无奈。

在北港河边的铜盂镇宅美村，呈铁锈色的灌溉水同样也是直排北港河。据潮阳区政府介绍，目前北港河的治理正不断加快进行中，由于污水处理厂管网铺设比较缓慢，生活污水直排北港河的问题暂时还解决不了。

练江流域已经禁止养猪。村民反映，之前政府已经对该处的养殖场进行了整治，大规模的养猪场已经见不到了。但在北港河贵屿段和铜盂段交界的地方，河边一废旧的养猪场内，几头猪藏在其中。要不是李业珅听到它们发出的“哼哼”声，我们都难以发现。

对于这种少量养猪的情况，铜盂镇副镇长郑瑞明也拿出了一种比较能让人理解的说法：目前铜盂镇已经清退大型养殖场和养殖户，但是有个别贫困户或身患重病者，其经济来源仅靠两三头猪，只能慢慢做通工作并协调处理。

猪肉价格的波动，成为反映养猪场整治情况的一个参照标。潮港村一名村民说，自政府整治养猪之后，村里的猪肉都是从其他地方运过来，价格已经从原来12元左右一斤，涨到了16元左右一斤。“村里不让养猪了，以后都要从外面运猪肉过来，价格也会越来越贵。”他担心道。

对于以务农为主的铜盂镇各村村民来说，养猪被禁止，不仅收入会减少，以前拿来喂猪的剩饭剩菜也只能倒掉。他们希望政府可以考虑到农村的实际情况、群众的生计问题，找到解决之道。

有盼头 >>

驻河第21天

谷饶溪边的村民：违建会拆、染厂搬走让人有盼头

2018年7月11日
星期三
天气：晴

记录人：李业珅　陈彧
地点：潮阳区谷饶镇

今天，我们从《南方日报》上看到，省长马兴瑞昨日主持召开省政府常务会议，强调把中央第五环保督察组指示精神转化整改动力，把练江污染整治工作摆到更加突出的位置，坚决打赢污染防治攻坚战中这一重大战役，促进我省生态环境质量总体改善。

今天我们走访的练江二级支流谷饶溪流域，就是督察组当时重点检查的地方，目前当地治污有何进展呢？

谷饶溪边，工作车辆在清理河道里黑色的淤泥和垃圾

沿着237省道拐进溪美村，就能看到谷饶溪了。

谷饶溪流经谷饶镇，汇入官田坑，流入北港河支流，最终流入练江。而在不久前，谷饶溪也因河水黑臭，被中央督察组点名批评。

打开车门，热浪裹挟着阵阵臭味钻进鼻腔。走到河边探头一看，臭味呛得我往后一缩，再屏住呼吸往河里望，河水像浓稠的墨汁。7月的汕头天气闷热得就像个蒸桑拿房，而周围村民说，天气越热，河水也在不断“发酵”，臭味就更大了。

沿着河岸往下走，谷饶溪的整改也正在进行。

几台挖掘机停在河中的作业台上，轰隆隆地挖着河底的淤泥。挖掘机的手臂伸进河底，把黑色淤泥从河底掏出来，扣到翻斗车里。淤泥中掺杂着不少布条状的垃圾，它们缠在铲齿上，为了甩掉它们，作业时，挖掘机的手臂都要多抖两下。

翻斗车师傅说，他已经连续拉了十多天淤泥，怕淤泥溢出来，车不敢装太满，估摸着一车有十多吨，一天能拉几十趟。因为淤泥味道很大，运输的时候他基本不敢开车窗。

跟河水短暂相处的我们都说受不了，那跟谷饶溪朝夕相处的村民是如何生活的呢？

张伯是溪美村的老户，今年65岁，在他的记忆里，曾经的谷饶溪流水潺潺，水质清澈。“我们以前从那里挑水吃，浇庄稼的。现在？”张伯说到这时瘪着嘴，摆了摆手。

随着经济的发展，谷饶镇内衣行业越做越大，环境却每况愈下。镇上多了很多印染厂、纺织厂、漂染厂……不少工业废水直排进谷饶溪。同时，村民将生活垃圾、污水，也一股脑倒进河里。

日积月累，谷饶溪河道堵塞，成了一条内涝河。“河堤都加高了四次了”，张伯指着一米多高的河堤说，从2004年开始，村里就开始加高河堤，每两三年加高一次，最新的一层是村里统一在2014年前后加高的，还能看出水泥的颜色较浅。

但让张伯头疼的是，尽管河堤加高，但是只要下几个小时的大雨，河水还是会倒灌。张伯回忆，由于家里地势比较低，去年内涝时，谷饶溪水灌进他家一楼，淹到了大腿，十天都没退，出门时只能穿上雨衣雨鞋。现在，张伯家一楼已经不敢存放太多东西。

“镇里通知说，今年年底，污染企业会统一搬走。”张伯坦言，看到河堤两岸的违建准备拆了，河里的垃圾被一车车运走，村民感觉有了盼头。

管网慢 >>

驻河第22天

污水管网建设不赶上，处理厂怎么发挥作用

2018年7月12日
星期四
天气：晴转小雨

记录人：陈彧　李业珅
地点：潮阳区谷饶镇

北港河流域的三个镇都在建污水处理厂及管网，以解决村民生活污水处理的问题。今天在谷饶镇政府的协调下，我们终于进入谷饶镇污水处理厂一探究竟。

当我们走进污水处理厂一期时，进水口处谷饶溪黑臭的污水正不断涌入，散发着浓烈的臭味。污水经过粗格栅、细格栅两道工序，滤出很多塑料胶带、布条等，生活垃圾依然很多。

而到了最后一道工序时，原先乌黑浓稠的谷饶溪水，已经变得清澈见底。根

谷饶镇污水处理厂，经过处理之后的污水已经很清澈

据污水处理厂提供的监测数据，近期入水（谷饶溪）的COD普遍达到120 mg/L以上200 mg/L以下，通过处理之后，出水水质COD达到40 mg/L以下。

但让人遗憾的是，虽然污水处理厂的处理能力很“给力”，但是连接污水处理厂的污水管网却仅建成1.142公里，还未能铺到各个乡村。这意味着，各村生活污水目前仍是排放到谷饶溪或者官田水中，污水处理厂只能对溪水进行“末端处理”。

污水管网建设缓慢，也是中央环保督察组关注练江治理的问题之一。谷饶镇政府方面称，他们正在加速推进管网建设，总共拟建污水管45.1公里，建成后可以实现全镇污水处理率达90%。在建连接谷饶溪大庵至污水处理厂截污管6.2公里，预计9月底可以完工，建成后可实现全镇污水处理率达70%左右。

而谷饶溪旁边的各种违章建筑，也将在7月15日开始启动清拆，以便为污水管网建设扫清障碍。同时，政府正在规划论证通过购买服务的形式，在谷饶溪下游周边建设日处理量2万吨的应急污水一体化处理设备。

据了解，造成谷饶溪污染的一大原因，是工厂排放的工业污水。贵屿、铜盂、谷饶三镇的群众一提起北港河的污染，总会带上一句“还不是赤寮（谷饶旧称）印染厂害的”。在谷饶镇的印染厂集中区域，空气中不时弥漫着染色剂的味道。

在一家印染厂门口，一大铁箱废水就放置在水沟旁，铁箱的管道连接到厂内，箱内污水上漂浮着铁锈色的污渍。一些大型纺织厂里，也配备了污水处理设备，处理后排出的河水水质清澈透明，直接流入官田水旁的“水塘”中。

我们从谷饶镇政府了解到，所有印染厂的污水排放前必须经过环保处理，他们近期也在打击印染厂生产废水未经处理直接排放的现象，已经查处多宗。

值得注意的是，从2019年1月1日开始，潮阳区内所有印染厂必须搬入潮阳区在海门镇建设的潮阳区纺织印染环保综合处理中心后，才能进行生产。未进园的印染厂，则不能申领排污许可证。

然而，潮阳区纺织印染环保综合处理中心由于前期更改选址、论证花费了大量时间，目前还未开工建设。如果该中心无法在明年1月启用，在空窗期内，潮阳区的51家持证印染厂也将停产，面临经营中断的问题。

“壮士断腕”式的整治固然让人佩服，但如何妥善处理好这些企业，防止其偷偷开工排放，相信对当地监管部门也是一个考验。而这也进一步凸显了污水管网、纺织印染环保综合处理中心等环保项目加快推进的迫切。

厂“尴尬” >>

驻河第23天

“尴尬”的污水处理厂

2018年7月13日
星期五
天气：阵雨转阴

记录人：李业珅 陈彧
地点：潮阳区铜盂镇

受到台风“玛丽亚”的影响，天一直在下雨。来到铜盂污水处理厂已经将近10点半了，此时污水处理厂却关着门，谷饶镇政府工作人员下车敲了半天门，闸门才缓缓打开。

走进污水处理厂，并没有机器的轰鸣声，厂区显得冷清。厂方工作人员解释说，受天气因素影响，厂里停电了，设备停止运作。我们只好到办公室听他们讲一下污水处理厂的情况。

相对于贵屿镇和谷饶镇，铜盂镇的污染源主要来自生活污水排放。那么，生活污水处理厂及管网建设成为铜盂镇治污的一个关键。但接下来的谈话中，我们却感受到铜盂污水处理厂的处境尴尬。

“这不出奇！”对于走访的不顺利，铜盂镇政府工作人员并未感到意外。相反，一坐下，镇政府的工作人员就表达了对污水处理厂的不满。

铜盂镇党委委员郭武才说，自己分管镇的环保工作，铜盂污水处理厂是通过PPP模式由北京桑德集团负责建设和运营，签订合同的甲方是区环保局，铜盂镇政府负责协调建设、运营中的企业在当地所遇到的问题。

但是，让铜盂镇政府感到头疼的是，该公司承建后，项目完工日期一拖再拖。进度尤其缓慢的是管网的铺设，从去年7月份开始铺设管网，预计年底可以完成9.8公里，但是到目前为止，才铺设了3公里。

并且，这3公里中，只有980米延伸进了生活区。管网建立不起来，污水处理厂就发挥不了作用。郭武才说，跟上级环保部门汇报了情况，也约谈了建设公司的相关负责人，但是却不见效果，对于管网的建设，建设公司处于“消极怠工”的状态。

而对于镇政府的不满，负责建设污水处理厂的工程师彭苏民也表达了自己的委屈和无奈。他说，污水处理厂的建设主要卡在了管网铺设上，当初铺设管网的地点，是他们和区环保局、铜盂镇政府、设计院等几个部门一起商定的。

“现在回头看，最开始的方案，大家想得都比较乐观。”彭苏民反映，施工时，当地有些居民对污水管网建设不满，觉得污水管网经过家门口会“破坏了风水”。

彭苏民说，虽然当地镇政府做了大量工作，但他们施工时仍感觉吃力。目前正跟当地政府部门商量，想把剩下6.8公里管网铺设的工程交由政府部门负责施工。

潮阳区铜盂镇镇长张宏标说，目前，镇上污水处理厂的二期工程已经另外选址，他说，二期项目应该不会再与现在的投资建设方进行合作。

内涝了 >>

驻河第24天

内涝后的小庆幸：房子没泡在谷饶溪水里

2018年7月14日
星期六
天气：晴

记录人：陈彧　李业珅
地点：潮阳区谷饶镇

昨天的一场骤雨，驱散了夏季的炎热，也为北港河带来了一些“新变化”。

“只要下一场大雨，家里肯定会被水淹。”张伯两天前的这句话，没想到这么快就应验。经历了昨天的大雨，当我们再来到潮阳区谷饶镇的溪美村时，当地果然进入了内涝的状态。

由于这几天集中运输垃圾，溪美村的泥土村道被来往的货车压得坑坑洼洼，再加上下雨的缘故，谷饶溪旁的很多段道路已经被水淹没，车辆路过溅起阵阵水花。溪美村村口处水深及膝，小汽车已经无法通行，有摩托车蹚水而过，最后在水中熄火。

我们试图搭路过的货车进入村里更深处了解情况，但即使有那么高的底盘，货车仍然不愿意进村“涉险”。最后我们只能放弃，在水较浅的地方进行走访。

很多村民的房子都进了水，包括村民张伯和阿洪的房子。不过张伯庆幸地说，这次雨虽然大但是时间不长，水淹还不算太严重，没有去年家里一层都被淹了那么夸张。而且这次的积水大部分属于雨水混着泥沙，所以也没那么臭。

“如果雨再大一些，像去年那样，又黑又臭的谷饶溪水漫过来，那可不得了了。”张伯说。大概在他心里，比普通水浸街里更惨的情况，就是泡在谷饶溪的黑臭污水里吧。

应对内涝，溪美村很多村民早已习惯。路边一家地势偏低的木制家具店里，阁楼里已经堆满了家具，有几个实在放不进去，就用铁架子垫高起来。地势低的民居则在门口堆起了沙包，但效果较为一般。

什么时候才能解决谷饶溪沿岸的内涝问题？根据我们的走访，目前谷饶溪汇入官田水处正在建水闸，谷饶溪已经进行了截流。施工人员告诉我们，工程建成后将进一步有助于村里排水，可以在一定程度上解决长期以来困扰村民的内涝问题。希望这个工程能加快进度，让溪美村的村民尽快告别水患。

顺着谷饶溪水一直往上，华里创大桥处也因为大雨的缘故，水位已经涨至桥体下部。水里被清捞垃圾的人员放了一个网，上游清泥翻出来的垃圾被拦截在网上，仅半天时间就积累了一大片垃圾。而在桥边，更有一堆被清理上来的垃圾，包括废旧桌椅、瓶罐、生活垃圾、树枝等，正散发臭味等待清理。

当地村民说，由于早年生活垃圾无处处理，他们将垃圾随意丢弃、填埋已有一段时间，最近治理中很多垃圾被重新翻出来，所以显得特别脏。

随后，我们再次绕着北港河走了一遍，降雨后河水有变清，臭味也有一定减淡，不时有几只水鸟掠过水面。到了北港河与练江干流交汇处，水面基本上呈现较为正常的颜色。

被处分 >>

驻河第25天

被处分河长的治水30天：希望停了14年的龙舟赛能在母亲河重新划起来

2018年7月 15日
星期日
天气：晴

记录人：李业珅　陈彧
地点：潮阳区和平镇

“没想到当党支部书记的第一年就被点名批评。”

今天，我们来到了和平镇临崑上社区，回访流经该村的练北大坑地的河水情况。一个月前，这里曾经因为河水黑臭，被督察组点名批评。

6月15日下午，中央环保督察组来到了临崑上社区，练北大坑水体因为严重黑臭被点名批评。当时督察组还走访了村民，村民表示，河水已经臭了多年。

“这是河吗？”当时听到一位督察组工作人员这么问。“感觉这话像巴掌抽在

临崑上社区的河道每天都有清洁工人在河道里清理垃圾

自己脸上。”党支部书记张泽丰说，“我是喝练江水长大的。”大坑地河道总长三公里多，经过临崑上社区，直汇入练江。张泽丰回忆，小时候，这条河就是村里孩子们的“游乐场”，在河里游泳、抓鱼。因为河水清澈，有村民给河起名叫“飞鹅坑”，后来因为黑臭，河就被戏称为“黑龙江”了。

如今，自己做了村干部，却没把母亲河守护好，他感到很惭愧。他暗暗下定决心：“再困难都要咬牙治水！”社区里先雇了8台挖掘机，日夜清理河底的淤泥，把河道挖深了1.2米；同时，雇清洁工一早一晚打捞河道里的垃圾；社区干部轮流值班巡河，每人每周提交一次汇报。

治水的关键是切断污染源，这也是张泽丰最头疼的问题。

张泽丰说，临崑上社区约有5000多人，村民的经济来源主要以务农和外出务工为主，并没有污染的工业，练北大坑的污染源主要是生活垃圾和污水。“能管好村民的生活垃圾和污水，河水的水质肯定一天比一天好。”但让张泽丰犯难的是，把生活垃圾扔到河里，是村民十几年来养成的习惯，要改变习惯并非易事。

一天早上，张泽丰在巡河，看到住在河边的一户人家，有人走出来顺手就把一袋垃圾扔到了河里。“当时我很生气。”早上刚打捞过河面的漂浮物，一袋垃圾扔进去，河面又脏了。他当即批评了该村民，并亲自翻过护栏，用竹竿把那袋垃圾钩了回来，同时告诉该户人家要爱护社区卫生环境，不能往河里扔垃圾。此后，他再也没看到那户人家往河里扔垃圾。

在张泽丰看来，虽然这种做法直接了一点，但是要纠正村民的习惯，就要让他们看到村干部的决心。同时，他也反思，村民之所以乱扔垃圾，也是因为垃圾没去处，于是给每家都配了一个垃圾桶。

在临崑上社区的街道上，一个个蓝色的圆形大桶摆在每家每户的门口，巷子不宽，但是打扫得很干净。村民说，现在社区里每天都有清洁工来定期收垃圾，河水也从黑色变成了绿色，“黑色的水是死水，水变绿色，就说明水‘活’了。”

回想一个月的治水经历，张泽丰的情绪比较复杂。被督察组点名批评，张泽丰受到了党内警告处分。河水黑臭了十来年，但自己是去年刚当选的村党支部书记，上任一年多，就摊上了事，心里难免觉得委屈。

但是，他转念想，把河水治好了，“坏事”能变成被乡亲称赞的好事。张泽丰给自己定了一个小目标，希望明年端午节，村里停了近14年的龙舟赛能够在母亲河里重新划起来。

红河现 >>

驻河第26天

黑河变红河，距镇政府1公里处有人顶风排污？

2018年7月16日

星期一

天气：晴

记录人：李赫 张伟炜

地点：潮南区司马浦镇

“现在环保查得这么严，真的还有人乱搞吗？”与上一组驻河同事交接后，我们带着这样的疑问来到了汕头市潮南区司马浦镇，重点考察练江秋风水支流（秋风水支流主要流经司马浦镇，最上游有两公里余在两英镇高堂村）。

作为一个在北方小城长大的孩子，第一次来到粤东沿海的潮汕小镇，这里的繁华令我颇为意外，不时感慨：“这里的镇子，几步路就是一个酒吧，街边竟然还有麦当劳，实在太繁华了。”

不过，在吃惊于当地城镇化程度的同时，我们在走访过程中，也感受到经济的快速发展让当地的生态环境付出了代价。

司马浦镇位于广东省汕头市潮南区西部，练江中游南侧。全镇面积30.5平方公里；管辖19个村（居）委，41个自然村；现有人口13.6万人，是当地经济发展较快的工业重镇。

以324国道为分界线，向北为秋风水支流的北段，主要流经村庄，最后汇入练江干流。南段支流则主要流经镇区，濒临235省道。从北段向南段沿河观察，河道渐渐狭小起来，河水的颜色也在逐渐变黑，且略有臭味。

“除了黑臭，好像没有特别的发现？”我默默嘀咕着。在来练江之前，对于练江河水黑臭的说法我们早有耳闻。所以看着眼前黑黑的河水，已经走了一天的我们打算结束今天的巡河工作。

然而，走着走着，河水竟然逐渐由黑转红！向南直到下店村道大约700步的距离（约400米），整个河水呈暗红色，令人触目惊心！而且，这里竟然离镇政府只有1公里远！

此时时间显示的是下午4点半。“这光天化日的，胆子太大了吧！练江整治力度这么大，到底是谁还敢顶风作案？”一边记录着眼前令人惊愕的事实，我们一边

秋风水支流南段，河水呈暗红色，令人触目惊心

发出愤慨的疑问。而且，司马浦镇政府就在不远的1公里处，不知相关河长平日里是否有在巡河？

带着这些疑问，我们继续沿着河边一路向上追溯污染源。走着走着，河边开始出现很多印染厂。于是，我们怀疑污染源在一个名为“汉明印染厂”的工厂附近。我们决定向市环保局举报这一线索。

速告破 >>

驻河第27天

5个多小时地毯式排查 “红河事件”告破

2018年7月17日

星期二

天气：晴

记录人：李赫　张伟炜

地点：潮南区两英镇

今天，我们昨天巡河发现的“红河事件”有了最新进展。原来，污染源并非我们昨天怀疑的汉明印染厂附近，而是在更上游的两英镇墙新村。上午，我们就昨天发现的情况联系汕头市环保局，并再次到事发地点附近巡查。上午11点，事发河段的红色河水已消失。下店村道口卖西瓜的张大姐说：“这里印染厂比较多，而且每年都查他们，最近没见过红色的水。”

下午，市环保局环境监察分局副局长张小川带队，我们前往事发地点附近排查。有了环保局的专业人士，我们顿时觉得信心满满！

5个多小时地毯式排查，“红河事件”告破。图为被查获的作坊违法作业现场

“这么看还不能判断污染源就在这个厂，我们要从这个厂开始一步一步向上排查！”通过查看我们拍摄的视频，张小川和市环保局环境监察分局大队长陈良武决定前往视频中排污口所在的工厂突击检查。经查证，视频中拍到的疑似排污口位于汕头市宏信织造实业有限公司旗下创辉煌印染厂内，但检查中暂无发现其与“红河事件”有关联。

“这种突然发生的污染源确实很难排查。”张小川道出了他们日常工作的难处。污染源排查原来没有想象中那么简单！一时间，我们一筹莫展。

不一会儿，随着在检查宏信实业的过程中潮南区环保局相关人员来到现场协助工作，事情出现了转机！我们从区环保局监察大队队长黄宏旭口中得知，原来“红河事件”已于昨晚成功破获。具体案情如下：

7月16日，根据群众反映，两英镇高堂村一排水沟渠出现“红水”。随后，潮南区迅速指令区环保局、公安分局及两英镇政府组织精英执法力量，出击严查。潮南区环保局监察大队队长林继明回忆，接报后第一反应是“有点羞愧，也很生气，我们每天紧锣密鼓地巡查，竟然还发生这种事情”。

随后，黄宏旭、林继明等36位执法人员分为4个小组，沿着“红水”沟渠溯流而上，一个村一个村挨个排查，经高堂村至西陇村交界处司神路旁排污沟，发现“红水”从沟底暗道涌出。根据日常执法经验研判，执法人员确定两英镇西陇村、墙新居委辖区为“红水元凶”重点区域，随即对该区域展开拉网式排查。

很快，执法人员在位于潮南区两英镇墙新福利院北侧查获一无名纸箱印刷工厂，在墙新居委司神路段敬老院东侧一幢二层混凝土结构建筑的厂房查获一无名印花工厂，现场2家工厂均正使用红色颜料进行生产，生产过程产生的红色废水都正直接排入墙新居委司神路旁排污沟。废水就这样染红了秋风水！

之后，执法人员对2家工厂主要生产设备实施查封。公安机关将印花厂8名涉案人员、纸箱印刷厂5名涉案人员带回两英派出所调查。其中，纸箱印刷厂5名涉案人员已被警方刑事拘留，5名印花工人被处以行政拘留15天，潮南纪委监委也已启动追责程序。至此，触目惊心的“红河事件”水落石出。

“目前区环保局每季度开展双随机抽查检查，成立机动小组不定时、不分节假日对重点河涌开展夜查、突击检查，平均每天调处群众投诉4—5件。”黄宏旭告诉我们，2018年至今，区环保局共查处黑作坊21家。

怕流泪 >>

驻河第28天

基层干部压力大：“不怕流血流汗，最怕是流泪”

2018年7月18日
星期三
天气：晴

记录人：李赫　张伟炜
地点：潮南区两英镇

在“7•16”红河事件当天，看到令人触目惊心的“红水”，我们曾一度怀疑当地存在监管失职、打击力度薄弱、领导层面不重视等问题。然而，几天的采访中，在接触了包括汕头市环保局、潮南区环保局以及两英镇城管办的相关一线工作人员后我们发现，整个汕头环保巡查执法力度不可谓不强。特别是从“7•16”红河事件来看，基层巡查人员在早上8点多发现问题，到区里迅速组织36人的排查队伍，到下午5点左右查处，从侧面反映出当地环保执法力度之大。

在两英镇，从上个月以来，关于练江整治的巡查已变为24小时不间断。相关部门表示，他们白天值班，晚上加班查治河，有时还要通宵。而从潮南区环保局日常的监察任务来看，区局要对在管重点污染源开展每月不少于一次的现场监察，每季度开展“双随机”抽查检查，成立机动小组不定时、不分节假日对重点河涌开展夜查、突击检查，平均每天须调处群众投诉4—5件。

说到上面的工作，有关工作人员禁不住向我们诉苦：“我们经常干到半夜两三点，结果呢？家里老婆还经常怀疑我们真的有这么忙吗，在外面是不是有人了？真是令人哭笑不得！”

而晚上11点30分，我在和区环保局的工作人员聊微信时，得知他们还在司马浦镇做巡查工作，也证明了他们所言属实。据介绍，目前练江环保整治的任务重、执法力量不足，甚至要找市长出面协调，借调工商系统的人来帮助一起巡查执法。

“我们不怕流血、流汗，最怕的是流泪。”面对以上高强度的工作，基层执法人员心理上也承受着较大压力。

我们发现，在基层干环保执法，其实挺矛盾的。一方面，环保执法每天工作任务非常重，而在另一方面，工作需要“向前冲”，但一旦查出来问题，他们会面临追责的压力。我在想，治理练江，可能也要关注“队伍”的情绪和难处，俗话说：“用兵之道，攻心为上。”关注基层干部的心理问题，也是练江治理的一个重要课题。

印染园 >>

驻河第29天

治污挑战：暗渠偷排易反复，园区建好无缓冲

2018年7月19日
星期四
天气：晴

记录人：李赫　张伟炜
地点：潮南区司马浦镇、两英镇

整治练江，从“断源、截污、清淤、修复”几方面看，“断源”放在首位；至于工业、农业、生活三大污染源，工业污染最为严重。那么，目前潮南区以及秋风水流域的工业污染源控制得如何？

经过几天的走访，我们发现印染企业入园和“小散乱污”整治仍然是这里治理工业源水污染面临的“两座大山”。

一家印染厂正在作业，烟囱冒着灰烟，气味刺鼻

在秋风水流域，司马浦镇和两英镇共有区管印染企业53家（其中司马浦镇16家，两英镇37家），约占全区印染企业的40%。从另一个角度看，印染企业其实不仅是污染源，也是当地的经济命脉。

接下来，这些印染企业最关心的问题是——2019年1月1日前能否顺利搬入潮南区纺织印染综合处理中心。

“如果明年1月1日园区还建不好，就麻烦了。”宏信实业董事长廖汉文说，作为企业，他们非常支持这次整治印染企业的决定；但现实情况是：就算年底园区建好了，如果没有缓冲的时间给企业去搬，一旦时间点到了就要停产，一停产，上下游客户和企业运营资金链都会受到很大影响。

“一想到这，头就很大，我们至少需要提前一个月的时间去衔接生产。”说到动情之处，廖汉文面露忧虑。

而在另一方面，除了这些有排污许可证的印染企业，“小散乱污”暗渠偷排的易反复特性，同样困扰着这里的环保治理。例如不少像“7•16”红河事件这样的印染黑作坊。

“这些隐藏在村民家中的黑作坊非常难查，生产地点隐秘不说，偷排漏排的行为也相对动态，有时难以取证。”参与当天红河事件排查执法的两英镇城管办主任赵桂军反映，偷排频发的地方很多沟渠都是暗渠，并且错综复杂，给排查增加了不少困难。此外，两英镇分管环保的党委委员马伟民分析，目前环保检查力度大，印染企业大量减产所造成的供应缺口，可能也是这些小作坊还要冒险“顶风作案”赚快钱的原因。

带村民 >>

驻河第30天

河长们带头辛苦治河也在潜移默化地影响着村民

2018年7月20日
星期五
天气：晴

记录人：李赫　张伟炜
地点：潮南区司马浦镇

今天的考察主要集中在司马浦镇，以采访河长为主。

司马浦镇已逐步落实河长属地责任制，各村级河长均保持每天一次以上的巡逻。几位村级河长表示，他们8点钟上班，就7点钟起床，先把巡河任务完成，再去上班。如果下班早了，就会再去重点检查。港洲村村委书记王松廷笑称："每天都怕睡过头。"司马浦镇副镇长罗楚雄是镇级河长，分管华里西村河段，他一周巡河三四次。在巡河中，发现河面漂浮的垃圾，即刻叫人开船去清漂，更严重的问题就

港洲村前秋风水流域下游一景

上报给区环保局。

在交谈中，河长们也反映了目前开展巡河治理工作中面临的一些问题：一是资金不足，例如有些地方是纯农革命老区，没有集体经济，“两委”领导班子只能号召村里乡贤助力治水。日常的维护花销还可以承担，但遇到清淤清障等大工程，资金比较紧张。二是任务重、压力大。“5+2”“白+黑”是一些基层干部的工作常态，有时繁忙的工作也会招致家人的不理解。三是对村民的环保意识教育是一项长期工作，由于村民的素质参差不齐，乱丢垃圾的现象难以一下改善。四是除了巡查漂浮物和垃圾，跨区域污染源的问题还需要多地联合解决。

不过，河长们带头辛苦治河，也在潜移默化地影响着村民。王松廷跟我们分享了一个小故事：某一天，一位老妇人提着一袋垃圾走出家门随手一丢。但看到“两委”干部正打扫卫生，老人感到过意不去，跑回去把刚才丢掉的垃圾放回垃圾桶里。

此外，客观上来说，由于管网搭建推进缓慢，各个村子的生活污水目前仍然是直排入河，是农村片区河水污染的主要原因。这其中，牲畜养殖占了很大一部分。对于村内零散的养猪户，村干部目前采用劝说的方法，说服他们不再养殖。据《汕头日报》报道，今年汕头市提出“练江沿江两岸禁养区扩大为1公里”，并在今年10月底前彻底清空禁养区内畜禽养殖场户。王松廷告诉我们，现在村里的养猪户基本都把自家猪宰了不再养殖，村里都有登记，后续是否有补偿政策，目前还不知道。

最后，在交谈中我们发现，基层河长干部们仍有练江水质变好的决心与信心。他们纷纷表示，秋风水司马浦段从去年下半年开始出现明显改善，水质一天比一天好。在港洲村口，我们看到河水非常干净，无垃圾无漂浮物。当天，港洲村的村干部还拿出手机给我们展示，照片上，一些村民傍晚时分在河中游泳嬉戏。

管网缺 >>

驻河第31天

污水处理厂发挥应有作用面临的几个难题

2018年7月21日
星期六
天气：晴

记录人：李赫　张伟炜
地点：潮南区司马浦镇、两英镇

对于普通人来说，污水处理厂是个神奇的存在。又黑又臭的污水，经过前后10道工序的层层处理，从终端源流出时已变成清澈无味的净水……这是我们今天在司马浦镇污水处理厂和两英镇污水处理厂亲眼所见。

此前中央环保督察组发现，"汕头潮南区虽投运3座污水处理厂，但进水COD平均浓度不到100 mg/L，最低的仅为40—50 mg/L之间，基本上是'清水进清水出'。"

7月20日15：12，我们看到司马浦镇污水处理厂实时进水COD为154.33 mg/L，出水COD为20.30 mg/L；7月21日13：11，两英镇污水处理厂实时进水COD为193.54 mg/L，出水COD为26.71 mg/L，尚为合理水平。

什么是进水COD？简单来说，就是未经处理前污水的污染程度。

"其实从进水COD的变化可以侧面看出练江治水的效果。从数据来看，秋风水水质从去年下半年开始明显有所好转。"司马浦镇污水处理厂负责人方其远给我们看了最新的数据对比，该厂进水COD从2017年8月份开始有明显降低，这也与秋风水支流多位受访者所说的"河水从2017年下半年明显好转"的说法基本一致。

不过，由于一期项目仅建设了一条主管网，目前司马浦镇污水处理厂处理的污水为抽进来的河水。如果想让司马浦污水处理厂真正发挥处理截污的作用，必须等到二期工程管网的并入。两英镇污水处理厂处理的污水虽然是截污管网收集的污水，但从管网分布来看，两英镇污水处理厂目前一期和二期项目的管网辐射能力仍然有限。

"看来管网建设依旧是治污问题的重中之重。"我们若有所思。

而想要污水处理厂真正发挥效用，除了管网问题，征地仍然是最重要的难题。由于大大小小的截污管网要从村民家门口经过，复杂的管线要进行迁移，协调难度较大。同时，项目在调研和设计阶段，存在实地勘察不足的问题，有时实际施工

两英污水处理厂管网及厂区示意图

时，会遇到与管网设计冲突的情况。

“我们现在都开放让村民来看，主要想打消他们的顾虑。”污水处理厂有关负责人表示，一些村民对污水处理厂存在一定误解，例如认为污水处理厂是生产污水的地方，是风水不好的东西，使得厂房选址征地存在困难。

此外，有业内人士指出，最近几年，随着环保压力的增加，地方环境治理的需求越来越大，环保行业持续升温，大量企业涌入，在该类BOT、PPP项目竞标时，有时会出现“恶性竞争”，有的企业为了拿下项目，不惜低价中标，到实际施工时却称以中标资金来做好工程难以为继。

持久战 >>

驻河第32天

秋风水治理：有好转但还不够，需要持之以恒地努力

2018年7月22日
星期日
天气：晴

记录人：李赫 张伟炜
地点：潮南区司马浦镇、两英镇

一周的驻河很快要结束了。

经过在司马浦镇和两英镇一周的实地走访，我们对练江秋风水支流的治理整体上有了一些认识。对于我们来说，最为关注的问题莫过于，治水有没有在推进？谁在治水？到底治理得怎么样了？接下来要怎么治？我们尝试着对这些问题进行总结。

首先，治水有没有在推进？答案是肯定的，并且治理力度空前。从几个方面来看。一、潮南区所有在管印染企业进行了排污改造，并需要在2019年1月1日前全部搬进产业园区，否则就要关停；二、两英镇在2017年共查处“小散乱污”印染工场22家，而在2018年到目前就已经查处了40家，其中部分人已经入刑；三、大部分村级河长每天巡河不止一次，市环保局、区环保局、各镇环保部门各自的执法强度从今年开始也前所未有。

其次，谁在治水？经过一周的走访，我们也感到治水的复杂。在镇上，治水主要由各级河长、水利所、城乡办在具体执行。镇级总河长均由镇委书记担任，镇级河长也基本覆盖了镇领导，已经落实属地责任的各级河长主要负责日常的巡查，并发现、处理和上报问题。而日常清理垃圾的工作以及村内沟渠的治理，由各村级河长和村干部完成；水利所则主管河道通畅，目前秋风水清淤美化工程，主要由水利所配合区水务局进行；城乡办则是负责对污染源的日常巡查，打击“小散乱污”印染黑作坊，同时配合区环保局的日常检查工作。由于镇上的印染企业目前都是区管，因此这些企业的检查工作由区环保局和市环保局进行。此外，管网的铺设也由城乡办具体配合协调。

那么，秋风水治理得怎么样了？从我们的感官来看，秋风水北段下游段水体确实不错，村干部说港洲村前还有人在傍晚游泳。大多数受访者反映，从去年下半年开始，河水的确有在变好。不过，从下游往上游走，随着河道逐渐变窄，河水经过印染厂集中区和各种排污沟渠之后，仍较为黑臭，河道边也有垃圾、违章建筑存在。

秋风水两英段，区水务局正在进行河底清淤，路边还有一些违章建筑

当我们来到两英镇的上游段，发现几乎已没有水从秋风水库流出。在已经放干水的黑乎乎的河道上，区水务局的挖掘机正在进行清淤工作。整条秋风水的清淤工作都由区水务局主导，目前司马浦镇段的清淤工程还在招标。

下一步，工业污水方面，在产印染企业的入园将继续推进，当地对“小散乱污”企业的整治力度还将继续加强，并严打偷排漏排的非法行为。生活污水处理方面，管网建设仍须提速。目前两英镇污水处理厂一期工程已经运营7年，二期还没有正式运营；司马浦镇污水处理厂一期仅运营了一年零两个月，并且污水主要来自抽取河水而不是截污，二期工程招投标还没有眉目。

“练江治理是一场持久战啊！”我们不禁感慨。

夜封管 >>

驻河第33天

夜以继日：白天闻小练江“体味”，夜里封不明水管

2018年7月23日
星期一
天气：晴

记录人：冯善书 肖文舸
地点：潮南区峡山大溪、两英大溪

峡山大溪为练江的主要支流之一，在上游西埔闸接中港河，沿途流经城区泗联、西港等10个村（社区），全峡山排洪闸处流入练江，全长6.78公里。没来之前，就听说这里的治理工作在整个潮南是做得比较好的。不过，峡山大溪作为其中一片腹地的繁华区域的支流，压力仍然很大，也还存在“久治不清”的黑臭水体。

白天，我们几乎走完了整条峡山大溪，看到暴晒下的练江，就像烈日下行走的运动员一样。只要稍稍来一缕轻风，就可以闻到它的“体味”。我们从峡山大溪上游与中港河交界的地方开始，一路向北走，心想：“这可能就是最真实的练江了。”

为什么处在潮南区最中心的峡山街道，河涌还有如此大的“体味”？是因为这里城乡生活污水仍有直接排河的现象，如拱桥村、华桥村等。在模范村泗联村，新建的排污管道仍是直接通往河道。当地人说，管道在到达河口前，中途会在底部接一条分管，这条管连通污水处理厂而不接入河道。天晴时，由管道流过来的生活污水本来就少，流动的速度慢，自然就会往下流入分管，被送往污水处理厂。而下雨天的时候，由于管内排水量和压力都比较大，雨污合流才会直接冲向河口。

这些内河、旁沟、排渠，就像人体的毛细血管一样，布满了整个峡山街道的每条村庄，村与村之间相互影响，老建筑林立，街道狭窄，错综复杂，要对原有的排水系统和排污系统进行现代化改造也面临不小的问题。

当天晚上，我们跟着环保执法人员到两英镇追查污染源。在东英路附近，当地护河治河人员动态巡查发现了一个不明排水管，但是现场并没有闻到臭味。为杜绝后患，环保人员决定连夜把排水管割开，电钻“吱吱”地持续响了约10分钟，环保人员才从割开十余毫米的管道发现，里面并没有水。“现在没有排，也可能是以前埋下的排污管道，但为防止它以后排污，要第一时间封死。”潮南区两英镇环保办环保专职副主任钟庚贵一边说，一边组织人员用沙、水泥、小石头混合材料将其堵死了。

看守所 >>

驻河第34天

第一次进看守所："以后这一行我肯定不干了"

2018年7月24日
星期二
天气：阴雨

记录人：冯善书　肖文舸
地点：潮南区两英派出所、潮阳区潮阳看守所

今天，是我第一次走进看守所。高墙之内，几道铁门，多条铁栅，里面的偷排人员眼里没有一点神采。"十分后悔。出去后再也不干这个了。"其中一个人说。

昨晚，经过我们的努力，当地政府同意带我们进入潮阳看守所采访前段时间"红河事件"的犯罪嫌疑人。这让负责追踪案件进展的我们很高兴，马上做足了采访的准备，也提醒自己要问得合适，不要搞媒介审判。

"7•16"红河事件当时迅速告破，有5名涉案人员被刑事拘留。一大早，在潮南区委宣传部工作人员曾龙和区公安分局指挥中心负责人的帮助下，我们很快在两英派出所办好了采访所需要的证明和手续。两英派出所的林警官和姚警官开着警车带我们冒雨直奔嫌疑人在押的潮阳看守所。

我们在1小时后抵达，出示介绍证明、登记，穿过重重关卡，进入了看守所的核心监区。随后，其中两个涉案人员先后来到一间中间有铁窗隔着的会见室，一个是偷排企业的法人代表，另一个是生产人员，都穿着橙色马甲，手上戴着手铐。也许是因为进来后经历过多个不眠之夜，他们的神情低沉而落寞。

林警官和姚警官经过简单的提审后，示意我们可以采访了。

"自己环保意识太差了。我现在才明白为什么今年以来订单大涨，当时还觉得挺高兴，其实是别人不敢接了。我们居然还在顶风作案。"嫌疑人黄宇祥说，"脑子里可能有一闪而过的担心，但没有细想，也没想到其实是这么严重的事情。以后这一行我肯定不干了。如果周围有做相关行业的，要告诉他们：相应的污染处理设备一定要配齐，一定要合法经营。"说到最后，这个1988年出生的年轻人有一点哽咽。

从高墙里出来，两位警官谈到，最近潮南区查处的类似案件，经过媒体传播扩散之后，在社会上还是起到了很强的震慑作用。当天下午，来自潮南区公安分局治安管理大队环境犯罪侦查中队的数据显示，最近半年来（截至2018年7月22日），当地一共查处各类环境违法案件104宗，行政拘留50人，刑事案件5宗，刑拘15人。

执法快 >>

驻河第35天

一场突如其来的执法行动

2018年7月25日
星期三
天气：晴

记录人：冯善书
地点：潮南区胪岗镇

“全民监拍”是潮南区加强宣传和教育引导、发动全民一起治河的创新做法之一。

据潮南区委常委、宣传部部长黄丽凤介绍，要号召全社会一起来为执法部门提供报料线索。自6月11日正式开展“练江整治——全民监拍”活动以来，一共接到群众投诉建议60多条，大部分都核实有效并及时解决了。

正是得益于这样准确的报料，我们今天亲自参与了一场及时的执法行动。

中午1点钟，阵雨过后太阳暴晒，地面温度陡然升高。我们和区委宣传部的曾龙接到通知赶到集合现场时，已经满头大汗。几辆警车和公务车早已停在马路边待命，警灯闪烁。

从市卫计局到潮南区挂职练江办副主任的周陈斌在人群中来回走着，不停地打着电话，沟通和交代着事项。他随后告诉我们，这是一支由区公安分局与区环保局等多部门共同组成的执法队伍，共集结了80多人。由区政府党组成员、副区长、区公安分局局长许俊雄带队。

差不多10分钟，队伍集结完毕，许副区长一声令下，所有人跳上车，分三个小分队出发。

来到现场，涉嫌排污的企业在胪岗镇胪岗社区的城中村里边，距离路边不到一百米，厂房前后都是空地，比较破败，杂草丛生。第一家小型染线厂，并没有发现很明显的偷排现象，但另外两处不仅现场发现了排污证据，我们还在其中一个点抓获了4名正在作业的工人。

监测站的技术人员按照执法流程在现场进行采样送检。在其中一家民居改成的印花加工作坊，外观根本看不出里边是在搞生产，四面墙角也找不到排污口。只有进入里边才能发现，二楼脏乱不堪的洗手间，就是他们平时倾倒工业废水的地方。

废水在地下兜兜转转好远才在一个隐蔽的地方进入河道。大热天，虽然有部分门窗可以打开，但非法作坊里还是如蒸笼一样。调制染料的材料、容器以及废弃的生产工具和材料在每个房间都可以看到，不断挥发出一股奇怪的气味。四个已经被铐起来的涉事人员都光着上身，一脸迷茫地看着执法人员。

回来时我一直在想，像类似的作坊和小工厂，在汕头地区并非少数，它们往往潜伏在城乡结合部，与民居交杂在一起。这类地方，本身管网建设就比较落后，雨污短期内也没可能实施分流。练江的污染之所以难治，大抵原因也就在这。

前不久，省委书记李希就加快推进练江流域综合整治工作作出批示，省政府在随后召开的练江流域整治专题工作会议上，把推动练江流域整治早见成效视为打赢我省环境污染防治攻坚战的重大战役。而今天的这次执法行动，让我们更深刻地认识到这场战役的艰难。

厂转型 >>

驻河第36天

把便宜的产品卖掉 把黑臭的污染留下

2018年7月26日

星期四

天气：晴

记录人：冯善书

地点：潮南区峡山街道

找了个空当，今天我又到峡山街道的一些支流走了一遭。

这里工厂林立，哪怕是在偏僻的农村，也能找到各种手工作坊。有些人可能认为，练江的污染都是潮汕人自找的——珠三角工厂排出来的污水，不可能跨越数百公里流到练江里去。不过，在这边的工业区走了一圈，我却有种全新的认知。

当地人告诉我，这里很多作坊和商店都在淘宝上开了店，有些生意做得很大。靠着电子商务的支撑，当地的小商品快速地扩散到全国各地。潮南的小商品可以这么便宜，就是因为这里一些较为粗放的生产方式让企业背负的环保压力更小，综合成本也就比其他地方更低。一位当地的内裤厂老板告诉我们，从他们这里卖出去的内裤，出厂利润可以低到2元，在生意不好做的时候，甚至平本的订单也接，目的就是让工厂正常运转下去。

过去这些年，这里的企业靠着污染环境生产出低成本产品，源源不断地输往外地，让许多大城市的居民享受到了物美价廉的实惠。然而，被污染的水体却全部留在了本地，给当地的河流带来了不可避免的伤害。

峡山街道是黑臭水体综合治理排在潮南区前列的地区，如今建设的垃圾焚烧厂、污水处理设施，以及正大力推进的管网建设，还有印染企业入园计划，都将对峡山的未来产生深远的影响。也有人说，峡山大溪有可能成为最快实现“不黑不臭”目标的一条练江支流。

在东溪等一些河道比较宽阔的水域，我们看到一些白色的水鸟在水域上空飞来飞去。一位当地的居民告诉记者，这是水质改善的一个最好的证明。野生动物对自然生态的敏感程度比人还高，只有当水质好转，河里有鱼了，这些鸟类才会从遥远的地方飞回来。

不发证 >>

驻河第37天

印染企业入园背后的博弈

2018年7月27日
星期五
天气：晴

记录人：冯善书　张伟炜
地点：潮南区印染中心（陇田镇）、潮南区胪岗镇泗和村

经过前几天到峡山大溪和练江流域的其他支流进行实地走访调查，以及跟随执法人员深入企业和三无作坊进行污染排查，我对两潮地区印染企业入园管理的重要意义，有了真实深刻的认识和理解。

根据国家和省的要求，潮阳、潮南两区组织印染企业入园生产，2019年园外所有印染企业一律不再发放排污许可证，这就意味着，不入园就不能再生产。

位于沈海高速公路北侧的潮南区纺织印染环保综合处理中心，承载着全区100余家拟保留的印染企业全部入园、统一监管、统一治污的重任。

“这两年工作压力真的大。”这是潮南区纺织印染环保综合处理中心管理办公室主任陈松湖与我们见面的第一句话。

邻避效应是他谈得最多的话题：印染企业对老板是个宝，但附近的老百姓却十分嫌弃。当初印染中心在选址的时候，谁都不同意放在自己的地盘上。印染中心的会议室正中间放着一块大屏幕，可以看到园区每个安装了摄像头的角落。陈松湖说，最初那段时间，他每天坐在这里，时刻关注有没有群众组织人员到这来搞事情。

让他欣慰的是，最艰难的时期已经过去。我们现场考察正在建设中的污水处理厂和热电厂时，潮南印染行业协会会长钟进城刚好路过，他说，政府推进印染企业入园的思路是对的，协会也非常赞成。但明年1月1日前搬进来，节奏上对企业来说有点紧。“把那么多企业从市区搬过来，就像做一场器官移植手术。到了这个新的环境后，怎么与原来那些产业‘毛细血管’重新接起来，需要一段时间。就算顺利接好了，也还要磨合的时间。”钟进城说，希望能有一点缓冲，如果能让企业通过自身努力把损失降到最低，对当地经济发展会更好一些。

高压态势下，汕头市委、市政府早已表态，要以置之死地而后生的决心，壮士断腕、背水一战，坚决打赢这场治污翻身仗，确保年底前取得重大转折。所以，在印染企业入园的问题上，当地似乎不大可能给自己减压。

有问责 >>

驻河第38天

目光聚集之处：压力大动力也大

2018年7月28日
星期六
天气：晴

记录人：冯善书 张伟炜
地点：潮南区练江流域综合整治指挥部办公室

本来想在宾馆里整理这一周来采集的文字素材和视频资料。但经潮南区机关事务局局长刘晓东介绍，我们得以在周末采访潮南区练江办总工程师林雨锋。他和工作人员们详细介绍了潮南区治水情况。为了帮我们更全面地了解，潮南区委常委、副区长、练江办主任王楚彬还准备了一份详细的工作报告。

我们明显感受到当地政府在治理练江污染这件事情上的巨大压力。他们明白，把练江治理好是一件功德无量的大好事，子孙后代都可以从中受益。但考虑当地的实际情况，要按时按目标完成工作任务存在很大的难度。所以，现在是“硬着头皮往前冲”，他们说。

在谈到下一步工作措施时，他们表示，接下来将继续坚持“巡、清、打、治”四措并举，深入扎实推进峡山大溪流域综合整治。一方面是要加快投资约2.37亿元的峡山大溪流域截污工程PPP项目、投资约8亿元的峡山大溪流域截污清淤及景观提升项目和峡山十八湾涝区南风泵站工程项目和建设。另一方面则要加强宣传教育和加大打击力度。尤其是要严厉打击企业违法排污，积极防治畜禽养殖业污染，采取专项整治与经常性工作相结合的治理模式，加大巡查监管力度，防止污水偷排漏排，重拳打击非法涉水重污染企业，做到发现一家，坚决关停取缔一家，极力保护生态环境。

让我们印象很深的是，他们也提到了一些问题。譬如整治项目开工需办理的相关审批程序较为烦琐，无法满足省政府下达的任务时间要求，需请求上级政府及相关部门给予大力支持，简化办理流程，一边对部分已设计完成的项目提前启动开工，一边补办项目开工等相关报建手续；还谈到项目涉及地下管线迁移、施工安全等难题，重点需涉及供水、供电及电信、移动、联通等管线单位全力配合，及时迁改影响工程建设的管线；此外，截污工程PPP项目中标主体的广东省广业环保集团有限公司为国有企业，工程建设的内部审批程序较多，办理时间较长，无法按照练江流域要求的时间办理有关手续。当地很需要该公司特事特办，简化办事时间及流程，有效推进练江流域整治项目的进展。

“只要哪一项工作推进不力，我们是首先要被追究责任的部门。”林雨锋说，练江是潮汕人的母亲河，直接影响的是当地人的幸福感、获得感，虽然以前在保护环境和治理污染上也作出了努力，但推进比较慢。特别在管网建设等基础设施上，而这对于练江流域的综合治理来说恰恰又是最关键的。同时，如果污染源没控制住，派再多人到河道去清淤、打捞或做其他净化水质的工作，也难以治本。

“中央环保督察以及省委、省政府的关注，帮助地方政府端正了态度。现在不管这项工作有多难，都会顶着压力上。”林雨锋说。刘晓东也表示，近期上级检查很多，当目光都聚集在这里的时候，压力大，动力也大。

竟不舍 >>

驻河第39天

离开竟有种莫名的不舍

2018年7月29日
星期日
天气：晴

记录人：冯善书　张伟炜
地点：潮南区委宣传部

在我们这周的巡河调研结束前，我与黄丽凤常委及区委宣传部工作人员通过电话再次短暂交流了一次。

如何在宣传口的角度，去组织各方力量参与治水？这是出身新闻专业的黄部长思考较多的问题。从今年6月开始，她与同事致力于发动群众广泛参与监督，形成声势大、震慑效果好、整治速度快的治河氛围，还专门开设了“练江整治——全民监拍”活动微信公众号，接受群众线索举报。

具体做法是：由区委宣传部联合区环保局设计制作了200块“练江整治——全民监拍”公益广告牌和警示牌，安装在峡山街道、胪岗镇和两英镇等地各重点水体旁，警示牌印有“练江整治——全民监拍”微信公众号二维码和举报投诉方法，群众发现问题可以随时扫码进行线索举报。

至今已收到60多条举报，真实有效率高达九成，举报类型分别为垃圾污染问题和水溶厂、印染厂违规生产偷排污水等问题。正是通过这条渠道的帮助，执法部门一个多月以来，查处了一批又一批环境违法案件。譬如，6月12日，微信平台就接到群众举报称，该区胪岗镇溪尾周村有一工厂内存在涉嫌污染练江的行为。接报后，当地立即落实镇、村两级以及有关部门迅速到现场处置，整个处置过程不到1小时。

此前，黄部长还邀请我们驻河记者参与到他们的执法行动，让我们零距离感受到他们打击环境犯罪的坚定决心和强硬手段。期待下一次见面，能听到更多有关他们治水的好消息。

把这一周得到的重要信息和材料以及还没有做完的工作交给来接棒的同事谢庆裕后，我中午匆匆告别这个繁忙的城市。从潮阳站坐上返穗的高铁，一路上看到路边河涌岸上到处可见立有鼓励群众参与微信举报污染源的告示牌，高大而显眼，每个牌上印有二维码，手机一扫就可以进入举报平台。当高铁开动时，透过车窗看着外面一衣带水的景色，心里竟然有种莫名的不舍。

急固堤 >>

驻河第40天

金溪水支流：防洪整治如盛夏的气温火热推进

2018年7月30日
星期一
天气：高温天晴

记录人：谢庆裕
地点：潮南区陈店镇

金溪水（司马陈店截流）支流是我这次负责调研的练江支流之一，其由南往北流经潮南区仙城镇、陈店镇汇入练江。

今天，我从金溪水下游入练江口的地方逆流而上，一直到源头的金溪水库，考察这条长11.8公里的支流现状。在金溪水下游出口汇入练江的地方，陈店镇与贵屿镇一江之隔。这里的练江在两岸的野外草丛中穿过，水体呈褐绿色，闻不到臭味。“以前江水都是黑的，现在经常看见有人来清理垃圾和水浮莲，水面干净了不

陈店镇政府在河边竖立练江综合整治通告的公告牌

少。”在这里施工的几位工作人员称。

除了清漂，金溪水的防洪整治也在加速推进。从金溪水入练江处往南走大概1公里，就是华里西桥。这里河道笔直，东侧的堤岸已经平整加固一新，斜斜地铺上了透水砖。西侧的堤岸虽然尚未铺砖，但也已经平整出工作面，一台钩机在施工便道上不断挖起河边的泥土，对堤边进行平整。

负责该段工程的大禹公司蔡先生戴着草帽，忙碌地指挥着钩机作业。“工程最快年底可以完工了。”他告诉我们，整个金溪水达标加固工程全长11.8公里，从入练江口一直修到金溪水库。

兰兜桥脚的金溪水西岸，是达标加固工程的一个指挥部，这里插着彩旗，挂着流域工程图，不少工人赤裸着上身，汗流浃背地施工，不时有工程货车进出。据潮南区水务局的信息显示，此前金溪水的堤防经多年运行损坏严重，存在较大安全隐患。

而在金溪水的上游河段，是更为偏僻的农村，河面保洁的精细化迎来了考验。我们在仙城镇的深溪社区附近河段看到，这里的河水呈浅绿色，两岸的堤岸加固工程仍在进行，桥脚边可看见塑料袋、包装盒等少量垃圾漂浮，甚至还有死鱼混杂其中。在桥脚经营自行车维修店的一位村民对河水的变化有直观的感受：“这几天金溪水库放水下来，水清一些，如果水库没放水，又那么高温，就会有臭味闷上来。”他指着对岸一些民居伸出的排污管说，两岸的生活污水直接排到河里。

金溪水的源头就是金溪水库，这是保护得最好的地方。波光粼粼的水面如宽广的碧玉一般，镶嵌在湖光山色之中。“金溪水库水质不成问题，但它作为汕头市潮南区仙城、陈店、司马浦、贵屿等镇70多万人口的饮用水源，人多水不够。”村民反映，今年来水库周边的深溪社区一带都不时停水。用水的珍贵从附近的餐馆可见一斑，往常人们吃饭习惯每桌一壶的茶水，这里只能逐杯限量供应给食客。

从今天的走访情况看，金溪水大部分河段水质从感官上甚至好于练江干流，当地也在热火朝天地开展堤围加固、河道保洁等整治。然而，公众环保习惯的培养、截污工程的进度、水资源水量的保持仍考验着金溪水能否继续走上水质改善的正轨。

"小练江" >>

驻河第41天

率先启动末端截污工程建设，"小练江"有何管网建设经？

2018年7月31日
星期二
天气：高温天晴

记录人：谢庆裕
地点：潮南区峡山街道峡山大溪

潮南区的峡山大溪全长6.78公里，是练江主要支流之一，其整治工程均受到省市重点关注，也是汕头市练江流域综合整治示范建设项目。

省委书记李希7月8日至9日到汕头调研时，专程来到峡山大溪与练江干流交汇处，现场督导练江综合整治工作。

长期关注练江治理的生态环境部华南环科所专家曾凡棠表示，峡山大溪无论产业类型、污染结构还是水文水质特征都有较好的代表性，堪称"小练江"，建议加快整治进程，做出精细化科学治理样板。

今年7月，峡山大溪流域截污清淤及景观提升项目正式动工，其中补充截污工程将埋设末端截污管道29公里，截留峡山大溪干流及12条支流沿岸所有污水或雨污直排口，真正破解污水收集"最后一公里"的难题。

动工一个月后，有何新变化？峡山大溪对于练江的整治有何启迪？驻河的第二天，我随峡山街道办及施工方人员查看了工程进展。

三期管道建设污水处理率将提至85%

在峡山街道西岗村蜿蜒的村道上，两三米宽的沟渠已经从地面剖挖开，一台钩机在旁边不断起落清理淤泥跟积水，几名工人则在烈日下挥着铲子，在清理好的施工面上铺刷混凝土。在沟渠的末端，待接驳的管道已经露出。

"这里铺设的是直径40厘米的管道，工序包括开挖、现在正在进行的打混凝垫层，以及放管、接驳、回填几个阶段。"现场施工负责人、来自广东省水利水电第三工程局有限公司的江春方说。

"峡山街道的截污纳管工作在潮南还是比较快的。"峡山街道办事处水利所所长廖烈才介绍，峡山街道2009年已建设了主干管，之后又建了35公里的二期管道，这次的补充截污工程铺设的是29公里的末端截污管，相当于三期管道，截住的污水将送往峡山污水处理厂。“全部建成后，峡山街道的污水处理率将从75%提升到85%。”近200名工程人员每天加班力争提前完工。

该项目的主要建设内容除了补充截污（埋设截污管道29公里），还包括河道清淤、景观提升等。目前150个工人、40多个管理人员每天都忙碌在各个工作面，预计到8月份，工作面可以从目前的12个拓展到20个。“我们的计划是2018年底完成工程的60%，到2019年9月完工。”廖烈才说，原来的计划是2019年底完工，但根据练江流域综合整治实施方案的要求，峡山大溪考核断面的水质指标至2018年底要有根本性改善。省、市都把截污的时间提前，所以施工方每天都在加班加点，争取提前一个季度完成。

为了加快项目进度，市、区政府还对该项目提出采取“容缺机制”，使得施工方4月10日签订该项目EPC总承包合同后，3个月内就可以提前对完成设计的部分截污管线进行施工。

因地制宜破除建设阻力

末端截污的次支管网建设，往往遭遇地形复杂、周边群众意见不一等难题，峡山街道又是如何破解的呢？

“管道穿过的许多乡道很窄小，面又广，我们就因地制宜采取不同的施工方式。”江春方说，如果施工条件比较好的，就在河段旁边挖地埋管；差一点的，就在河道中间开挖；再差一点的，就把钩机也开到河里进行施工，如果污水量较小的，则可以采用在河壁挂管道的方式。而管道的口径也会根据沿岸的不同人口产业密度进行规划设计。

“事实上，施工技术都不成问题，关键在于群众的理解，要做好沟通协调工作。”江春方说。当地政府人员介绍，为了得到老百姓的支持，除了发动村干部进村入户做工作，有时还要找村民理事会的老人参与发动。“一些村民觉得在家门前施工坏了风水，这时候年长老人的参与，说服力就比村干部还要强，因为村民觉得老人在这方面更为资深。”

在峡山大溪沙溪段，不仅管网建设如火如荼，生态修复也同步进行。河中不但种植了开出粉红色花朵的水生吸附植物，还设置了曝氧装置，河水基本告别了黑臭。接下来整治项目还要进行清淤和亲水平台、滨水栈道等景观改善工程。

"内衣镇" >>

驻河第42天

内衣名镇陈店大溪：从百姓水源地到黑臭纳污河

2018年8月01日

星期三

天气：晴

记录人：谢庆裕

地点：潮南区陈店镇陈店大溪

陈店大溪是我这周驻练江负责的第二条支流，其被一个小岛分成两侧入练江，最近一处与两天前调研的金溪水仅距几十米，下游有几公里河段也与金溪水平行，但从我们今天走访的情况看，两条支流境况迥异。

相比金溪水支流流经潮南区的陈店、仙城两镇，陈店大溪全流域均在陈店镇内，且水面普遍更窄，但流经的区域多为该镇人口、产业最密集的地方，在水量更小的情况下，排污量更大，污染整治形势比金溪水更严峻。

陈店大溪入练江干流处，位于陈店镇最北端的浮草村，淡绿色的河水较为清澈，岸边的浅水处隐约可见河底的石头，在这片人迹罕至、两岸都是草丛或者田野的旮旯一角，不时有鹭鸟飞过。

不过，从河口处逆流而上走两三百米，情况就大相径庭。不但水面开始收窄，两旁的房屋和搭建的窝棚也开始增多，水体颜色变深，有垃圾漂浮。在和安桥旁边

陈店大溪靠近源头处两岸建筑密集，水质较差

开自行车维修店的一位老人颇感无奈，“我小的时候，这里还可以洗澡、游泳，那时候没有自来水，喝的水就在这里。”

在和安桥上，“中国内衣名镇”牌匾金光闪闪，让每一个由此进入陈店镇的人都知道，内衣是这里的名牌产业。从这里越往南向陈店大溪上游的陈店镇中心走，内衣工厂、各种商铺、民居愈加密集，陈店大溪时而藏匿在繁华区域背后的草丛，时而在这些密集的建筑间蜿蜒，但水质却每况愈下。

继续往上游前行，在陈店镇第一中学附近河段，刚下车臭味就扑面而来，黏稠的油污、泡沫、各色垃圾杂物漂浮在河面，上方蚊虫飞舞。再往前三四百米，陈店大溪再度陡然变窄，这时它穿过的是陈店镇最为热闹的综合市场一带，这里的小商铺、小作坊和路边摊档林立，栋栋城中村常见的握手楼沿河岸分布，一支支排污管从建筑的底部伸出。

黑臭的情况一直延伸到潮南区陈店小学附近的陈店大溪接近源头的位置，此时变窄至仅一两米的“大溪”，在流经一个垃圾堆放点后，在外人无法前往的草丛中隐匿消失。在离开人们视野之前的最后几米，两岸建在河边的几栋楼房还伸出排污管，让陈店大溪承担着最后的纳污“重任”。

陈店大溪为何黑臭严重？溪北村蔡伯的说法颇有代表性，“原来这里都是稻田，后来人越来越多，稻田都建起了楼房，为了发展经济，有的又建起了制衣厂房。”经济结构的急剧转型使这些从农村骤然迈向城镇化，根本没来得及规划布局污水管网等基础设施。这种情况下，曾凡棠教授“农业生产方式的转变、土地消纳能力的荒废加剧了污染”的观点，在陈店大溪也得到了印证。

蔡伯说：“原来都是稻田的时候，粪尿都不会外排，直接用来做肥料，现在没有种田了，家家户户的粪尿都是经过化粪池流到沟里。”采访中，沿河居民大多都知道污水直排是造成黑河的原因，但现实的情况却只能如此。

虽然河水黑臭的局面尚未改变，但当地政府的努力，群众也看得到并因此有所期盼。沿河村民们反映，今年来政府派人来打捞水浮莲、垃圾比以前频繁了很多，河面上没有以前那么脏乱了。河流周边都竖立了练江综合整治的公告，乱丢垃圾要罚款，违反的人也少了很多。

在综合市场河段附近的几位经营户表示，最近看到政府已经开始在河岸周边凿地，为铺设管道做前期工作。“相信管道快点建好后，大家化粪池的水不用直排河里，再加上污水减少后可以打开下游的水闸放些活水进来，这样陈店大溪才有希望变清。”在河边见证陈店大溪几十年来的变迁，一位五金店的大叔向我们表达了期盼。

“软”“硬”兼 >>

驻河第43天

整治陈店“两溪”如何软硬兼施

2018年8月02日
星期四
天气：晴

记录人：谢庆裕
地点：潮南区陈店镇

就本周以来调研金溪水和陈店大溪两条练江支流中发现的问题和疑惑，我今天约访了陈店镇委书记、该镇的第一总河长林镇奇，听他讲述陈店镇推进练江治理的进展与困惑，以及作为基层河长的体会与期盼。

6月底驻河时，我曾就文光社区木斗耘溪的整治情况采访过林书记，今天再次见面，虽然主题不同，但我对这位直率务实的基层干部的治水心路历程，感受得更加立体了。

陈店镇内河流已陆续实施达标加固工程

在他看来，整治陈店“两溪”，需软硬兼施。

“硬”是要解决环保基础设施等硬件的滞后，这也是困扰练江治理的共性问题之一。林镇奇坦言，资金缺口大，截污管网迟迟未完善。陈店镇只建成7.3公里的主干管，要将管网覆盖包括金溪水、陈店大溪在内的镇内所有流域，需要46.63公里的二期管网，这些改善水质的根本性工程，据测算资金投入需要8000万元。

“陈店镇正申请纳入省中小河流二期的治理项目，一旦批复下来，省里的资金将极大地缓解镇里资金匹配的压力。目前，陈店镇已经对管网的走线作了勘测，即将启动陈店大溪沿岸部分建筑的拆迁。”

“软”是要提高群众的环保意识，这也是林镇奇感触颇深的地方。“一些制衣企业为了处理边角料、海绵等，找人开辆三轮车，一个人开，一个人负责坐在车尾放哨，趁夜晚就丢到河里。一般大概清理完3小时，就会再有垃圾出现。”对此，这位基层干部也想了不少办法。例如，陈店镇实行生活垃圾定点定时投放，要求居民签订“门前三包公约”，另外在镇里各河段都设立了练江整治的公告，提醒群众乱丢垃圾的处罚；鼓励举报开展曝光，违反者需要到镇电视台公开道歉等。

陈店镇是中国内衣名镇，制衣、纺织等行业发达，要确保星罗棋布的企业达标排放也并不容易。林镇奇说，镇里组织了地毯式清理，所有涉染涉污的企业、工厂一律停水停电，并集合镇村两级人力，开展“5+2”“白+黑”不定时巡查监管。“我经常不打招呼就带队去查，查了很多家违法企业。”

作为镇级总河长，林镇奇又有何巡河履职的体会呢？他认为，目前各级政府都对练江治理高度重视，巡河已经和日常工作紧密结合起来。“区里要求镇级河长半个月巡河一次，我这几天就巡了三次，很多工作都是在河边上的，不知不觉就巡了很多次。例如调研管网走线、巡查企业排污、看达标加固工程进度以及河面漂浮物的情况等等，这些都是巡河。对群众反映的问题，我们马上派人处理，并在智慧河长系统拍照上传，反馈处理情况与效果。”

焚烧厂 >>

驻河第44天

潮阳垃圾焚烧项目建设走上“快车道”

2018年8月03日

星期五

天气：晴转阴

记录人：谢庆裕

地点：潮阳区环保发电厂项目

在6月底驻河的时候，潮阳区委书记蔡永明告诉我，作为练江整治的一项重要环保基础设施工程之一，潮阳垃圾焚烧项目克服了前期选址拆迁等难题后，近两年进度明显加快，可望于今年年底顺利投产运行，从根本上解决困扰潮阳多年的垃圾“出路”问题。

今天，我们从陈店镇驱车前往这个名为“潮阳区环保发电厂项目”的垃圾焚烧项目施工现场，实地了解其建设进展。

潮阳区垃圾焚烧发电项目正在抓紧施工

从和平镇大峰风景区一个较为隐蔽的路口盘山而上，大约六七公里，山顶处搭着棚架的高大厂房露了出来，这里便是垃圾焚烧项目所在地。

我们见到了项目建设单位的负责人——汕头市绿色动力再生能源有限公司总经理孔毅然。“对于垃圾焚烧发电项目来说，做好选址工作等于成功了一半，技术都很成熟不成问题。”他感叹，公司是2014年9月中标，最初的计划是2015年底完工，但其中三年历经三次选址，最终选择在这里——距居民区较远的蛤蟆石山潮阳区竹棚医院旧址，在2017年才开始推进工程。

虽然远离居民区，但要迁移50多个坟墓却是难题。“这不仅是赔偿的问题，按照潮汕地区的风俗，迁坟是大事情，甚至比搬家还要难动员。”孔毅然说，不仅区、镇政府挨家挨户做工作，还动员村干部、村民理事会、当地的乡贤参与，对于涉及祖宗民俗的事情，村里的老人出面更有说服力。“以往的项目都是先公告，再做工作，政府这次是在确定选址之前，就把群众工作做得七七八八了，再发公告，这样群众的抵触情绪没有那么强。”

孔毅然说，潮南区垃圾填埋已经饱和，省里要求这个项目要在年底运行，潮阳区则要求还要再提前一个月。“这类项目正常的工期是18个月，现在要提前到14—15个月完工，加上在山上施工难度较大，这更要求施工中没有任何干扰。”

“其实我们也想早点建成早日发电，才能营收，政府现在又那么支持，所以大家都是一条心，不断优化技术方案，加大人力物力投入，加班加点，全力加快建设进度。”他感到欣慰的是，施工一年多以来，项目一直保持“零投诉”。

在孔毅然的带领下，我们还走进厂房查看了工程进展。目前主体厂房和对面的办公楼都已经封顶，正在进行设备安装、内部装修等工作。厂房内还设计了参观通道，在通道两旁可以看见焚烧炉和中控室的状况，两台炉已经安装到位。

该项目一期工程处理能力是1500吨/日，2250吨/日的二期工程也已经规划。他介绍，一期工程总投资约8亿元，运行后区里垃圾处理费补贴是90元/吨，国家补贴上网电价0.65元/度，此外还有税收优惠，政府给予的特许经营期是30年。烟气排放标准达到并优于最新国家标准和欧盟2000标准，污水经综合处理后生产回用，不对外排放。

巧控源 >>

驻河第45天

推进产业控源截污，潮阳印染中心易址后重启

2018年8月04日

星期六

天气：阴天有阵雨

记录人：谢庆裕

地点：潮阳区海门镇

控源截污是练江整治的关键。除了完善污水处理设施、配套管网之外，园区建设则事关汕头两潮地区的印染行业能否实现绿色升级。

目前，练江流域的三座印染园区中，揭阳普宁与汕头潮南区均已动工一年多，可望在今年年底建成投入使用，但潮阳区的项目进展严重滞后，这个原来计划2018年印染企业全部入园的项目，目前仍未正式动工。

今日下午，我们来到项目的所在地——潮阳区最东面的海门镇，了解项目的最新进展。

“选址在4月定下来，5月28日开始征地，目前土地平整工作已完成了七成，很快我们就准备住进指挥部了。”望着一片开阔待施工的土地，海门镇委副书记陈

潮阳印染中心即将动工，现场正在进行土地平整

鹏说。这里是汕头市产业转移工业园海门片区的东北角，即将在下个月开建的潮阳区纺织印染环保综合处理中心（以下简称“潮阳印染中心”）属于这里的“园中园”。

作为广东省委、省政府重点督办的民生工程，也是中央环保督察落实整改练江整治环保项目之一，潮阳印染中心建设滞后的原因，在于前期遭遇易址的“插曲”。印染中心项目原选址于潮阳区贵屿、谷饶、铜盂三镇交界区域，这三个镇的印染企业数量最多。

“然而，在推进征地的过程中，经过深入调研，听取各方意见，我们认为原项目方案科学论证不够充分，难以继续推进。”陈鹏说，一是受污水处理排放指标制约，运营成本明显偏高。二是园区需要配套供热设施，但原址的热电联产项目并未纳入省五年电力发展规划，无法供热。而现在的选址靠近已建成的华能海门湾电厂，可利用电厂供电供气供热。

“电厂的蒸汽长期以来没有得到利用，直接外排也会对海洋生态有一定影响，将其利用供给印染园区生产，既符合循环经济的要求，也能给电厂带来一定的收益。”

从规划图上看，印染中心还具有良好的交通区位优势：位居两条高速路口的中点，汕汕高铁在园区西侧上方高架而过。“我们将建设一个处理能力达6万吨/年的污水处理厂，把入园企业的污水都集中处理，达标后排放，其中有50%用作中水回用。”陈鹏透露，该污水处理厂计划年底动工，还有二期的4万吨项目则计划2020年动工。

印染中心计划2019年底完工。为了加快进度，潮阳区对该项目实施“三边”政策——“边设计、边施工、边手续”。而根据要求，园区外印染企业明年起全部不发排污许可证，不允许生产。“练江必须要治理好。为了持续健康发展，产业转型升级不可避免遭遇阵痛，但长远看是好事。”陈鹏说。

今年以来，生态环保在潮阳得到前所未有的重视。陈鹏分管的是规划，但镇委还是将其安排作为流域河长，负责海门湾莲峰段的管护工作。“那里其实不是河，是海，但我们一样将其纳入河长制实施范围。昨天我就去刚刚那里督导、参与海面漂浮物清理和岸边居民区的保洁工作。”陈鹏一边向我们介绍，一边翻看着手机中的工作记录照片。

红车巡 >>

驻河第46天

文光社区“回头看”：河道保洁不放松，截污建管将启动

2018年8月 05 日
星期日
天气：阴天有雷雨

记录人：谢庆裕
地点：潮南区陈店镇文光社区

这周驻河的最后一天，我来到潮南区陈店镇文光社区，再次对督察组走过的木斗耘溪“回头看”。上次6月26日来时，当地对中央督察组指出的垃圾堆满河边问题迅速开展行动，清理垃圾与河面漂浮物，效果明显，但对于较长期的截污管网建设仍未有进展。今天在这里回访时，我们发现当地已在为截污管网建设做准备，即将启动拆迁工作。对提升农村群众的环保意识也摸索了一些巧妙的办法。

保洁船随时待命，截污工程拆迁将启动

我们在木斗耘溪的桥头看到，溪水呈现深褐色，岸边与河面没有明显漂浮物或者垃圾，但仍有一些小塑料袋、快餐盒等。沿河民居不时有伸出排放口，生活污水滴滴地流进河中。每逢有风吹来，河面还是会传来臭味。

驻足不久，一位老伯立即热心地迎上来向我们介绍情况：“最近天气热，虽然水不太好，但村里天天派人清理垃圾。”这位自称陈姓的老伯称，社区派他常在村里走，看看村民有没乱丢垃圾。“这是日常清理漂浮物的保洁船，随时待命。”他指着桥脚一条白色小船说。

没多久，上次采访过的文光社区书记陈汉辉也赶了过来。尽管今天是周日，大汗淋漓的陈汉辉并没有停下工作。“上午镇委书记才开了会，跟我们商量截污管网的走线和拆迁问题。”

他介绍，经过文光社区的截污管网共有4.8公里，不可避免需要对一些建筑进行拆迁，但镇政府和村委在考虑走线时，还是尽量绕开一些大型的建筑、民房，“需要搬迁的大都是租户，我们会提供补偿或者另外安排住处给他们。由于提前跟村民们做好了思想工作，他们普遍还比较支持。”

木斗耘溪边停靠着小船随时待命清理漂浮物

宣传车穿街过巷，督促清理垃圾

不仅管网建设有了眉目，之前较为头疼的乱倾倒垃圾问题，村委也想了一些办法来应对。

“我们在村里设立提醒不要乱扔垃圾的警示牌，还将一辆红色的面包车改装成‘环保宣传车’。每天早上8点到10点，下午3点到5点，宣传车就穿街过巷，响着喇叭播放门前三包、卫生保洁的口号。”陈汉辉说，如果碰到居民家门口的垃圾没有按规定放进垃圾收集箱，宣传车的喇叭就会一直大声地叫村民出来清理垃圾，直到他们清理完为止。“这样反复提醒，村民会觉得不好意思，逐渐就养成了文明习惯。”

在木斗耘溪以北，穿过一片民居后，是陈店截流。上次我们来到这里时，两岸正开展防洪加固工程，部分堤岸正在平整，部分已经修葺一新。今天再度回访，两岸的加固整修工作进一步加快，堤岸上加高建设了半米的水泥墙，桥脚也停了一艘保洁人员用于打捞漂浮物的小船。“这片比较靠近民居，防洪标准要更加高一些，加固工程达标之后，镇里还将对陈店截流实施清淤。”陈汉辉说。

扭意识 >>

驻河第47天

垃圾丢河里罚款？关键要扭转村民意识

2018年8月06日

星期一

天气：晴

记录人：胡新科

地点：汕头市潮阳区和平镇

今天我巡河的范围是练江北支流，它穿过临崑上居委、练北居委，通过练北水闸通向练江干流。

早上8点多，我们驱车来到和平镇练北居委，看到从各家各户中伸出来的排水管道都流向村道旁的水渠内。渠内的涓涓细流直通村旁练江北支流，水质有些黑臭，还有一些浸泡已久的垃圾。在练北社区，村民家里的生活污水几乎都是直接排入练江北支流。

练江北支流村民驾船打捞清理垃圾

继续前行，河道旁有一个占地数百平方米的菜市场。旁边一条小河漂着数根废弃的竹竿，河水呈黑色，微风吹过，一股臭味扑来。

河道旁边，一块警示牌写着“禁止向河道内倾倒垃圾，违者罚款3000元”等字样。

在河面上，一位村民正划着小船在清理垃圾。在聊天中我了解到，他是临崑上村的村民，今年50多岁，是练北和临崑上社区雇了他，负责练北和临崑上约1公里河段的垃圾清理，已经捞了一个多月，“基本每天都来”。

据了解，练北社区常住人口8000余人，共1000多户，在和平镇练江干流北侧属于最大的村庄。

按照每户每次买菜耗费六个塑料袋来估算，每天村里就要用掉6000个塑料袋。尽管村里每天都会清理垃圾，但仍有一些塑料袋出现在河道里。

在练北社区居委会，我与党支部书记、社区河长张荣宣聊起了治河的事。他告诉我，河道边的警示牌是村委会设置的，关键要把村民乱丢乱扔的意识改过来，切断岸上污染河流的源头。

除了村民的意识要改，村干部也已把治河当成了村里的大事。张荣宣说，自己现在一周巡河两到三次，“村里雇了人，加上村干部们路过时都会顺路看一下，发现有大量漂浮物，会立马举报反映，然后我们找人赶紧清理。”

对于生活污水直排的问题，张荣宣表示，目前只是经过蓄粪池等简单处理，但进一步收集、处理，村里目前确实还没有更好的办法，期待区、镇的规划建设尽快实现。

鱼群现 >>

驻河第48天

村庄垫资百万元治河，河变清鱼群现

2018年8月07日
星期二
天气：晴

记录人：胡新科
地点：汕头市潮阳区和平镇

“飞鹅坑”，位于省道237与练江北支流临崑上段交汇的地方，是临崑上社区居民给一小段河流起的“土名”。临崑上一名老人告诉我，之所以叫“飞鹅坑”，是因为之前水质好，有鱼虾吸引飞鸟和鸭鹅来此觅食。

而这里正是中央督察组曾检查批评的河段。

上午，我见到临崑上社区党支部书记、社区河长张泽丰时，他正忙着准备参加“潮阳无垃圾”大会战百日行动的发言材料。

练江北支流临崑上河道水面，基本没有垃圾

“压力很大。6月督察组来到了我们社区的飞鹅坑，当时水面漂浮物较多，水体有异味，水质较差。”张泽丰说，督察组检查后当晚，镇、村便组织了河道清理工作。清淤行动大概持续了一个月时间，镇、村雇了40名劳力、8台挖掘机，每天出动20辆大卡车，大约清理了1.5米深的河底淤泥。

“这次整治是个难得的机遇，错过了再想启动就更难了。”张泽丰告诉我，从督察组检查那天开始，临崑上目前已经投入了近百万元的整治资金（尚未支付）用于清淤、打捞垃圾、村内保洁等。

水变清了，鱼儿多了。站在河道旁，张泽丰向我展示了早上巡河时拍到河里鱼群游动的视频。对于治河效果，张泽丰有着乐观的心态。他说，只要像现在这样，坚持下去，过几年河道上重现龙舟比赛的盛况并不是没有可能的。

不过，如今张泽丰最头痛的事是：怎么筹钱。临崑上作为一个集体收入并不多的村级单位来说，百万资金无疑是笔巨款。张泽丰的想法是，除了社区承担一部分外，打算向乡贤筹集一部分，再向上级争取一部分支持。

如今回头看待中央督察组的检查，张泽丰的心态变了很多。“压力正变成动力，谁不想家乡水更好？看着河道一天天变清，自己就住在河边，那心情也是好的。”

在行至上游河段时，我还发现了一家位于河道旁的钓鱼场。在与钓鱼场老板攀谈时，我了解到，虽然临近河道，但鱼塘里的水却是他从外地引过来的。“这一两个月河里的水质确实有改善，至少靠近河边，没有明显的臭味，垃圾也少了很多。”他说，不过从安全考虑，短期内还不敢从河道引水进来。

垂钓者 >>

驻河第49天

垂钓者钟爱的水域为何有死鱼？

2018年8月08日
星期三
天气：晴

记录人：胡新科
地点：汕头市潮阳区和平镇

今天，我来到了和平镇井仔湾。井仔湾，像一道弯月，始于和平镇和平桥一侧的三江纸业，一直到下游的光明社区居委会，全长约1500米。

从和平桥出发，因为周边建筑多为依河而建，我一直未能找到走近河边的机会，一直到中段沿一条小路才靠近河边。让我惊讶的是，人人都说练江水质黑臭，这里居然有六七名垂钓爱好者在钓鱼！

我向江面望去，数只水鸟在水面低飞，水质清澈碧绿。

8月8日，井仔湾河段的垂钓者。当地居民表示，这是和平镇水质最好的地方

在与垂钓者老张聊天中，我了解到，因为周边污染较少，相对封闭，井仔湾的水质算是和平镇最好的了，钓起来的鱼吃是没问题的。

老张说，自己是垂钓爱好者，没事都会来这里甩几竿，“刚刚钓上一条草鱼，有六七两呢，运气好的时候能钓上十来条。”因为今天收获颇丰，他的心情很不错。

随后我沿着井仔湾往下游行进，发现了一栋三层高的民房，房内机器轰鸣，一侧有条直径约10厘米的白色管道内有液体流出。我随即与光明社区居委初步核实，并走进民房观察了解到，该民房原为制衣厂，现已停工，一楼正在装修。

居委会郑姓委员告诉我，该管道是民房内用于排放厕所废水的，“肯定不能这么做的，接下来我们协调处理。”

继续前行，我发现一个奇怪的现象：在河堤旁几乎几步距离便漂浮着死鱼，在高温之下，散发出臭味。

郑委员推测，前几天有人在河堤旁集体放生，这些放生的鱼一般是在鱼塘养殖的，井仔湾的水质较鱼塘水质还有较大差距，鱼短时间不能适应，极有可能死亡。

光明社区负责的河段老寨前港河，长约700米。我查阅了2017年与2018年老寨前港河资料图，老寨前港河过去几乎被杂草掩盖，河道淤塞，驻村帮扶工作队投入资金，建设排涝站、清理河道、河底淤泥等，目前成效不错。

在与驻村工作队员聊天中，我发现，光明社区把招投标制度引入到了河流治理上，村里出资2万元，由村民参与投标，价低者中标（2017年以15800元中标），负责清理水浮莲。如果有人发现河道内有水浮莲未及时清理，即对中标者处以罚款。在井仔湾光明社区段和老寨前港河段，我巡查了全部河段，均未发现有水浮莲。

等不得 >>

驻河第50天

不往河里排往哪排？截污管道“等不得拖不得”

2018年8月09日
星期四
天气：晴

记录人：胡新科
地点：汕头市潮阳区铜盂镇

今天，我巡河的范围是铜盂镇草尾村草尾河。在当地村民的指引下，我几经周折找到了一家细记牛肉火锅店旁边的河道。

走近河道，我刚好看到一名村民正用网兜打捞垃圾，河道内未发现生活垃圾等明显漂浮物。旁边火锅店的员工告诉我，这里的河道原本是杂草覆盖。正在打捞的村民告诉我，是草尾村村委会雇了自己每天来打捞的，干了有一个多月了。

随后我走进了草尾村发现，河道一侧颇具潮汕特色的民居巷道内，几乎每条巷子里都有一条生活污水管道通向草尾河内，个别排水口漂浮着气泡，臭味难闻。

在与十二巷、十四巷村民聊天时，他们说觉得污水向河里排放非常正常，印象里大家都是这么干的，“不往河里排，往哪排？”我还发现不仅只有草尾村这么做，对岸港口村民房也有排水管伸向草尾河。

草尾村党支部书记、村级河长洪生奕告诉我，草尾村占地面积约3平方公里，有7000余名村民，生活污水经过化粪池处理后排向草尾河。“草尾河与练江干流相连，但很多时候河面是低于练江的，只有当雨水充足、水面上升的情况下河水才能流向练江。多数时候河水无法流动，这在某种程度上导致了草尾河水质恶化。”

在草尾村走访时我发现，村内正在铺设排污管道，收集村内生活污水，目前管道铺设了1公里左右。洪生奕坦言，目前资金压力非常大，截污管道铺设施工处于垫资建设中，“等不得拖不得”。村里也正积极向上级政府申请资金支持，打算规划一段、建设一段、申请一段，如果一次性申请资金量过大，镇里也会比较困难。

在草尾村走访巡河给我的感受是，村级治河并不是一个独立的工作，与村庄各项事务密切相关。就在我和洪生奕聊天时，便有一位村民找上门来向洪生奕反映因污水管道施工，导致房屋受损的情况，并附上了多张受损房屋照片。这也是洪生奕作为河长头痛的一个问题，“资金是一方面，协调平衡村民的各种利益诉求，化解村内矛盾，也是治污治河必须面对的问题。”

无投产 >>

驻河第51天

PPP模式建污水厂，中标三年三厂无一投产

2018年8月10日

星期五

天气：晴

记录人：胡新科

地点：汕头市潮阳区和平镇

根据“断源、截污、清淤、修复”的治理思路，对于和平镇这个潮阳区人口数一数二的大镇而言，截污工作显得更加迫在眉睫。按照这几日我走访了解的情况，如果仅仅只是清理水面漂浮物，只能治标而不能治本。

今天我将走访治河的重头戏：污水处理厂建设。为此，我提前做了相关功课。早在2015年，当地便通过公开招投标评审确定北京桑德环境工程有限公司为中标投资主体，建设和平污水处理厂。与此同时进行招投标的还有铜盂、关埠两个镇的污水处理厂，最终北京桑德环境工程有限公司和桑德国际有限公司（联合体）以最低中标价年费竞得。

上述三座污水处理厂的规划中，和平镇污水处理厂首期占地43亩，设计规模为日处理量5万吨，配套截流管网6.25公里，项目投资31647万元，服务面积58.94平方公里，服务人口17.5万人；铜盂镇污水处理厂首期占地50亩，设计规模为日处理量3万吨，配套截流管网5.8公里，合流泵站1座，项目投资29070万元，服务面积42.91平方公里，服务人口12.96万人；关埠镇污水处理厂首期占地60亩，设计规模为日处理量3万吨，配套截流管网首期3.97公里，合流泵站1座，水闸1座，项目投资27038万元，服务面积54.56平方公里，服务人口13.21万人。

当地一名不愿意透露姓名的政府官员坦言，由于三个污水处理厂都是采用PPP模式建设，引进企业资金建设，但是由于企业的资金链出现问题，三个污水处理厂招投标至今无一建成投产。“之前就想要更换建设主体，但始终未能实现。就连施工中损坏民房，专业部门鉴定后，企业赔偿都给不起。”

为摸清情况，根据指引，我来到位于和平镇塘围居委的和平污水处理厂，寻找北京桑德派出的项目负责人。

走进污水处理厂，整个厂区占地规模宏大，厂区内人影少见。我爬上厂区内的污水处理设施，从现场来看，污水处理厂并未投入运转。

和平污水处理厂一期项目经理王瑜军告诉我，厂区目前有20多名工作人员，其中由北京桑德派来的包括自己共有四人，“截止到今天，10.82公里的主管道还差70米未能铺设完成。”

王瑜军给我分析主管道建设缓慢的主要原因是，练江流域海水倒灌、地质沙化严重、技术方面等。只要主管道铺设完成，经过后期调试，处理厂很快就能投入运营。

但王瑜军的说法并未得到认同。多位当地政府人员均表示，桑德目前建设的污水处理厂项目一拖三年，更重要的原因是——资金短缺。结合我走访的情况，目前位于草尾村的铜盂污水处理厂建设进度也是断断续续，进展缓慢。而关埠镇污水处理厂，更是连启动都没有。

谈及此，王瑜军则忍不住插话：“我们在和平镇的污水处理厂是进度最快的，像关埠镇的地都还没征下来呢。”

这也从侧面证实了污水厂建设缓慢的事实。通过PPP模式建设污水处理厂进展缓慢，练江治理又刻不容缓，怎么办？明天我打算向当地政府了解有何良策。

"严" "忙" "急" >>

驻河第52天

和平镇治河形势如何？"严、重、忙、急"

2018年8月11日

星期六

天气：晴

记录人：胡新科

地点：汕头市潮阳区和平镇

和平镇曾是中央督察组检查的地方，也是我此次驻河巡河关注的重点。

四天来对练江北支流的调研走访，让我对练江水质情况有了一个大致的了解。和平镇地处练江中下游，常住人口约19万，是当地人口大镇、经济强镇。在经济稳定发展、人口逐渐增长的同时，水污染形势的严峻愈发值得关注。

为了全面掌握和平镇治河情况，经协调，我约了和平镇镇长、镇总河长郑宜椿。"严、重、忙、急"，这是郑宜椿对自己任总河长后工作的评价，换言之，则是抓得严、任务重、治河忙、时间紧。

和平镇是潮汕地区有名的水乡，目前和平镇与练江直接相连的支流主要包括练北江支流、井仔湾、中港河。"全镇每秒流速在0.5米以上的河流79条，分解成了187个河段，形成村（居）、镇交叉全覆盖的河长巡河治河体系。河网密布，巡河治河一点都不敢马虎。"他介绍，镇里组织清理清运水浮莲等垃圾杂物达到了2450多吨。

根据我了解到的情况，和平镇除了关注水面，同时也要盯着污染来源的重头：岸上。省道造成大量人员流动，和平镇生活垃圾量很大。镇上设置的垃圾桶等收集装置，早上相对空，而到了下午甚至中午时便被各种生活垃圾填得满满。郑宜椿坦言，现在的一大难点是培养群众垃圾入池、入桶等清洁卫生的意识，需要更接地气、更深入地宣传普及意识。目前和平镇每年用于镇街垃圾收集、转运等的资金投入无疑是一笔较大的支出。

除了生活垃圾，生活污水的处理也已摆上和平镇的工作日程。郑宜椿表示，除了PPP模式建设的和平污水处理厂，和平镇还在规划建设两个污水处理厂，这样基本可实现21个村（居）生活污水截污收集处理后排放。建设资金预计有20多个亿，将由省市筹集，具体份额目前还未确定。

在郑宜椿眼中，此次督察对和平镇而言，既是鞭策，也是机遇。"如果没有督察，单靠我们镇里是无法筹集到如此巨额的污水厂建设资金。”

在中央督察组曾到过的临崑上社区飞鹅坑，镇里已聘请中南设计院专家到现场设计分散式一体化污水处理设施，在两侧设置集污管网，通过集中收纳进入分散式一体化污水处理设施。

联防治 >>

驻河第53天

联防联治水在变清！水质改变仍然任重道远

2018年8月12日
星期日
天气：晴

记录人：胡新科
地点：汕头市潮阳区和平镇

今天是我驻河的最后一天，第九组驻河队员张子俊已经来到练江准备接棒。说起练江，我之前听过很多，但真正走进练江、记录练江，这是第一次。

此次我只是走进了练江的两条小支流，但以小见大，六天来我接触了村民、河长、污水处理厂建设方、镇政府，最大的感受是——所有人都意识到练江到了非治不可、马上要治的地步，也都在采取行动。

从我这个非环保专业的记录者眼见的情况来说，我所巡驻的练江北支流和井仔湾、草尾河，水面清理效果显著，很多地方都没有再见到生活垃圾漂浮物、水浮莲，这与当地政府、村民联防联治的巡河治河制度密不可分。

不过练江治理仍然任重道远。按照和平镇污水处理厂项目负责人王瑜军的话，“看练江水质，不要只看水面暂时干净了，练江的水根本不能分类，连劣V类都算不上。”

今天我巡河的计划是沿着六天来走过的河段回访一次。当我重新回到练北居委会菜市场时，只见里面人头攒动，一些摊贩已经把摊位摆到外面河道旁。

在回到6日发现河道垃圾的所在地之前，我其实并没有抱太高的期望。然而，让我惊喜的是，河道内散落的竹竿已经被收集整理，变成了垃圾拦截屏障，原先漂浮的垃圾也已被处理。

旁边摆摊的张姓村民告诉我，周二村里就来人清理这里了，“还跟我们说，不准再往河里扔了，再扔就要处理人（罚款）了。”他笑着说，“大家都在村里生活，也不能给村里添麻烦，以后肯定会注意的。”

走上河道旁石桥，远远地，我巡河第一天遇到的那位在河道打捞的村民便看见了我：“怎么样，你过来的时候有看到塑料袋没？”

他告诉我，这是今天第三次下河打捞了。看小船上，依然多的是被村民们称为“红白黑垃圾”的塑料袋，但数量比早上时少了些。在飞鹅坑附近，我看到河道一侧堆放着刚刚打捞出来的生活垃圾，有两麻袋左右。

由此可见，垃圾丢入河中的情况还是存在。张泽丰则坦言，现在一个较大的难题就是怎么培养村民生活垃圾入桶的习惯。

在井仔湾光明社区河段，我恰巧碰到一名工人驾驶着一台钩机熟练地在河面作业，机器声轰隆。他告诉我，自己在清理水浮莲和淤泥，每次的时间并不固定，只要有村民反映，就会来清理。

放眼望去，河岸边依然有漂浮的死鱼。一位垂钓老人告诉我，死鱼确实跟水质没有太大关系，更主要的原因是还是有人往水里面放生，鱼不适应这里的水。“没人在这里放生的时候，很少出现这样的情况。我们这里的鱼是能吃的，每天都有人来钓鱼。”

8月12日，村民张某正在练北居委会菜市场附近打捞垃圾

“可洗衣” >>

驻河第54天

练江水可以洗衣？好还是不好？

2018年8月13日

星期一

天气：晴 暴晒

记录人：张子俊 张伟炜

地点：汕头市潮阳区贵屿镇

在地图上看到老练江支流的一瞬，脑子里就出现了骆驼的形象，这条支流外形酷似两个驼峰。我们以仙渡大桥为起点，从东边的“大驼峰”开始，走近这条河。

从贵屿镇住所驱车4.3公里到达仙渡大桥，残旧的水泥桥身诉说着它的年龄。这段河的两岸用水泥栏杆围挡，并用绿色铁网加高，只能透过网子望去，或许是为了防止在河边任意倾倒垃圾。

上桥看河，水体呈现灰黑色，但并无异味。再细看，忽然发现一个奇异的现象，以桥为界，汇入练江干流一侧的河面清洁，而在上游一侧则有一条由死鱼、生活垃圾等形成的漂浮带。为何会这样？从桥上探身往下看，发现了秘密——桥底下横拉了一条白色浮球网。这种白色浮球联结在一起，水底下是一层网，主要用于拦截漂浮物，包括水浮莲、生活垃圾等。

这样的白色浮球网在随后的河段中经常出现，可见镇、村在行动。但也产生一个问题，白色浮球网虽然阻挡了上游垃圾，保证练江干流不被污染，但垃圾依旧堆积在支流，河两岸形成的垃圾带就是最明显的问题。另一方面，虽然有船清理垃圾，但如果遇到雨季，水位上涨，垃圾就有可能越过浮球网奔入干流。如何解决这一问题，仍旧值得研究。

继续驱车沿河走，不到5分钟发现有个豁口，恰巧见到一位正在岸边洗衣服的阿姨。下到岸边，才发现阿姨洗衣服的水域其实被一片生活垃圾围堵。但阿姨似乎早已习惯，娴熟地打上洗衣粉，就着河水搓洗衣服。

这水质真的可以洗衣服吗？我们蹲在阿姨旁，伸手掬起一捧水瞧了瞧，又闻了闻，无异味。“这水洗衣服没什么问题，这里洗完了，再拿回家用自来水冲一遍就好。”阿姨姓马，已经在仙马村居住了20余年，她边洗衣服边说之前这条支流的垃圾特别多，臭味刺鼻难闻，好在一个多月来，一直有人在河面打捞垃圾，现在中央河面上几乎没有垃圾，但河道边的淤泥、垃圾还存在。

不过，虽然现在河流有所改善使村民能洗衣，但江里洗衣并不利于河流环保和个人健康，对于这些长期生活在练江流域的村民来说，要在短期内改变习惯也非易事。

由于这条支流沿岸几乎都是住户或工厂，无法沿河行车，因此我们只能选择某个点停下，然后下车查看。在凤港学校门口，这里的河道宽阔了许多，又是另一番景象，河面也几乎没有漂浮物，河边茂盛的水草摇曳。

能看出当地已经进行了治理，但治理的力度还不够，河面的大片垃圾、水浮莲已经清除，但岸边还有垃圾带。希望负责方行动更快一点，力度再大一点，还练江一片干净水域。

村民在河边洗衣

"回环"消 >>

驻河第55天

消失的"回环"

2018年8月14日
星期二
天气：晴

记录人：张子俊　张伟炜
地点：汕头市潮阳区贵屿镇

"那里原来是河，现在全是垃圾和水浮莲。"

若非亲眼所见，很难想象，一条地图上看着很美的回环河道，会在现实中"消失"。

从凤港大桥下来，我们偶然发现老练江支流旁有一座纪念祠，绕到祠后，发现一大片密集的绿色植物，近河端用黑色的纱布将其与河道隔离开来。"是水浮莲吗？还是居民种的作物？"由于长得太密，我们无法判断底下是水还是土，于是便

长满水浮莲的河道

找了根木棍，踩在布满岸边的生活垃圾上，往下刺了下去，但刺不动。“也许是作物吧。”我们喃喃道。

由于临近中午，周围人少，也没法证实，正要走，忽然看到旁边有店铺。刚买了两瓶饮料，健谈的老板打开了话匣子。“那里原来是河，现在全是垃圾和这种水浮莲，都污染了十几年了。”老板说。

“那地图上显示的这个环形河道呢？”

“全都被垃圾填满了，没有了。”

店老板1996年到这里开店，刚来的时候水很清，“洗衣服、烧水、泡茶都可以”。但后来，不知道是上面的工厂还是居民开始大量倒垃圾，到后来这条河就没了，然后变成现在这个样子。

“大叔，现在练江的水你们还用吗？”

“早就不用了，现在都是用自来水，也去水库装水喝。”他说，基本上每天早上4点多和妻子一起去爬山，回来时打一些附近水库的水存着用。“祠堂还经常有人来上香，以前这里还是风景区，但现在却把垃圾直接堆在景区里”。

垃圾堆在景区？

看着我们怀疑的目光，大叔穿起拖鞋，“走，我带你们去看。”没走几步，就看到一扇大门，旁边挂着牌匾“潮阳市文物保护单位凤港何野云墓”，落款是“潮阳市人民政府　一九九七年四月”。何野云相传是元朝末年起义军首领陈友谅的军师。“每年都有人来这祭拜，很多泰国那边的华侨也会来。”大叔说。

“那堆满了垃圾怎么祭拜？”

“我也不知道。”

继续往里走，尚未完工的坑洼路上，放着几堆砂石建材。但还没走几步，就先闻到一股臭味，再走几步，映入眼帘的就是垃圾堆。

“这些垃圾来自别的地方，每天都有车拉到这里来转运。”他说，周围的住户都很大意见，但又不知道找谁说，很是无奈。而垃圾堆的背后，就是被水浮莲塞满的河道。

离开凤港大桥后，我们在仙马学校旁边的华美老练江左岸（仙马河北段）停靠，虽然江面较干净，但岸边漂浮着大片垃圾，而就在河的上方竖立着河长信息牌，上面写着——“管理目标：河面无垃圾”。

为什么河边的垃圾迟迟得不到治理？难处究竟在哪里？我十分期待和地方负责人谈一谈。

抓活鱼 >>

驻河第56天

产业转型升级难，脏与净在献洲大桥分界

2018年8月15日
星期三
天气：晴

记录人：张子俊　张伟炜
地点：汕头市潮阳区贵屿镇

走访发现，老练江支流水质大致以献洲大桥为界一分为二，西半段远望过去几乎看不出污染，而东半段虽经治理，但岸边依旧间断漂浮着垃圾带。

从献洲大桥下来沿上游走，眼前忽然出现一片碧水，水中零星分布几块小小的陆地，上面长满茂盛的绿色植物，几只水鸟扑腾着翅膀，不一会又腾空而起，掠过水面向远方飞去。我们了解到这是贵屿镇的美丽乡村建设项目，叫“七星墩”，占地共300多亩，由政府拨款与社区自筹建成。

再往上游走，除了偶尔遇到一片水浮莲，几位大叔正在清理，河流越来越清。甚至在更远处的清样板大桥向下看，在阳光的映射下，练江水波光粼粼。

西段与东段之间的水质差距为何如此大？走完西段时，我似乎找到了答案——产业分布。东段两岸几乎都是塑料拆解工厂，而西段流经的两岸几乎都是民居和农田。

贵屿镇被称为拉动潮阳区经济发展的“三驾马车”之一，主要的产业是电子垃圾拆解和塑料拆解。镇里的居民告诉我们，拆解行业鼎盛时期，街上跑的全是拉着冰箱、电视等废旧电器的三轮车。

随着私人小作坊式的电子拆解被取缔，塑料拆解厂继续留在河边。

在老练江流经的土地上，如何协调经济发展与环境保护，显得尤为急迫。虽然知道要转型升级，但采访中得知贵屿镇也面临转型困境，“都说要转型，但真的要转需找到新的产业方向。”

最初查练江资料时看到：因为水如白练般纯净，所以叫练江。想必几十年前，练江也是清澈见底，孩童嬉戏。

“妈妈，我长大了要下去抓鱼，不要死的鱼。”

“当然可以，你看现在叔叔就在清理河水。”

在经过清漂河段时，一对母子的对话，让我听了很是触动。

都说造福后代，我们做得足够吗？

借钱治 >>

驻河第57天

乡镇借钱治污

2018年8月16日
星期四
天气：阴雨

记录人：张子俊　张伟炜
地点：汕头市潮阳区贵屿镇

“不是不作为，现在我们都在借钱治污。”在贵屿镇政府办公室，面对我们此前的诸多疑问，宣传委员詹大豪感叹。“我们每天都巡河，没有周末概念，发现垃圾立即派船清理。”贵屿镇水利所所长郭元武带我们去到河岸边，老远就能看见清漂船只。

治理工作不可谓不严，力度也不可谓不大，为何沿江走下来还是看见河面漂浮物？

清理垃圾

水浮莲是原因之一。郭元武说，当前气温高、雨水多，正是水浮莲的生长旺季，“稍微不管，一夜就可能长出一大片。”此外，由于水浮莲是一种漂浮植物，一夜大雨，上游的水浮莲就会冲到下游，我们在千秋桥段就遇到大型挖机正在清理上游冲下来的水浮莲，现场工作人员说预计要一天多才能清干净。

相比植物污染，清理河面的各种塑料等垃圾的任务更重。当地一位河长说：“我们也在解决遗留问题，表面清洁的练江江底其实覆盖了厚厚一层垃圾，一到雨天垃圾就上泛，之前清漂工作就白做。”凤港村村书记、村级河长卢德元说：“我一直认为，清理河床应该是最先做的事。”

此前贵屿的两大支柱产业是电子拆解和塑料拆解，前者野蛮生长，环境污染极大，经过改造后，建立循环经济园区，将原本小作坊式的电子拆解厂聚拢到园区，不合格的则取缔，并在园区统一建工业污水处理厂，环境污染大大减少；而后者塑料拆解相对污染少些，“河边的这些厂也有工商登记，是合法合规的”。

然而，合法合规的塑料拆解厂却不一定有合理的垃圾处理机制。贵屿镇政委书记赵少雄说：“现在包括建筑垃圾、塑料垃圾等固体工业垃圾处理难度很大。”缺乏有效的固体工业垃圾处理设施，这些垃圾很可能就进入门前屋后的练江水中。但赵少雄也说，目前已经和专业工业垃圾处理公司初步签好协议，“工业垃圾处理一吨差不多要2000元，成本比较高。”

资金问题正在基层治理工作中逐渐凸显。赵少雄说，当前缺少建立长效机制的资金，包括打捞漂浮物、垃圾清运、路面清洁，这些资金都需要基层负担。他算了一笔账：以垃圾清运为例，一个1万人的村子，以一个人0.9—1公斤日垃圾产生量计算，一车运费要1000多元，一天至少要3车，需要3000多元，一年就是100多万元。“现在很多村子都是让乡贤资助，但总有别人不愿意的时候。”

这不是个案，此前在揭阳召开的清漂交流会上，其他地市河长的发言也提到了基层治理资金缺乏的困境。但面对这些困难，赵少雄仍旧和村级河长们说：“没钱更需要决心和努力，如果不想让别人在背后骂的话，就要赶紧把河治好。”

"岸"变"段" >>

驻河第58天

跨界河治理思维从"两岸"变"两段"效果不错

2018年8月17日
星期五
天气：阴雨

记录人：张子俊 张伟炜
地点：汕头市潮阳区贵屿镇

"以前最怕陪领导过桥，不敢看桥下，也不好意思抬头，现在底气足了。"面对榕江南河干净的河面，揭阳市水务局局长王全录说，"这座城市已经把治河当成一场战役。"

驻河第五天，我们接到消息，韩江流域管理局在揭阳市召开韩江流域清漂经验交流会。老练江支流治理能从交流会上得到启发吗？带着"他山之石，可以攻玉"的期待，我们踏上了从贵屿镇到揭阳的路。

跟随河长办成员实地考察揭阳清漂点

刚到揭阳，我们就跟随来自汕头、潮州、梅州、河源、汕尾、揭阳的河长办成员，实地考察揭阳清漂点。

在榕江南河，我们看到一艘蓝色大型清漂船正在作业，船头履带转动，如同收麦子般将河面的水浮莲清到船上，河岸边则是一条小船，三名工作人员用耙子将靠岸的小片水浮莲清理干净。

“这样一艘船需要80万元左右。”王全录介绍，榕江南河宽阔，大片水浮莲人工清理效率太低，现在是采购大型清漂船，再配合部分小船人工作业。但这样的采购资金压力很大。他也透露，自从揭阳市开展清漂工作后，对这种船供不应求，“有些公司提价到120多万元，但为了完成这项工作，我们可以说是不计成本。”听完后，韩江流域管理局副局长郭海涛说，现在正在研究，能否将清漂、清淤等大型机械纳入国家补贴范畴，以减轻基层治河压力。

他的这番话引发了我关于练江治理的思考，在老练江支流沿岸，每次巡河几乎都能看到长臂挖掘机在清淤。据当地介绍，这样一台挖掘机一天要2000多元，日复一日的清理，对于乡镇财政压力较大。如果真能纳入补贴范畴，应该有助于减轻基层财政压力。

除去资金，跨界河治理也一直是河流治理中的难题，如何协调利益各方，直接影响到工作的进展。以老练江支流为例，我们巡河期间在凤港大桥旁发现一片被水浮莲完全覆盖的河道，我们将这一问题向村书记反映，给出的解释是这是一条分界河，河的两边是两个村子，因为没有协调好导致这片水域迟迟清理不好。

相同的问题也出现在揭阳。揭阳市仙桥镇与汕头市金灶镇恰好处于河流两岸，清漂行动开始后，由于初期对这一河段采取横向分割的治理方式，以“岸”为单位，两岸乡镇分别治理自己的岸。但因为无法在河中间横着拉拦截网，也就造成区域权责不清，治理工作迟迟无法推进。

后来，两个镇一同到汕头市，由汕头市水务局牵头协商，两镇最终签订协议，将原来的“两岸”治理思维转变为“两段”治理思维，即将7公里长的河段，依据清漂工作量大小，用拦截网平均分成两段，两岸乡镇各选一段分工治理。通过人为创造出上下游“两段”，明确两方责任区域。两岸乡镇达成协议后，很快就解决了河面漂浮物的问题，也建立起长效清漂机制。

洗衣多 >>

驻河第59天

洗衣服的人更多了，我的心情有些复杂

2018年8月18日
星期六
天气：晴，暴晒

记录人：张子俊 张伟炜
地点：汕头市潮阳区贵屿镇

今天再度巡河，发现个热闹的景象：每个有豁口的河岸边，都摆着单车或摩托。

走近一看，河边蹲着好多洗衣服的阿姨。

“你要是早上来，这里人更多。”罗阿姨边抓了一把洗衣粉撒在衣服上使劲搓洗边说，“现在都是趁着下雨水干净赶紧来洗。”

“趁下雨？”

“是呀，你别看现在这里水还挺干净可以洗衣服，说不定过几天就黑了。”罗阿姨停下手中的活说，自己在老练江支流右岸的新厝村已经住了几十年，以前河水甚至可以直接喝，但是到后来岸边开起了印染厂，大量的污水直接倒进河里，“经常是又黑又臭，根本不想走近。”

贵屿接连几天下雨，对于罗阿姨而言，虽然带来了出行不便，但带来了净水，她说一遇到下雨下游会开闸，黑水会排走，村里人都会趁着这几天到河边洗衣服。但是用不了几天，水又会变黑没法洗衣服。

其实，江里洗衣对练江并不好；但能洗衣服，说明水比之前干净。想到这里心情有点复杂。起身望向远处，河段水面清洁，几乎没有漂浮物，河段两侧的浮球网也有效拦截住垃圾。阿姨说，现在村里每天都会有船巡逻，河道看着都很清洁，就是希望这水能越来越干净。

再往上游走，在一处拐弯处，看到一个餐饮店的大叔提着一桶脏水径直走到河边，一扬就倒入河中，而下游就是洗衣服的阿姨们。

6月以来，“清漂”行动如同一场战役在练江流域内展开，老练江支流全线也都分段拉起无数条浮球网，巡河船发现垃圾立即清理，除了下游段部分水域，江面基本清洁。“清漂”虽有助于转变环保理念，但还不够。如何根治河水，才是造福一方的根本。

值得庆幸的是，8月16日，潮阳区、潮南区练江整治11个环保工程集中启动，其中包括贵屿污水处理厂二期项目，断源、截污了，清漂才更有效。

“这一片就是为二期工程预留的土地，园区内的处理设施将尽快建好。”跟随贵屿镇污水处理厂厂长马立丰，我们来到二期工程现场。马立丰介绍，项目总投资约1.42亿元，管网总长度102.6公里，届时将实现日处理污水量3万吨，加上已经投入使用的一期工程，最终每日可以处理4.5万吨生活污水。

“一期工程都还剩140多米管道没建成，我们承诺在8月底完成。”谈及项目进展，马立丰说管网铺设是最困难的，他说由于管道铺设经过居民区，刚开始大家很抗拒，后来经过宣传大家知道是为了共同的环境，也比较配合。

“现在面对的另一个难题就是有些地块垃圾多，顶管作业难度大。”马立丰说，第一期最后这100多米的网管所经过的地区垃圾很多，原本想通过顶管的方式经过，但是顶不过去，最终只能换一种工艺，拖延了项目进程。

办法总比困难多，虽然推进艰难，但能在治本方面有所作为，才能真正看到山清水秀的希望。

潮阳区贵屿污水处理厂

老练江 >>

驻河第60天

一个新记者眼中的老练江支流治理

2018年8月19日
星期日
天气：晴

记录人：张子俊　张伟炜
地点：汕头市潮阳区贵屿镇

7天时间如白驹过隙。临别时，还是忍不住到老练江支流边，围绕此前听到的、看到的，再沿着江边走走想想。

在我们的推动下，凤港村委会很快派卡车到现场清理潮阳区文物保护单位何野云墓附近的垃圾堆，转运到潮阳区垃圾填埋场。不远处，生活垃圾转运站也正在修建。在千秋桥河段，前几天遍布河道的水浮莲被打捞干净，堆放在河边，待到晒干后再运往垃圾填埋场。但在仙马学校河段，河长告示牌下的垃圾依旧漂浮；在上游新厝村附近的回环河段，又新发现一处被水浮莲堵塞的死角。

黝黑，是我们见到的所有河长的共同特征。贵屿镇水利所所长郭元武露出的手臂黑了许多，凤港村村书记卢德元黑得有些透亮，村级河长们经常要顶着烈日巡河……我们见证了基层部门对工作、规划的落实执行。倘若未到基层，对一句“基层治污资金缺乏”或许也就一带而过，不知其在现实中的紧迫程度。河上的清漂船、河边的长臂挖掘机、烈日下清漂的工人……每一项都化作一个个支出的数字，压在本就不多的基层财政上，需要解决。

垃圾是老练江流域，特别是贵屿镇始终绕不过去的东西。与流域内其他地市以水浮莲为主的漂浮物不同，老练江支流更大的难题在于河底历史遗留的塑料、电子垃圾，以及当前塑料拆解厂等产生的难以处理的工业垃圾。

常态化的巡河、清漂制度固然需要建立，但更应该重点投入到河床清理、排污管建设等“治本”工作中，同时也亟须在基层建立起环保意识，改变生活习惯。好在“治本”行动已经开始，不久前贵屿镇污水处理厂二期工程动工，一个覆盖贵屿镇的排污管网也正在铺设。

在贵屿镇的这些日子让我印象最深刻的是茶，不论是酒店、办公室甚至小卖部都有一套茶具，喝茶就像呼吸一般，是潮汕人的每日必需。而水对于茶更是至关重要，希望未来这里的人们能再喝上家门口练江水泡的茶。

麻木了？ >>

驻河第61天

河水黑臭20年，当地人是否已麻木？

2018年8月20日
星期一
天气：晴

记录人：苏力　张伟炜

地点：潮南区胪岗镇港头村、新联村、镇区

早晨8时，我们驱车前往本周驻河目的地——大寮港支流。这条支流长20.16公里、流域人口20余万。

不料，初到汕头，心情沉重。

我们先到地理意义源头——潮南区胪岗镇（行政意义源头是大寮水闸）。这是一个掩映在一片小山中的欠发达镇。河流上游通常水质清澈，大寮港支流却从源头起就比较浑浊。河流穿过胪岗镇港头村，短小的北门桥连接两岸，零星管道直插入河。这条村河流平缓，流动很小，沉积的泥沙使河水呈现出灰绿色。一旦表面有了浮动，底层的泥沙便向上泛起，河水更显浑浊。

我们一边沿着河边走，一边看到河岸居民将生活垃圾堆放在河边，水面还漂浮着废纸、玻璃瓶、塑料瓶、垃圾袋和旧衣物。水中部分塑料袋已经褪色，可见由于无人打捞，这些垃圾漂浮已有一段时间。一些体积较大的垃圾，比如废弃大棚塑料布，甚至已经与淤泥一同沉积在了黄褐色的水底。

胪岗镇新联村的张朝进老人，今年60岁，我们遇见他时，他正在摘一串香蕉，放在单车后面。老人说："大寮港支流汇入的水量比较少，冲不走污染物。"

至此，我们一路走一路想——面对练江20多年的污染，当地居民是否早已麻木？

胪岗镇不富裕，但人们对美好生活的渴望和追求依然强烈。我们顺着流向往东走，发现镇里港头村张小姐开了一间港货店。"香港正品代购，绝对货真价实"的广告语很醒目。每周，她都会去一趟香港进货。村民买得最多的，是潘高寿枇杷膏、奶粉、尿布和各类食品。

"不论河流脏不脏，"她说，"老百姓希望更好地改善生活。"

我们又采访多个当地居民，一个印象越发清晰：他们渴望美好的未来，当然包括练江焕然一新。

快饱和 >>

驻河第62天

焚烧厂能结束这场旷日持久的“战争”吗？

2018年8月21日
星期二
天气：晴

记录人：苏力 张伟炜
地点：潮南区生活垃圾焚烧发电厂、潮南区陇田镇垃圾集散点

“不处理好生活垃圾，练江水难有清澈之日。”走访两天来，这是我们听到比较多的心声。

生活垃圾处理是练江治理难题。这是一场旷日持久的“战争”。生产垃圾能通过产业结构调整变化“根治”，生活垃圾则需要改变数以百万计人的生活习惯。

当地最新的尝试是，把垃圾集中运到潮南区生活垃圾焚烧发电厂，用焚烧代替填埋。

潮南区垃圾焚烧发电厂厂长正在介绍运作情况

今天，我们走访了垃圾收集、运输、处理、利用的全过程。

首先，我们来到大寮港支流上游的潮南区陇田镇垃圾收集点。每一天，收集点工作人员收集各村垃圾后，转运至焚烧发电厂。“垃圾拉过来、倒进去后，我们就会登记是来自哪条村、倒了几车。”一名工作人员展示了他的统计表，表上详细地记录了村名、收集量，还特别标注了运送三轮车的大小，以及对应负责的环卫工人。

随后，我们跟随垃圾运输车前往焚烧发电厂。垃圾运输车是一辆蓝色小型货车，密封情况一般，一路上偶有污水滴落。

接着，垃圾运抵焚烧发电厂，先称重，便运至卸料平台，倒入垃圾仓内贮存。“垃圾仓上方的抓斗起重机不停地翻料、倒料，使垃圾进行充分发酵。”潮南区垃圾焚烧发电厂总经理薛保卫说，发酵后，产生的渗滤液被输送至厂内的污水处理站处理，另一部分则进入锅炉焚烧。

最后一步，潮南区城管局市政股吴少雄说，焚烧过程中产生的热量用于发电，炉渣无毒无害，可以被用作砖石等建材，烟气则经过无害化处理，达到“欧盟2000”标准才排放。

焚烧发电厂今年1月投入使用。目前，厂内日平均处理生活垃圾约1100吨，并网发电将近40万千瓦时。但薛保卫坦言，眼下处理能力已经接近饱和，未来怎么办还得再想办法。

至少目前的效果是良好的。潮南区建成垃圾焚烧发电厂后，陇田镇的垃圾统一运到焚烧厂处理。“以前垃圾没办法消化，就填埋在这里。”潮南区陇田镇副镇长陈银渠指着一片绿地，欣慰地说，曾经的垃圾填埋场如今已变为20亩绿化公园。

“隐”污染 >>

驻河第63天

原来练江还有“隐形”污染

2018年8月22日
星期三
天气：晴

记录人：苏力 张伟炜
地点：潮南区成田镇上盐村、东盐村、大寮村

我们在走访中发现，练江原来并非“一黑到底”。

既有上、中游多个重度污染河段，也有下游陇田、成田、井都等农业镇相对清澈的河段。

但是，看似清澈的河流里，却存在“看不见的污染”。

大寮港支流上游直接流经的潮南区成田镇上盐村、东盐村和大寮村污染十分明显。

比如，上盐村自成立专门打捞漂浮物的8人打捞队后，每周不定时打捞河面漂浮物。别看现在河面基本看不到漂浮物，上盐村村支部委员郑国才说，河里常能打捞出床垫、废旧家具等物件。村民们十分担心家具油漆中的苯、酚和其他化学物质会因长期浸泡污染河水，不懂事的孩童常在河中游泳，不知会不会影响身体健康。

而在东盐村，大部分村民以打鱼为生。曾经，村里河道停放着数十艘渔船，渔民张罗的渔网随处可见。“一张渔网足足有七八米长，清理下来就有十几张渔网。”东盐村村委会副主任陈伟宏说，渔网有时会拦截垃圾，破坏河道生态环境，成为一个污染源。

处于下游的大寮村，也是成田、陇田以及和平三镇河水的汇集地。一旦上游村居整治河流不细致，各类小件垃圾便会顺着河水流下来，堵塞河段。日积月累，原来肉眼看不见的垃圾也会积少成多，成为一大污染源。大寮村村党支部书记、河长许海建忧心地说，目前村里雇佣两人和一条小船，打捞漂浮物。“光这笔消费，每年就达8万元。最近，连清淤的钩机每日租金也涨了200元。”

“传统力” >>

驻河第64天

传统力量竟能治污

2018年8月23日
星期四
天气：暴雨

记录人：苏力　张伟炜
地点：潮南区陇田镇敦灶村、合力村，陇田污水处理厂

陇田镇是汕头市为数不多的纯农业镇，千百年来靠水吃水。传统文化和生活习惯，让该镇河段的维护、管理从未间断。

眼下，这种传统反而成为治污的重要力量。

在大寮港支流中游的敦灶村，绿草绿树与流经村庄的河水相映成趣。溪水清澈，还有小孩在游泳，孩子的妈妈则在一旁洗衣。

在村子里闲逛，路边沟渠石板上的大红色垃圾桶随处可见。在一片灰白色建筑

敦灶村边河涌立起了宣传牌

中，大红色垃圾桶时刻提醒村民：垃圾不要丢在河里。

村委会在河边安装监控设备，如果有人随手扔垃圾，就会被训导教育。

敦灶村党支部书记肖芝鹏说，敦灶村一直有划龙舟的传统，练江治理对该村有着不同寻常的意义。说话间，他还向我们展示该村近年龙舟锦标赛队员和村干部、理事会、族老合影。

而在附近的合力村，细长的河沟将村内公路分成两边，沟渠两侧都围着栏杆，放上了垃圾桶。河沟不远处立着一块汕头市潮南区村级河长公示牌，河沟的名称、长度和河道功能都标注得清清楚楚。

“没有一个漂浮物可以过夜。”合力村党支部书记陈增标说，每天只要发现有漂浮垃圾，村子的清洁工便会打捞，保证河水干净。

原来，这条貌不惊人的河沟作用不小，多少年来一直承担着农业灌溉、居民生产生活用水、排涝等功能。

现在，传统的力量更得到现代技术的加持。陇田镇污水处理厂一期已经建成。在污水处理厂厂外泵站的栏杆外，我们看见三条巨大的蓝色泵站管道，各村污水正通过管道汇聚到污水处理厂统一处理。

“每天有约1.5万吨污水送到厂里处理。”泵站工作人员郑伟宜说，“得益于此轮练江整治，未来全镇管网铺设好后，全镇每天3万余吨污水都将得到统一处理。”

清黑泥 >>

驻河第65天

三围桥黑泥亟待清理

2018年8月24日
星期五
天气：晴

记录人：苏力　张伟炜
地点：大寮港支流下游三围桥

沿河而下，今天我们专程来到大寮港支流下游三围桥。

这里曾是污染重灾区，桥底宽约20米的河道，最严重时铺满水浮莲和垃圾。站在桥上，看不见河水！当地村民甚至夸张地说："我们可以走路过河。"直至今日，情况已大有好转，但眼前的景象仍让人揪心。河面漂浮的垃圾已被捞起，河水局部仍呈黑色。挖出来的五颜六色的垃圾和河底黑色的淤泥混在一起，铺在河两岸。

沿着河边走，宽2米左右的混合物延绵至少1公里，或许是烈日"烤"没了气味，但确实根本看不出河岸原本的模样。在三围桥下，有4台钩机安置在河边临时搭建的浮木板上，其中2台正在清淤。钩机先从河里铲出淤泥，再堆放到河岸边。

我们赶忙上前询问。现场监管负责人陈楚林说，清淤至今已有一个月。这些混合物该怎么办，他也不清楚。后来，我们询问三围桥所属的陇田，镇政府回复，混合物会运走，但时间未定。

晌午烈日，焦烤着岸边黑色的混合物。数十只白鹭却围绕着黑泥和钩机低飞，久久不愿离去。钩机一铲下去，数十只白鹭从四处飞来，铲子横挥，白鹭又齐齐向天飞去。洁白的白鹭与黑泥对比强烈。

三围桥黑泥亟待清理。

一台钩机正在三围桥边清理垃圾

"三种水" >>

驻河第66天

练江治理去向何方？

2018年8月25日
星期六
天气：晴

记录人：苏力　张伟炜
地点：潮南区井都镇龟头海滩涂

今天，我们终于来到了大寮港支流的尽头，潮南区井都镇东北角，一片当地人称之为"龟头海"的滩涂。

江边风大，地势平缓的滩涂岸上荒草凄凄，草丛里开满的黄白野花随风摇摆。远处碧蓝色的江水缓缓东流，在飞翔的白鹭注视下，大寮港支流在此汇入练江。

站在江口，走访的记者不禁讨论：练江治理去向何方？

这片清爽的滩涂仅是练江全貌的一隅。据统计，练江流域每天排放废水100多万吨，污径比5倍以上，污染负荷超河流承载力数十倍。

直接原因是工业污水、生活污水、畜禽养殖等面源污水。三类污水难以控制，主力治污设施仍未发挥作用，练江污染多年难以解决。

练江治水，需要构建水污染治理工程体系和水环境综合管理体系，甚至真正意义上开放水环境数据收集渠道，这恰是为短期强化管控，为长期打好基础的善举。

能游泳？ >>

驻河第67天

“我1995年调来时，谷饶溪可以游泳”

2018年8月26日
星期日
天气：晴

记录人：苏力　张伟炜
地点：潮阳区谷饶镇

驻河的最后一天，我们回访被中央督察组重点批评的潮阳区谷饶镇。6月至今，已过三个月。未到谷饶已定下目标：一看现场，二看拆违，三看进展。

谷饶镇在全国享有“内衣名镇”的称号。工业生产刺激了谷饶的经济发展，却也成了河流污染的罪魁祸首。十多年来，谷饶镇尝到了河流污染的恶果。“还有没有干净的水？看一个，黑臭一个。”此前，中央环保督察组在调研谷饶溪时甚至发出了这样的痛心质问。

下车直奔现场，刚走到谷饶中学门前，映入眼帘的就是成堆的垃圾。废弃的木材、破旧的衣服、发霉的床垫……这些废品都一股脑儿地堆在学校门前的河岸旁。一想到孩子们每天上学都要路过这条“垃圾河”，我们的心情就分外沉重。

沿河两岸，随处可见散落的垃圾，不时还有苍蝇蚊虫飞过。灰黑色的河水一眼望不见底，稍微走近一些，便是扑鼻而来的臭味。镇子里的人路过被污染的河，对岸边的垃圾熟视无睹。

随后，我们来到违建拆除地，看见建筑的钢筋混凝土底板仍然矗立在原地。砖头、石子、沙子等建筑垃圾，也尚未完全清理干净。今年7月，3台钩机“铁臂”同时开工，拆除了谷饶镇谷饶溪岸边的一处“违建群”。瓦解这一30多年历史的“违建群”，只花了5天时间。

“我1995年调来谷饶工作时，谷饶溪是可以游泳的，太有感触了。”潮阳区谷饶镇镇长、镇级河长柯传荣说，自从被重点批评后，谷饶已经没有退路。目前，镇里工业污水治理有初步进展。但是随意丢弃生活垃圾、直接排放生活污水的现象还是没有改善。

初步进展主要是硬件建设。就在8月，潮阳区、潮南区练江整治11个环保工程在谷饶镇集中启动。谷饶镇污水处理厂工作人员黄昭发说，二期厂区项目及配套管网正在加紧施工，投入运营后，镇里的污水就能集中处理，从根本上解决污染源。

变水乡 >>

驻河第68天

水治好了，练江也能成为旖旎水乡

2018年8月27日
星期一
天气：中雨

记录人：肖文舸 王佳欣
地点：中港河流域（汕头市潮南区两英镇、峡山街道、胪岗镇，潮阳区和平镇）

“看，那里有好多鹅！”

吉普车穿行在泥泞的小道上。今天我们巡了中港河全流域，驱车从上游潮阳区的两英镇顺流而下，途经峡山街道、胪岗镇，最后到达潮阳区和平镇。

在中港河即将通往练江干流汇合处，我们沿着一条仅一车宽的小道前进。两边都是郁郁葱葱的草木，不时打在车窗上，视野也很受限制，有一种“山重水复疑无路”的感觉。这里比较偏僻，雨中空气倒是比较清新，只可惜有些河段边堆积的垃圾扰了这般清雅的田园志趣。

突然，一群欢脱的狮头鹅映入眼帘，排排站看着我们的车经过。一辆车孤独地穿行了这么久，突然碰见了这么一群朋友，我们自然是有些惊喜。可是心情又有点复杂：养殖业对水体是有污染的，这里离河这么近……练江两岸1000米禁养区内的畜禽养殖是要全面清退的。

这是我第三次来驻河了。回想来时路，已经能辨认出一些曾经到过的街道，生出了许多亲切感。记得走到潮阳区和平镇下厝新乡附近，路的两边都是朴素却有些特色的民居，从敞开着的门或者小通道看进去，民居的背后就是水面，依水而建。那些闻名海内外、人气爆棚的江南水乡，不也就是这般布局？

只可惜，在这里，那河是黑的，街道比较杂乱。我们也不止一次看到，还是有生活污水直排河道。其实，粤东这些小村镇也有成为旅游胜地的潜质。就好像我们第一次来驻河时看到黑色的谷饶溪边，那极富特色的粤东民居和红彤彤的灯笼。美被埋没了、耽搁了，总有些遗憾。

就像我们看到的那群可爱肥硕的狮头鹅，一副农家乐土模样，如果在合适的地方得到合理的发展，也有潜质在旅游业、农业等产业上走出一条特色之路。唯愿接下来能够持续打好治河这场持久战，让人们早日看到原属于练江的美丽和风情。

全民拍 >>

驻河第69天

土话、拼音、烟盒上的地形图

2018年8月28日
星期二
天气：阵雨转多云

记录人：王佳欣　肖文舸
地点：汕头市潮南区

“面条那个小hang子，进去有激情。”谁能想到，这样一条让人遐想联翩的信息，竟是针对排污企业的举报：对面那个小巷子，进去有机器。

驻河第二天，我们来到了潮南区委宣传部，了解这里的独特“治河之道”。之前就听驻河的同事说过，区委宣传部、区创文办联合区环保局、区水务局在全区范围内开展练江整治“全民监拍”活动，以“市民监督—手机拍摄—上传举报—曝光回响—落实整改”的互动形式，实现“随时随地、一键举报”的平台功能，激发人民群众举报投诉的参与热情，使污染练江的行为“人人喊打、无所遁形”。

“官方微信后台几乎每天都会收到1—2条这样来自老百姓的咨询和线索。”潮南区委宣传部部长黄丽凤告诉我们，自6月15日平台开通以来，近两个月的时间里，已经接收群众线索举报81条。经查验核实后，66条需要落实整改查处，目前已经办结64个，打击取缔了11家非法排污企业，准确的线索让他们的工作效率很高。

这些来自乡亲们的举报信息中，类似日记开头那让一般人摸不着头脑的表达不在少数，不过这并没有难倒工作人员作“侦查判断”。运营“练江整治——全民监拍”微信公众号的工作人员小林，早已练就出一双“火眼金睛”和充足的耐心细心。“一般情况下，这些举报人很警惕，往往要通过好几天的解释、沟通、确认才能取得精确的信息。好些人说不要话费奖励，就想练江水好起来。对于这些举报人，我们要做好保密工作。”他说。

难以断句的拼音、手绘在烟盒背面的地形图、冒着被发现的危险靠近排污点拍下的照片……翻开厚厚的一本工作台账，上面清晰记录着每一条举报线索的沟通过程、开展进度，以及整治处理前后的对比照。可以看出，相关部门正尝试利用移动互联网等各种各样的新途径，作为练江治理的新工具。

“很多时候，如果没有当地群众的提示和举报，仅凭日常巡查，我们根本没法发现这些隐蔽的非法工厂。”据黄丽凤介绍，一次行动中，执法部门在报料人的提示下，硬是砸破了三道铁门，才发现里面正在运转的大量机器，可是违法者已经从后门逃走了。每处理一条线索，平台就积累了一次经验。

“刚开始，我们接到线索会迅速召集镇、村级负责的单位开会，部署相关行动，结果每次赶到现场发现早就没人了。”为避免打草惊蛇，现在线索核实后，基本是单线汇报；通知执法人员采取行动，也在极短时间内完成，尽量不走漏风声。“对于每一条举报线索都抓紧落实处理，确保件件有回音，并在各类媒体上加强宣传报道。这样老百姓才会信任我们，不断给我们报料。”她说。

为了扩大辐射作用，潮南区还设计制作了200块警示牌，陆续安装在峡山街道、胪岗镇和两英镇等地各重点水体旁。我们巡河时常能看到，警示牌上印有“练江整治——全民监拍”微信公众号二维码和举报投诉方法，供大家扫码关注和举报。

44公里 >>

驻河第70天

要快速打通的44公里

2018年8月29日
星期三
天气：中到大雨

记录人：王佳欣　肖文舸
地点：汕头市潮南区两英镇

在练江整治过程中，补齐环保基础设施短板是其中重要一环。驻河第三天，我们来到了两英污水处理厂。走进厂区，左右两边各自盘踞着一个类似回形针的环形水渠。生活污水在水渠中缓缓流过，经过过滤、沉沙、降解等一系列步骤，最终变清。

作为镇上唯一的大型污水处理厂，两英污水处理厂于2011年投入运行。不过，从当前运行情况来看，一期仅11公里的污水管网显然难以覆盖所有居民住户。这一点在前几日巡河中得到了印证，我们观察到好几处居民住户直接将厨房漂着菜叶的生活污水从阳台伸出的管道排入附近河流。

据负责人许瑞东介绍，污水处理厂原设计日处理量为6万吨，由于管网收集范围有限，在现阶段生活污水不饱和的情况下，厂里也会处理一部分达到进入标准的工业污水。

因此，扩建截污管网迫在眉睫。目前，4.9公里的二期管网已基本建设完毕，加上一期共约16公里。不过，要想实现区域内生活污水全部收集，须加快完成三期管网44公里的建设。

按计划，2019年下半年就要对三期工程进行验收。按照此前建设经验来看，工期压力相当大。管网建设牵涉面广，建设周期长，还要做好家家户户老百姓的工作。管网铺设本应先于污水处理厂建设，但是目前是两者并行甚至有所滞后，因此更加要紧。

目前，督导污水处理设施及配套管网的建设等基础设施项目，被放在汕头市领导包干15条支流期间工作职责的首位。“环保基础设施建设一直是练江治理的难点、关键点。以前是环保局负责推进征地拆迁，往往力不从心。现在各级领导督办，推进管网建设的责任也分段落实到镇、村，工作起来更有力。”潮南区环保局相关负责人说。

组联盟 >>

驻河第71天

成立“达标排污自律联盟”互相监督抱团治污

2018年8月30日
星期四
天气：大到暴雨

记录人：王佳欣 肖文舸
地点：汕头市潮南区两英镇、峡山街道

坐在酒店的书桌前，窗外隐约传来陈库戏台潮剧的旋律，暴雨终于稍稍停歇。

这几天潮南的雨一直很大，屋檐下、地面上、沟渠里，“哗哗”的水声不曾间断。有一些街道，积水竟快要没过车轮。我们的巡河也因为暴雨受到了一定的影响，绝大多数支流都难以前往。于是，我们去采访了两英镇的两位河长——书记肖植武和镇长郭少勇。

巡河是他们每周必不可少的一项工作。郭少勇坦言，治河是个系统性问题，需要从各个方面统筹全局进行处理和推进。特别是如何改变村民的生活习惯、提升对保护环境的认识，也是一个迫在眉睫的问题。“有些村民比较迷信，认为垃圾一定要扔到河里，这种观念要扭转。还有就是虽然经过整治，村容村貌有一定程度的变好，但不能就这样满足。”他说。

除了处理生活污水，工业污染治理也有学问。肖植武介绍，2019年1月1日起，印染企业要集体入园，届时对园外企业将不再颁发排污许可证。“两英镇印染企业搬走后，闲置出的土地一定要想办法通过改造盘活，当成一次经济再次发展的机会。”他说。与此同时，明年起园外企业“一刀切”的政策也给当地企业们造成不小的压力。一是担心印染产业园内厂房和各种配套是否能按时到位，二是搬迁的成本对于企业也是一笔不小的花销，三是搬迁造成的业务空档难免会有客户流失。虽然面临这么多挑战，企业和基层政府为河湖治理付出的努力却不减。

比如，2018年6月24日下午，为坚决打赢练江流域综合整治攻坚战，打造良好生态环境和发展环境，潮南区两英镇召开了印染企业达标排污自律联盟会议，全镇37家印染企业自发结成“达标排污自律联盟”，签署承诺书，互相监督、抱团治污，确保达标排放。政府为了鼓励民众一起参与治理工作，将每个月第一个周六定为全民家庭五清行动日，同时举办宣讲会、拍摄视频。希望在上下联动、政企民联手的治河行动中，这里的河水会尽早恢复清澈。

浪里走 >>

驻河第72天

车在浪里走 人在水中蹚

2018年8月31日
星期五
天气：中到大雨

记录人：肖文舸 郭钰
地点：汕头市潮南区两英镇、峡山街道，潮阳区谷饶镇

我们这上微博热搜了。连续下了几天雨的两潮地区成了一片泽国，地势较低的谷饶镇、陈店镇一带更是水淹严重。身临其境，让人更加理解治河其实不光是干净与否的问题，水安全也是治河的重要工作。

由于佳欣要提前回穗，同事郭钰前来顶替。一送一接之间，让我们尝尽了大水漫街的苦头。前往潮阳高铁站的路上时有低洼路段，我们往往走一段就得绕道到地势高些的小路上避开，但总是选择了一段路开了一程，前面又被大水挡住了去路。弯弯绕绕，正常1小时的车程，走了3小时还没到。

我们的这辆丰田汉兰达底盘本就算高，司机刘师傅有近30年驾龄的丰富经验，才敢冒险涉水而过。然而在经过峡山街道金光南路时，水已经高得漫过了车底，好险！我能听得到水花击打底盘的声音，感觉排气孔也进了水，一股汽油味在车里弥漫开来，如果稍微路不平或是有所停顿，水中熄火的后果想都不敢想……我们几乎是屏住呼吸，待到终于驶出这一段低洼地带，所有人都长吁了一口气。

不少老百姓在齐腰深的水里行走，很多民居和店铺的一楼都被淹了，人们在门口放上了挡板、垒上了沙包，然而用处并不大，不少人坐在椅子或桌子上呆呆地看着屋里屋外一时退不下的水。我们的车行驶而过时，还会带动水波涌向他们的房子，无奈我们只有满脸抱歉地望向他们。

路上，有大铲车把人装在铲子里，帮助居民渡过难以行走的水淹地带。还有人家把皮划艇都拖了出来运送人和物资。偶尔听到路上警笛声响起，定睛一看，几辆载着冲锋舟的货车快速驶过。

另一边厢，早已到达潮阳站的郭钰迟迟等不到我们。由于行程难以预估，只好叫她先去车站附近的酒店安顿。然而，离车站只有2公里的酒店也因暴雨难以抵达——叫不到的士，滴滴也显示要近1个小时后才排得到车。

2公里的路历经了艰难——“一个开摩托车的当地大叔愿意10块钱搭我一程，相比于私车开口就是五十、一百，这似乎是当时最好的选择。我们迎着风雨出发，还没过5分钟，我的伞就在狂风暴雨中被吹断了。顿时，头发、衣服、鞋子、眼镜全是水，模糊了视线。更糟的是，路上有很多坑，因为积水太多看不见，每经过一个就会溅起巨大水花。于是，裤子几乎也全部湿透。漫长的十几分钟好难捱，终于看到了酒店大堂，悬着的心才落下。”我们终于相见的时候，她如是描述这段波折经历。

这几日我们所经过的两英、峡山、胪岗等地雨虽然下得久，但有大有小，并不是一直暴雨倾盆，积水怎么如此深，还退得这么慢？原来，练江部分流域河道淤积严重，河床升高，防洪排涝能力不足，加上有些地方低洼，很容易出现“小雨小涝、大雨大涝”的情况。加上练江下游河段未能按设计要求贯通，上游进水快，下游出水慢，排洪不畅，有些地方积水深度甚至超过1米。

抗洪救灾紧迫，当地采取了什么措施保障水安全？我们决定明天仔细了解一下。

两潮地区普降大雨，峡山水浸街，路人蹚水出行

水安全 >>

驻河第73天

水安全也是治河的重要工作

2018年9月 01日
星期六
天气：大雨

记录人：肖文舸　郭钰
地点：汕头市潮南区两英镇、峡山街道

雨还在不停地下，水不见退。我们联系的多位河长，不是在一线就是在去一线的路上，寥寥数语，匆匆挂断。随后从他们发来的一些视频和照片中可以看到，有的涉水推着皮划艇去派发食物和水，有的乘冲锋舟去水淹区域接老人、妇女和孩子，有的在水边加筑堤坝，还有的在赶紧清理水面、路面的垃圾杂物……

待雨势稍缓，峡山街道办主任肖植锐答应带我们去峡山电排站看看。电排站地处峡山大溪与练江干流交界处，刚进电排站，轰隆隆的声音传来——粗壮的5台强排泵像5条大白龙，正开足马力，一刻不停地工作着。

“从8月27日早上8点开始启动机组排涝，每台装机容量为360千瓦，总流量48.5立方米/秒。也就是说，5台机组每秒共能排水50立方米，到现在不停不休。”峡山水利所负责人廖烈才说。

“练江干流河床高，很多地方比支流还高，下雨水排不出去，就容易内涝。强排机组就是要把支流内河的水抽掉，再排到干流里去。”肖植锐介绍，峡山此前较早开展河道整治工作，本出于防洪排涝的目的清河底淤泥、做河道疏浚、捞水浮莲，但做了这些工作，同时对河流环境的改善也起到了重要作用。

可见，水安全也是治河的重要工作。峡山在练江治理上具有一定程度的领先和示范意义，与这点密不可分。着手早，措施多，尽量不要拖成积重难返。不过，从我们现场经历的雨涝情况来看，要想消除“小雨小涝、大雨大涝”，有关工作还是要继续加把劲。

据说，目前在峡山街道华桥村练江边，正新建十八湾南凤泵站，安装7台机组，其中五台1400千瓦、两台400千瓦，总装机容量为7800千瓦，设计排水流量为90立方米/秒，总投资约1.1亿元，计划明年年底完工。待到这个新泵站建成，会显著增强当地的防洪排涝能力。

有回音 >>

驻河第74天

把工作做到老百姓心坎里，更好发动全民治水

2018年9月02日
星期日
天气：晴

记录人：肖文舸　郭钰

地点：汕头市潮南区两英镇、潮阳区和平镇

这是这次驻河以来的第一个晴天，也是我们这次驻河的最后一天。

返程中，我们回想着这次驻河经历。治河非易事，如何发动全民力量？经过几天的观察，当地的做法是：要让老百姓有实实在在的感受——不好的环境会带来怎样的消极影响，好的作为会带来哪些改善。把工作做到老百姓心坎里，大家才会主动参与进来贡献力量。

比如，负责“练江整治——全民监拍”的工作人员就表示，要努力确保每个举报线索都有回音，件件有反馈，查实了坚决处理，这样才不辜负那些冒着风险报料的老百姓，也才能让人有持续报料的动力。

除了“全民监拍”，潮南区还从学校、政府部门等单位招募了55名志愿者，把他们培养成宣讲员，走进200多个村落，在乡镇的小学里、村头的大树下、流经村子的河流旁等地开展宣讲活动。通过面对面、口口相传的方式，让村民了解练江目前所面临的严峻现状，解释铺设截污管网和进行禽畜转移的重要性，破除迷信观念，争取更多群众的理解和支持。在这种鼓励“全民C位参与”治河思路下，不少村民的主动意识正在增强。

“以前觉得垃圾随手扔、工厂排点水没什么，没有意识到积少成多会把河搞坏了。现在垃圾桶都很多很方便，不再往河里扔了。企业也要搬走，希望环境慢慢好起来。”有村民参加完宣讲会说。

练江整治绝不是立竿见影、一蹴而就的工程。只有当地居民从内心深处认同了保护练江的重要性，愿意和政府一起解决这些长期积累下的问题，从日常生活的每一个小细节作出改变，才能真正还练江以清流。

靠坚持 >>

驻河第75天

有人觉得“治不好了”，也总有人在坚持

2018年9月03日
星期一
天气：晴

记录人：陈晓
地点：潮南区陇田镇

陇田镇西湖村，沙陇港支流源头。夏日炎炎，河床晒得皲裂，裸露处昭示着水位下降的痕迹。大片深绿色水浮莲肆意侵蚀河水，已看不出原本的颜色。

生活垃圾一堆堆散落在岸边，我们到时，村民郑老伯正在清理垃圾。“小时候经常在河里游泳，河水煮一煮就能喝。”郑老伯说。

“政府花了很大力气治理污染，你觉得有变化吗？”我们问。

郑老伯似乎并不抱希望：“说了很多年了，很难搞好。可能也搞不好了。”

沿河一路向北，很多村里，生活污水直排随处可见。鱼儿成群结队，穿过零星散落的垃圾，竟也茁壮成长。

“这鱼能吃吗？”我们非常惊讶。

“哪里敢吃！谁知道水里都有什么。”村民张大婶说。

“既然知道水脏，为什么还往里面倒垃圾？”

“大家都是这么倒的，也不光我一家。”张大婶有些不满。

不过，总有些人在坚持，改变正悄然发生。

好在陇田镇的经济支柱是农业，除生活污水排放外，河水几乎没有受到工业污染。仅从肉眼观察，沙陇港支流污染较轻。上中游建筑密集，多为民居，生活污水直排较多，水体基本呈绿色、黄绿色。

现在，村里统一设了垃圾堆放点，一些村民开始愿意每天多走两步，把垃圾倒在堆放点。

途经伯公头水闸时，三个村民正在清理水浮莲。靠着一台钩机、一条小船、一支长篙，他们顶着烈日，清理了整整一个下午，才消灭了这段河道上一半的水浮莲。

“水浮莲多的时候，要连续好几天开工。”一个村民说，“这几个月已经清了很多，环境改善了很多。”

潮南区陇田镇伯公头水闸附近，村民正在清理水浮莲

在他身后，沙陇港支流的下游延绵汇入“龟头海”支流，最终进入练江。下游基本为农田、鱼塘，人烟稀少。这一路却是山清水秀、风景优美，迥异于源头处的“脏乱差”。

我们沿着田埂走了3公里。雨后初晴，田埂两旁是片片鱼塘，整齐划一，延绵至远处山脚。阵阵清风送爽，空气中是青草混合泥土的清新味道。

污水、垃圾、水浮莲……今天所见一切脏污都已忘却，满目只余两旁的桑基鱼塘、清澈河水，和天边的夕阳。

如果整条练江都变成这样，那一定很美好。

"治人心" >>

驻河第76天

"要治河，先要治人心"

2018年9月 04 日
星期二
天气：晴

记录人：陈晓
地点：潮南区陇田镇

"要治河，先要治人心。"我们没想到，这是基层治河中的大问题。

潮南区陇田镇委书记李绪旭身兼沙陇港支流段、新坛港支流段（部分）两条支流的镇级河长，最近碰上暴雨，忙得不可开交。但听说我们来了，他坚持一开完潮南区关于练江治理的会议，马上驱车赶回。

"环保基础设施建设压力大、任务重，我们还能咬咬牙，一件一件推进、一年一年做下去。但最难的是，大家劲儿不往一处使。"一见面，李绪旭就叹气。

潮南区陇田镇某农贸市场旁

冰冻三尺非一日之寒，背后是练江治理的系统性、复杂性和艰巨性。李绪旭和陇田镇几位干部均反映，练江治理需要久久为功，肉眼可见的改变不可能一蹴而就。

但很多村民多年来深受污染之苦，而短期内又看不到明显的治理效果，很自然会对政府工作“打问号”：这次治理会不会又是“一阵风”？过了这段时间，领导视察完，是不是又会“打回原形”？

“一些村民觉得守土有责，每天辛辛苦苦清理污染物、生活垃圾；但另一些人不仅不积极投入，还可能暗中偷排，继续违规倒垃圾。”李绪旭说，“这很打击干部和群众的积极性，甚至对工作开展造成阻碍。”

有一次，凌晨2点多，陇田镇某村个别村民将垃圾偷运到隔壁村，有村民发现后立刻举报。镇、村几位干部马上从被窝里爬起，赶到现场，处理至天亮才解决问题。

“这样的事不止一次，解决的问题也不止一个。但部分村民还是对政府治理练江心存疑惑。”李绪旭说。

“为什么会这样？他们不喜欢山清水秀吗？”我们很疑惑。

“陇田镇以农业为主，本来就比较穷，村民生活水平也并不高，对优美环境不会有很高的要求。”李绪旭说，“相比起来，一些人觉得直排很方便，垃圾倒向河边很方便，反正河不是我家的，治河只是政府的事。抓得严了，就偷偷排，或是运到其他村；抓得不严时则更放肆。”

“你们采取什么措施应对？宣传到位吗？”我们追问。

李绪旭和几位镇干部说，现在每条村都设了宣传栏，张贴治河的各种行动、成果等，还会定期召集村民宣讲。“但见效比较慢。这时候只能我们多扛一点，我们要多做出一点成果，至少让河水没有垃圾、没有水浮莲，让河水不臭了，村民才会慢慢信任。毕竟生长在这里，有责任感。”

练江治河之路，仍然任重道远。

合捐钱 >>

驻河第77天

从不愿借钱到不急还钱，乡贤为什么比以前慷慨？

2018年9月 05 日
星期三
天气：晴

记录人：陈晓
地点：潮南区井都镇

今天印象最深的是井都镇双山村党支部书记、村级河长郑晓鹏的一句话："你如果5月来，往这河上面一躺，绝对掉不下去。"

中午12点多，烈日当空，照得河面微微反光。这位村级河长指着小桥旁的河面说，综合整治前，这一片河面上全是水浮莲，前后延绵上千米，密不透风，完全看不见河水，人躺上去不会掉下来。

但现在，河面干干净净，不仅垃圾，连一朵水浮莲都没有。

怎么做到的？

郑晓鹏回忆，从6月15日至7月17日，双山村全村出动，"白+黑"接力进行集中整治。"有钩机就用钩机，没有就用竹编网、渔网。"

潮南区井都镇双山村支部书记郑晓鹏表示，经过整治，河面干净不少

但整治还没开始，经费问题就横在郑晓鹏面前。“村集体每年收入不到5万元，但这一个月整治下来，就要花20万元。这还不算后面的常态化治理费用。”郑晓鹏非常犯愁。

郑晓鹏只好厚着脸皮到处找乡贤借钱。一开始，愿意借钱的人很少：“这又不是我自己的事，治理了也不见得对我有利，为什么要借？”

尽管拮据，村里仍坚持每天找人清理垃圾和水浮莲，能做多少做多少。“要有变化、有成果，才好意思向人开口借钱。”

慢慢地，乡贤们发现村里是动真格的，街道、河道正在一点点变干净，这才愿意试着借钱。

现在，借来的20万元仍未还清，乡贤们却不着急了，反而比以前更慷慨。9月初，一些热心乡贤合捐了5万多元，给村里、镇里受暴雨灾害的人们买物资买药。

“多亏有他们热心支持。他们不急，但我很着急。”郑晓鹏说，“要持续做下去，要持续改变环境，否则以后没有人会再愿意和我们共渡难关。”

荒沙滩 >>

驻河第78天

“沙滩以前收门票，现在都荒废了”

2018年9月06日
星期四
天气：晴

记录人：陈晓

地点：潮南区井都镇、陇田镇

驱车离开潮南区纺织印染处理中心，向东北行驶约3公里，就是双隆沙滩。我们到时恰逢午后，步行穿过一片足有半人高的杂草地，沙滩就在眼前，远处大海一望无际。

沙滩不大，随处可见被海水冲上岸的贝壳，品种多样、色彩不一。与七彩贝壳在一起的，还有散落各处的垃圾，如塑料袋、玻璃瓶、纸巾、草绳等。周围很荒凉，只有一个戴着草帽的渔民正坐在沙滩上挖贝壳。

“差不多每天都来，挖贝壳回家腌着吃。”家住附近的渔民林阿叔说。他指着不远处一座白色救生塔告诉我们，这里以前是个景点，还要收门票，人很多，很热闹。

“现在呢？怎么没人了？”我们问。

“水没以前干净了，又远，路也不好，就荒了，门票也没了。”林阿叔说。

“水脏，你还敢吃这里的贝壳吗？”我们又问。

“现在还行，要挑，贝壳没以前多了。再过几年就不知道了。”林阿叔说。

海滩荒了，贝壳少了，并不仅仅是双隆海滩面临的困局。“十多年前就该整治了！”井都镇多位干部异口同声。

汕头市潮南区井都镇委书记、镇长林海东告诉我们，练江污染多年积弊，已影响了沿海贝类生长，也影响了贝类养殖业和滨海旅游业发展。

“我们工业不强，但农业、渔业、旅游业有很好的条件资源。”林海东说，“只有练江水好了，南海的水才会好，村民赖以为生的捕捞业、养殖业才会好。更进一步讲，利用好山清水秀、海鲜美食等条件，滨海旅游才能发展起来，我们才能找到新的经济来源，才能有产业的升级。”

林海东透露，现在井都镇正在加紧建设29公里的污水管网，并借助管网建设的契机，同步升级已有20多年没修葺过的主干道井田公路。“先挖井、铺管，再铺路，一次集中突破。希望几年后，这里的沙滩再热闹起来。”

难选择 >>

驻河第79天

基层面临发展和环境的选择难题

2018年9月07日
星期五
天气：晴

记录人：陈海燕　陈晓
地点：潮南区陇田镇

陇田镇田三村地处两条河流的上游，但村中河流水质比同镇的永安村等的水质要差，部分区域水体颜色偏深。在该村河长公示牌旁，记者“巧遇”了该村的卫生工作人员正在清理河道。不过，捞上来的污物气味冲鼻。

田三村委会主任、村级河长介绍，该村河流污染源主要是生活垃圾。不过，记者从其他渠道获悉，该村的污染还有工业污染的成分。

观察田三村等村的情况，经济发展与环境污染的关系并不好处理。

永安、西湖、长厝三村几乎没有工业企业，也就较少工业污染，环境治理只有一个目标：生活垃圾。而田三村在发展工业，就多了工业污染问题。

如何处理好发展和环境的关系，将在一定时期内考验后发地区。

在人类发展史上，发达国家普遍走过“污染—治理”的路子。我们的后发地区能否找到不污染而发展的新路径？

根据一些学者的研究，农业社会向工业社会的发展，一般是从低端产业开始，特别是从纺织业开始。这几乎是所有发达国家都走过的路。

当地如何才能找到一条发展与环境良性循环的路子，值得期待。

两循环 >>

驻河第80天

农村基础设施应与环境实现良性循环

2018年9月08日
星期六
天气：晴

记录人：陈海燕　陈晓
地点：潮南区井都镇

从本周对各方面情况的了解，当地农村村落布局与环境的恶性循环引起记者的注意。

记者观察发现，在当地，老式村落的建设有一个明显的特点：集中居住、环境可持续。在村落中，以祠堂为中心，陆续规划建设高度、大小、风格统一的住宅。在村落的前面，往往会有一个比较大的水池。当地人称"寨前池"。寨前池会连接村里的河流，但水流普遍缓慢。寨前池功能比较复杂，这里也是村落的清洁、社交场所。

长期以来，中国传统的精耕细作的集约化生产方式与环境的关系是有机的，传统的农业生产和农民生活能与环境实现良性循环。在当地，传统的生活方式以及以农家肥为主的生产方式，使得当地村落的河流和寨前池基本能自我净化。人居生活与环境的关系是可持续的。

不过，近几十年来，在人口膨胀、村落扩张，农业生产方式发生重大变化（从农家肥转向化肥），特别是农村生活方式逐步向城市化的转变过程中，农村的相应基础设施却没有跟上这种变化。这就导致河流、寨前池的自我净化能力远远跟不上生产生活污物的排放，形成了恶性循环。

具体来说，一是人的代谢物不能回流田地，与环境实现循环，反而集中排放入河流，增加河流负担，导致河流水体富营养化；二是化肥的大量甚至过度使用，进一步加剧河流水体富营养化；三是生产生活中不可降解垃圾的大量累积。

一些河长提出，要解决这个问题，就要搞雨污分流和垃圾处理设施。但无论是雨污分流还是垃圾处理，在居住集中度不高且人数有限的广大农村来说，其成本之高要远超城市。无论是政府还是村集体都承受不起这种负担。

为此，要实现农村基础设施与环境的良性循环，除了节制化肥使用外，进一步"集中居住—集中排污—集中处理"，就显得很有必要。这是否可以成为农村进一步城镇化的推动力有待进一步观察。

财力配 >>

驻河第81天

农村基层治理能力和财力要与需求相匹配

2018年9月09日

星期日

天气：晴

记录人：陈晓　陈海燕

地点：潮南区陇田镇

一周驻河进入尾声，我们体会最深的一个问题是：农村村镇两级存在基层治理能力与实际需求之间的矛盾。

在潮南多个村庄的走访过程中，几乎所有的受访村干部都会“哭穷”：村里经济不宽裕，很多工作都是看菜下饭、勉力维持平衡。这种平衡是脆弱的，无论是河道清理，还是近期突发的抗洪救灾，都在一定程度上打破了这种平衡。在一个村，负责河道清理的工人告诉记者，他已经好几个月没有拿到工资了。

基层治理的需要和基层治理能力特别是财力存在差距是客观事实。

近年来，农村基层治理方面的开支有增大的趋势，但部分地区财力的增长不能满足这种需要。在一些比较困难的地区，长期仰赖转移支付，日常开支处于紧平衡状态。在面对日常以外的开支时，往往难以应对。比如，一些村要加强河道清理、清淤、拆除违章建筑，都面临资金不够的问题。解决的办法，最简单的就是借或者欠，有些是找乡贤或者其他渠道募资。在这些较少开支的问题面前，基层往往可以慢慢消化，矛盾可能不会外显。

而在面对比较大的意外事件特别是需要较大的开支时，这种问题就会暴露得更加明显。比较典型的就是，基层治理能力不足以应对洪灾及相应的环境治理的问题。

9日，我们在离开潮南的时候，发现8月底水灾时受灾比较严重的潮阳区谷饶镇街道上仍然有很多垃圾。在街面上，清理人员和清理工具似乎也跟平常差不多，清理效率有限。按照这种速度，短时间可能难以清理干净。在部分农村地区，垃圾堆积也比较严重。比如，在陇田镇部分村庄，水灾带来的垃圾杂物也没有清理干净。

上述情形对当地恢复正常生活是非常不利的，也在一定程度上耽误了生产恢复和经济损失的弥补。

教师节 >>

驻河第82天

溪美村村支书：一个前老师的教师节从凌晨4点20分开始

2018年9月10日
星期一
天气：晴

记录人：李业珅　欧志葵
地点：汕头市潮阳区谷饶镇溪美村

“今天是教师节，但我凌晨4点20分就开始工作了。”张楚镇曾经是小学老师，但现在，张楚镇是溪美村党支部第一书记，村里灾后重建，今天他要组织垃圾清运，忙得连睡个好觉都显得奢侈。

凌晨4点20分，溪美村村干部组织转运洪灾之后的垃圾。8月末，持续性强降雨让汕头遭遇洪涝灾害。溪美村作为低洼地，多处受灾。按照上级部门要求，大水退去后，做好灾后垃圾的运输与灾后复产同时进行，张楚镇组织了运输车队，提前通知村民将垃圾运送到指定地点，之后再运到汕头市垃圾焚烧厂。

5点半，准备工作完成后，运输工作正式开始。张楚镇说，洪水过后防疫是重点，被水浸过的床垫、家具，都要及时清掉。

“村民家里的垃圾都清理出来了吗？”由于担心有村民没有及时把垃圾送到转运点。7点半开始，张楚镇开始挨家挨户地检查。

潮汕地区因洪水受灾，不少爱心人士向受灾地区捐资捐物。接收、落实物资，也成了张楚镇的分内事，从早上见到他开始，张楚镇的电话就没停过。

11点，区民盟领导到溪美村交接捐赠物资给村民和三台电脑给学校；11点半，东莞市潮汕商会联系他，说要过来送物资。下午1点，简单吃了个盒饭，下午3点，张楚镇又回到村委，和村干部开了个会。

“今天是教师节！”忙完手头的事情，张楚镇想起自己的老师也住在村里，家里也受了灾。张楚镇提着八宝粥、牛奶、药品、消毒水来到老师家。“太忙了，教师节只能给老师带点实在的了。”

“就想好好睡一觉。”水灾开始后，张楚镇每天的睡眠不超过5小时。但就这样一个简单的愿望，对于他来说都有点奢侈，双台风即将登陆，谷饶溪的河堤还等着他组织加固。

张楚镇说，因为水灾，村里正在建设的污水管暂时停工了。我问，有的村村民很反对，觉得在家门前建排污管会坏了风水，你们村的村民同意吗？张楚镇连忙摆手，村里的人都被水淹怕了，管网建好了，风调雨顺，风水才真的好了。

我们聊到这些的时候已是晚上11点半，他说明天一早6点，又要起来协调灾后复产的事了。我实在不忍心再打扰，结束了谈话。

管网慢 >>

驻河第83天

推进缓慢的截污管网铺设

2018年9月11日
星期二
天气：晴

记录人：欧志葵　李业珅
地点：汕头市潮阳区铜盂镇

今天一早出发，按原定计划，先去铜盂镇的官田水河段巡河。

与贵屿镇、谷饶镇的北港河不同，铜盂镇李仙村所在的官田水河段，水质相对较清，河面上少见漂浮物，两岸绿草如茵，大片农田，视野相对开阔。

我们在李仙村的石桥上驻足，桥很狭窄，仅够一辆小车勉强通过，一旦有车来，我们都必须走下桥，到路边站着让车过。五分钟内我们就让了两辆车，看来利用率挺高，只是看它颤颤抖动，很是担心能否承受。

铜盂镇生活污水处理厂二期工地

今天回访的重点是看铜盂镇生活污水处理厂建设情况。在李仙村走访时，我们遇到郑瑞明副镇长，他介绍分管铜盂污水处理厂的武装部郭部长带我们去实地了解该污水处理厂建设情况。

此前，铜盂污水处理厂由北京桑德集团负责建设和运营，签订合同的甲方是区环保局，铜盂镇政府负责协调建设。然而，该项目一期进展缓慢，管网铺设至今仍只有3公里，并且只有980米延伸进了生活区，管网建立不起来，污水处理厂发挥不了作用。按当时合同约定，预定年底完成9.8公里，但预计这一目标今年内完不成了。

在铜盂污水处理厂二期建设工地，我们看到一台钩机，周边都围蔽起来。郭部长说，二期工程在8月16日就已经动工，现正在清理地表、按施工方案开展土方回填，再打桩。

我们从一份《9月7日汕头市潮阳区铜盂镇第二污水处理厂工程施工情况汇报》看到，厂区的清表工作完成，继续对项目办公区进行建设。“协调资料、技术、安监等管理人员和企业广业现场负责人对接。围蔽板材到位，着手对厂区四周的围蔽。厂区的临时用电变压器台安装完成，正在抓紧协调供电部门供电。”汇报上说。

协调资料、技术、安监等管理人员和企业广业现场负责人对接。围蔽板材到位，着手对厂区四周的围蔽。这崭新的办公室地板光滑，里面只有一个工作人员。他一边给我们看电脑里污水处理设施工作路线图，一边说，设施设备都进来了，但目前没有水进来，所以也无法作业。

据透露，除了完成的3公里，剩下工程转交给另一家公司接手，广业为投资方，建工集团为建设方，铜盂镇政府作为业主单位。为推进工程进展，官方还制定了“三边”方案，即边设计、边施工、边办手续。

在下沉 >>

驻河第84天

位于"锅底"的树香村

2018年9月12日

星期三

天气：雨转晴

记录人：李业珅　欧志葵

地点：汕头市潮阳区铜盂镇

"如果潮阳是一口锅，树香村的位置就是这口锅的锅底。"树香村的地势，村民用一句接地气的比喻就形容出来了。

树香村在铜盂镇，与溪美村相邻，流经村里的河叫内溪河，直接排入北港河。潮汕遇到暴雨，因为地势低洼，树香村成了受灾最严重的几个村之一。

"我们村和地势高的地方相差将近2米。"村民说的这个情况，我们走访时也能感受得到，从树香村采访出来到附近城区，开车要上个大坡，坡上坡下的落差应该快1米了。

因为地势低洼，只要一下雨，各地的水都会汇聚到树香村来。尽管大雨已经过了一周的时间，水也退了，但是在树香村，内溪河的河水快漫到河堤，好像随时都可以溢出来，过人的小桥，只露出桥拱的位置。

"这个就是我们村的正常水位了。"树香村的村支书蔡钟涛说，因为地势低，只要下一两个小时的雨，村里就会水浸，电排站就要立刻开始排水。

"这是我们小时候的戏台。"内溪河边，是村里的老宅，蔡钟涛说，小时候村里人都在这看戏，放露天电影。但是随着溪水越来越臭，内涝越来越严重，村民陆续搬离了老宅子。走近了看，巷子里散发着被水泡过的腥味，一排排的房子，只有零星几家人还在住。

蔡钟涛说，今年练江整治以来，村里的内溪河河水有改善。"今年我们划龙舟了。"到年底，谷饶镇的印染厂就要全部关闭了。这个消息让村民振奋。蔡钟涛说，如果持续治理，树香村十几年前的美好光景，兴许会回来。

鱼活了 >>

驻河第85天

水灾之后，峡山大溪里的小鱼活下来了

2018年9月13日
星期四
天气：晴

记录人：陈彧　欧志葵
地点：潮阳区峡山街道、峡山大溪、东溪村

汕头“两潮”是“8•30”强降水的重灾区。到了今天，走在潮南区的路上，虽然还能看到一些内涝留下的痕迹，好在老百姓们的生活已经恢复正常。我们顺着峡山大溪，从东溪村进入，很快就来到峡山排洪闸口。虽然水面上还有一些垃圾，但却有一些“小惊喜”。

在闸口周边水域上，有水鸟徘徊、栖息，一看到有人接近，就扑棱着翅膀飞走，留下一个个白影。而让人感到有趣的是，水上频频泛起阵阵涟漪，走近一看，一些小小的鱼儿也开始露头。

经过之前截污等整治，以及暴雨的清刷，峡山大溪闸口附近的水质确实有了一些改善，但整体还保留有一点淡淡的异味。在闸口处，可以看到一些垃圾被拦截下来。练江干流和峡山大溪交汇处，清理垃圾的船只正忙着对垃圾进行打捞。

电排站的员工老陈告诉我们，这些都是水灾冲下来的垃圾。一周前的大雨让潮南区发生严重的内涝，他们在电排站连续工作了五天五夜，不间断地进行排水。水是退了，上游却开始漂浮下来一些垃圾，他们得每天用长长的木扒进行打捞，再通过垃圾车运走。不过老陈说，峡山大溪的水质已经有了积极的变化：“以前雨水排走后水质一变差，鱼就都死了浮上来。但这次不一样，水灾过后这么多天，水里的鱼还活得好好的，确实让人感到欣慰。”

对于水质变化的情况，当地的村民也有明显的感受。据一些村民反映，这段时间政府抓得非常严，所以两英镇工业废水偷排的情况基本没有了，污染源也少了。期间，村里更开始组织清理漂浮物、垃圾，水体在感官上的改变还是比较明显的。村委书记郑忠平跟我们说起现在水质的变化。以前峡山大溪里基本没有鱼能活，但是现在鱼类确实多了起来。村民甚至敢抓上来吃，也没吃坏肚子，因为感觉到污染少了。

但郑忠平和另一个村干部也坦言，清理漂浮物还只是治标，未来政府还要投入更多在底泥的清理上，才能彻底解决这么多年积累下来的污染问题。

生态治 >>

驻河第86天

尝试用生态手段辅助治水

2018年9月14日
星期五
天气：晴

记录人：欧志葵

地点：潮阳区峡山街道、峡山大溪、东溪村

今天本来约了峡山街道的工作人员下午一起去走访峡山生活污水处理厂和景观项目提升。中午，同事陈彧接到部门电话要求立即回广州，准备外出做台风“山竹”报道。他上网想买潮阳回广州的高铁票，都没票了，只好让我们的司机伦哥开车一起回广州。

我留下来，继续按约定计划，去峡山生活污水处理厂以及峡山街区的管网铺设点走访。

首先来到桃陈社区。在一条内溪旁，有三四个工人在现场干活，沿着河床挖了一条长数十米、深超过1米的壕沟。峡山街道水利所的马荣旭说，目前工人们正在挖坑、铺污水管，“之前水灾，停了有半个多月施工，9月4日才恢复施工，现在加班加点赶工。”

此时正是下午2点左右，“山竹”台风前，天气闷热，太阳明晃晃地照射下来，刺得没衣物遮挡的手臂有些生疼。马荣旭说，由于太热，工人们容易中暑，故中午安排人手较少，等过了最热时候，会增加多些人手赶工。

目前在大溪街道负责范围内的工程，开展工作的点有19个，包括西港、沙溪、桃陈、桃溪、拱桥、义英等，现已完成管道铺设约4.1公里，大溪河道清淤初步设计为98万立方米，已完成清淤约1.3万立方米。

随后，我们来到桃溪社区，这里的特色是利用生态手段来治水。靠着岸边的栏杆，我看到水面的喷泉已开启，阳光照射下，一条条水柱闪闪发亮；这一方水域设计了三四处植物岛，近处的岸边水底下，还看到有铺设鹅卵石。水面上，有一艘小船，两个工人站在船上打捞浮在水面上的垃圾。

马荣旭说，他们现在设计、种植的植物，都是具有净化水质的作用；水底下铺的鹅卵石，可防止淤泥沉积。“这些植物生长得快，要经常修剪。有些地方，只要污染源断了，上游的染厂关闭、工厂废水不随意排放，靠生态自身净化作用，是可以恢复的。”我站着岸边观察水质，水还是乌黑，臭味也还有。但看到有这么一片开阔、绿意盎然的河面，心情确实也变得舒畅了。

马荣旭说，在内源治理过程中，最难的地方之一，是难以找到淤泥堆放的地方。当地采用带水底泥清挖方式对流域进行清淤，淤泥经固化脱水无害化处理后，再回填生态驳岸。然而，现在城镇内要找到这么一大片堆放空地很难，要周边没有居民居住才行，否则淤泥散发的恶臭味人们接受不了。另外，在铺设污水管道时，有不少管道要经过村民家，很多村民也不愿意，需要花费很长时间协调。

下午，我们还去了峡山生活污水处理厂，在第三期工地，看到有一台钩机正在平整地面，远处有挖土机在开挖。

据介绍，三期厂区工程项目，设计处理规模3.5万吨/日，配套管网92公里，采用EPC模式，出水执行地表水类Ⅴ标准，计划投资约1.58亿元。上个月16日已经举办启动仪式，目前施工总平面图、桩基础图已经出了，厂区土地也已经平整。

管网因为水灾暂停施工

人人拍 >>

驻河第87天

“全民监拍”效果如何？可以试试看

2018年9月15日
星期六
天气：晴

记录人：欧志葵
地点：汕头市潮南区峡山大溪

今天是我驻河的最后一天，接棒我的同事黄进和司机正从广州赶来。

台风前的潮南，阳光猛烈。高温，让人走几步就冒汗、闷气。我在住处附近的村子里逛着，寻找穿流而过的内溪。村里大多是老宅，房屋密度很大，甬道窄得仅够一人穿行，地面虽然坑坑洼洼，但还算干净。

走着走着，发现一条内溪，环境很糟糕。站在石桥上，左手边的河道是乌黑的淤泥，延绵一二公里，两岸堆了不少生活垃圾；右手边的河道，都是发黑发臭的水体，附近看到有维修车厂和几间工厂。

河边还竖着一块汕头市镇级河长公示牌。我看到公示牌上标注：河道名称为“峡山大溪沙溪支流”，河段名称为“沙溪支流汕尾村段”，而村级河长为李镇沐村支书。但我这天没有去找村支书，而是一边观察，一边随手拍，打算将这些图片上传到潮南区的“全民监拍”公众号，试试他们的反应。

昨天，潮南区委宣传部的黄晓杰告诉我，他们区比起其他区在整治练江方面，最有特色的地方之一，就是开设了“练江整治——全民监拍”微信公众号，自开通到8月底，公众号共受理了群众举报线索81条，其中落实查处和整改共66宗，已办结64宗，办结率96.6%。这其中，涉及企业违法排污等有效措施举报信息有12条。

下午接到黄进，我们在酒店大堂里碰头、交流，我告诉了他一些这几天走访的过程，一些可找的人，以及吃饭、住店的注意事项。按照分工，他将去司马浦镇了解练江治理的情况。我们此前有经过司马浦的街道，听政府的人说，水灾时，司马浦的灾情也不小。

烧垃圾 >>

驻河第88天

“山竹”前夜偶遇河边大规模焚烧灾后垃圾

2018年9月16日
星期日
天气：暴雨

记录人：黄进
地点：潮南区司马浦镇

台风“山竹”无疑是今天最大的主角，早上我被窗外的狂风暴雨吵醒。

昨天过来跟上一批驻河的同事交接完后，为了熟悉情况，晚饭后我便去了本次所要“巡”的河流——秋风水支流转了转，晚上约19：30到司马浦镇港洲桥附近时，看到了令人惊讶的情况：桥两边的河岸上都在焚烧垃圾，两边数百平方米的火堆照亮了整个河岸，空气中弥漫着刺鼻的气味，路人避之不及。

随即，我向几个正在村中篮球场打篮球的青年人了解到，在河边焚烧垃圾一事是港洲村村民做的，焚烧的主要是在“8•30”洪水中被水冲烂、浸坏的家私等物品，已烧好几天了，他们自己也觉得很臭，但问及为什么要焚烧时，他们也说不出来。

这其中难道有什么蹊跷？我想在次日的巡河过程中顺便进行深入挖掘。

当天巡河，由于雨实在太大，几乎不能下车看河流的情况，最终选在了港洲村委会“落脚”，由于广东省防汛防旱防风总指挥部将防御台风“山竹”定于防风I级应急响应，村委会干部、部分镇干部均在此防御台风。

于是，我再次来到港洲桥两侧焚烧垃圾现场。由于下大雨，前一天焚烧的垃圾绝大部分都被浇灭，但依然能见到焚烧后剩下的灰烬。

对于前一天港洲桥河道两边垃圾焚烧的情况，潮南区司马浦镇党委委员陈焕武表示并不知情，港洲村村干部曾怀亮则坦承情况属实，他同时解释该处为生活垃圾的临时停放点，是一个村民自行焚烧，此前并没有焚烧。

据曾怀亮分析，主要是因为汕头“8•30”洪水对村民造成太大影响，累积了海量的生活垃圾，就港口村而言，目前已经组织清理并运输了十多车次“后八轮”货车到两英镇的生活垃圾焚烧场，每车垃圾运费800元，同时还请了1000多元/天的挖机装车，共装了3天，所有开支均来自村集体经济收入。

曾怀亮还说，目前全村还余留下来不少“8•30”洪水带来的各种生活垃圾，主要是因为两英的生活垃圾焚烧场消化不了那么多，所以他们把垃圾暂时停放在港洲桥河道两边的临时停放点。

晚上9：30左右，我再次到前一天焚烧垃圾的地方，两处都已被洪水淹没，前一天焚烧的废弃物也被冲入了河道。

从垃圾焚烧这件事来看，村民的环保意识有待加强是不争的事实，政府应对灾后的公共服务也亟待提高，如果洪水过后的生活垃圾处理这样的事情都有公共服务机构来解决，那也就不会出现这么大规模焚烧垃圾这种既污染空气，又污染土壤的行为了。

清水进？ >>

驻河第89天

投运3座污水处理厂，为何会“清水进清水出”？

2018年9月 17 日
星期一
天气：晴

记录人：黄进
地点：潮南区司马浦镇

“山竹”过后，天气放晴，汕头整座城市都在进行紧张的灾后复产。

由于此番巡河是回访，因此，我主要围绕上次巡河发现的一些问题的最新进展开展工作。

汕头市碧水源环境科技有限公司副总经理吴伟分析，练江治理难主要在两个方面：一是政府在经济效益和环境保护两者之间，长期重视前者，因此，对于练江两岸的污染，企业长期没有真正花心思去把它治理好，从而造成了严重的工业污染。二是汕头地区居民建房时没有统一的规划，使得居民的生活污水处理管网建设非常困难，这样生活污水对练江的污染也“贡献很大”，“每户都要埋一根管网本来就

汕头市潮南区污水处理厂二期启动，正准备施工建设

难度很大，况且潮汕地区又很讲风水，有时从某户村民地下埋管网都会被以破坏风水为由拒绝。”吴伟说。

“比如由于建房时没有做好规划，雨污分流在汕头几乎实现不了，那就肯定会导致污水浓度不够，处理效果不佳。”吴伟说，此次中央环保督察就点出了，汕头潮南区虽投运3座污水处理厂，但进水COD平均浓度不到100mg/L，最低的仅为40—50 mg/L左右，基本上是“清水进清水出”。

因此，一期污水处理厂，只接了主管网，据吴伟介绍，司马浦镇污水管网一期工程总长度为6.3公里，管网主要接收总管附近河沟里的污水。联结每家每户的“毛细血管”并没有涉及，这也是二期工程须要完成的部分。

事实上，无论是练江污染还是其他河流的污染，各种垃圾是一个重要的因素。我在秋风水（司马截流）大布上社区段见到，由于近半个月来两次发洪水，不仅河面上漂满了各种垃圾，散发出恶臭味，河道两边也摆着废弃的家具、厨余垃圾甚至有部分建筑垃圾，而约1000米的河两边，司马浦镇政府竖立了不少于五个“严禁向河道乱倒垃圾杂物，违者将给予严惩”的通告。

再联想到昨天在港洲桥见到的情形，在这样的情况下，就算是花再大的力气去治河，河水会变得清澈吗？

因此，不提高群众自身的环保意识，不让群众自身参与到“绿水青山”的伟大事业当中，治河效果只会事倍功半甚至“无功而返”。

回过头来说，这其中也有政府公共服务配套没有跟上的原因，如配套的垃圾处理设施等。事实上，这也是此次环保督查所指出的问题之一，即汕头应于2015年年底建成的5座污水处理厂及配套管网、3个污泥处置中心、3座垃圾焚烧发电厂、2座垃圾填埋场无害化改造工程等无一建成，每天约62万吨生活污水直排河流。

练江流域每天产生生活垃圾约4800吨，无害化处理量仅约2700吨，广东全省仅3个区县未完成“一县一场”（一个县建设一个垃圾处理场）建设，其中两个就在练江流域。由于垃圾处理能力严重不足，导致垃圾乱堆乱弃、非法填埋或就地焚烧等问题十分突出。

综合看来，治理河流，源头不在河流，而在岸上，包括岸上的工业废水污染、生活污水、各种垃圾等，倘若从一开始消化了这些“污染源”，那河水变得更清才有实现的可能。

突击查？ >>

驻河第90天

突击检查、“顶格”处罚、立即整改……为什么练江治理还那么难？

2018年9月18日
星期二
天气：晴

记录人：黄进
地点：潮南区司马浦镇

今天，广东省全面推行河长制工作领导小组召开第一次会议，总结今年以来我省全面推行河长制、湖长制工作情况，研究部署下一阶段工作。会前，省委书记、省第一总河长李希，省长、省总河长马兴瑞正式签发2018年第1号广东省总河长令。总河长令根据省委、省政府关于“开展让广东河更美大行动”的重要部署，就“五清”行动对全省各级河长、有关单位做出动员与要求。

而我昨天在巡秋风水（司马截流）大布社区段时，曾发现两处“疑似工业排放污水”的情况，虽然肉眼看上去，排出来的水均不是很干净，但非专业判断，不能断定其就是非法排污。我当即拍了视频并将其举报至汕头市环保局，环保局当时说今天本计划会有一个突击检查，因而顺便来调查我举报的情况。

也正因为如此，我跟随汕头市、潮南区两级环保部门的突击检查队伍一起对两家企业进行执法，汕头市环保局副局长李友文告诉我，在汕头，类似的突击检查，

记者在秋风水（司马截流）大布社区段，发现疑似工业排放污水点

每周都有两次。

行动中检查的一家名为峡山上东雅饰花边厂的印染企业，8月2日凌晨非法偷排被执法人员抓获并“顶格”处罚：罚款100万元，负责人行政拘留15天，同时取消“入园”资格，“这也是环保督查以来的第二家‘顶格’处罚的企业，该企业的排污许可证都齐全，但当天它通过暗管偷排，是主观的恶意行为，必须重罚。”潮南区环保局执法人员赖少鸿说。此次行动主要是对其进行复查，看是否有复产的行为。从行动的结果来看，并未发现有复产的迹象。

行动中要复查的另外一家企业位于司马浦镇下店路口，名为明宣纺织染整有限公司，由于8月28日的一次执法行动中，其排出的废水被检测出氨氮超标而被责令整改，今天执法人员再次对其排出的废水进行抽检，看是否合格。

我全程见证了整个抽检过程，从开始做准备工作，到最后企业负责人在告知书上签字，大约花了40分钟，检查人员非常专业、细致，其中一名抽检人员告诉我，中央环保督察以来，工作量成倍增加，有时候从接到任务到出检验报告，24小时内就必须出结果，只能加班加点干活，且抽检工作均为户外作业，因此工作压力很大。虽然当天并未立即出检测结果，但公司负责人叶业宣自信此次定能“过关”，因为，企业不仅按照整改要求从技术上多培养了细菌、增加孢子，还自行调减了40%的产能，这些措施不仅增加了企业的成本，还降低了企业的利润，但叶业宣认为是值得的。

“就连超标的违法成本都那么高，偷排就更加没有了，违法成本太高了。”叶业宣还介绍，企业从一开始建厂就配有污水处理设施，但处理能力只有50吨/天，而后来企业每年都需要花费几十万元去不断升级设备，目前每年用于污水处理的费用过百万，日处理能力可达3400吨。叶业宣同时认为，目前潮南区的河流在渐渐变好，而治理河流的污染，不仅仅是解决企业的工业污染就足够了，农村生活污水、生活垃圾处理同样重要，“公司旁边这条河变成今天这样，上游三四个村的生活污水和生活垃圾也有很大的责任。”叶业宣说。

目前潮南区的河流在渐渐变好，这也是我在巡河时听到的比较多的一句话。的确，在中港河里及其靠近的一条小溪里，还不时能见到小鱼和水鸟，这可能都是水质在变好、环境在变化的某种迹象。李友文则举了一个更具体的例子，环保督察以前，练江的水葫芦多到“河流像草地”，而目前练江全域的水葫芦基本被清除了。

无论是李友文，还是潮南区环保局副局长马学端，都认为河流治理应该是一个系统工程，仅仅通过环保部门把工业污染源问题解决了还远远不够，更需要解决生活污水净化、生活垃圾治理、河流疏浚等问题，这就需要多部门形成合力。

很谨慎 >>

驻河第91天

一次层层协调的采访

2018年9月19日
星期三
天气：晴

记录人：黄进　张伟炜
地点：潮南区两英镇

昨晚突然接到临时任务，写一篇练江治污最新情况的新闻稿。今天一早，我在各单位之间来回沟通，希望取得最新进展数据。汕头市环保局、汕头市练江办、汕头市委宣传部、广东省环保厅……大家谨慎核实数据。我决定不干等数据，先去巡河采访河长。直到晚上11点，收到有关部门的官方回复。从这件事可以看出，谈论练江的话题，他们还是比较谨慎，协调成本比较高。希望随着练江治理的推进，他们以后谈起练江话题的时候，更加自信。

在战场 >>

驻河第92天

“溪美村就是一个‘战场’，我们都在‘打仗’”

2018年9月 20 日
星期四
天气：晴

记录人：黄进　张伟炜

地点：潮南区纺织印染环保综合处理中心、潮阳区生活垃圾焚烧发电厂、潮阳区谷饶镇溪美村

经过协调，我们定下了谷饶镇溪美村拆违现场、潮阳区生活垃圾焚烧发电厂、潮南区纺织印染环保综合处理中心自建厂房三个采访点。

最先来到的是潮南区纺织印染环保综合处理中心（下称“印染中心”）。在印染中心自建厂房工地，机器轰鸣，至少5台打桩机同时作业，首批6家专业印染企业正在开工建设，“这个月又推出了第二批22个地块给22家企业，预计10月企业就能拿到地，11月底第三批企业用地完成挂牌出让，年底所有的入园企业都能开工建设。”印染中心办公室主任陈松湖指着工地说。

在被称为“园区的心脏”的热电联产项目工地，一根画有蓝天白云的烟囱矗立空中，特别显眼。据负责建设印染中心的中信环保（汕头）印染环保综合开发有限公司副总经理刘作恒介绍，这根烟囱还有一段来历。汕头市领导提出处理中心的设计都要“去工业化”，在一次开会中，有人提出烟囱的颜色要区别于传统的外表红白相间的设计，要突出环保的理念，最终定为呈现在眼前的蓝天白云的外观，也是整个热电联产项目的亮点之一。

烟囱下面便是烟风道以及锅炉。热电联产项目目前已完成整体工程量的73%，8月开始设备安装，目前准备首台锅炉开始烘炉前期工作，“首台锅炉正在进行铸炉工作，11月开始设备调试，年底前可投入运营。”刘作恒说。

汕头市潮阳区生活垃圾焚烧发电厂建设工地同样一派忙碌的景象，进厂路两边都在铺设管网，还有多辆拉着各种设备的大货车停在工地门口等待卸货，“整个项目已完成80%，年底1500吨日处理量的一期工程就能投产运营。”发电厂建设单位汕头市绿色动力再生能源有限公司总经理孔毅然介绍。

虽然进度已迎头赶上，但过程并非易事，下雨、台风、地质情况等不确定因素都会影响整个工作进度，“刚过去的台风至少耽误了7天工期。”刘作恒举例说。

“只能‘见缝插针’、加班加点，早出工，晚收工，周末、节假日都安排施

工。”刘作恒笑称，同时公司合理安排工期，下雨不能室外施工就安排室内工程。目前处理中心的施工工人超过1000人，目的就是全力以赴加快推进项目建设。

“化被动为主动。”陈松湖说，通过政府不厌其烦地做工作，老百姓对于处理中心的认识也在转变，因此，7月处理中心又新征建设用地724.12亩，这也是近两年来征的又一宗地。

如此奋力推进处理中心的建设，是因为无论当地政府还是建设企业都深知处理中心对于练江治理的重要意义，因为，它就是练江治理的一个最好切口，“由132个烟囱变成3个烟囱，100多台锅炉变成5台锅炉，且都达到国家排放的标准，好处不言自明。”刘作恒用数据来表达自己的观点。

“我们想尽办法加快进度，也得到了政府的全方位支持。”孔毅然介绍，目前项目有530多名工人，七八个施工单位实行交叉作业，也实现“零干扰、零出警、零上访”。

在汕头市潮阳区谷饶镇溪美村3.1公里的谷饶溪两岸，刚被拆除的建筑痕迹还没有完全消去。谷饶镇溪美村党支部第一书记张楚镇说，从7月18日开始，他们利用5天时间，拆除了谷饶溪两岸25户共3000多平方米的违章建筑。

“当天一拆除，我站在溪美村老人活动中心二楼往外看河流，顿时觉得心情舒畅了很多。”张楚镇说，违章建筑拆除只是第一步，要把河流治好还有很多工作要做，“溪美村就是一个‘战场’，我们都在‘打仗’。”张楚镇目光朝着谷饶溪的远处说。

美如画 >>

驻河第93天

护城河口美如画

2018年9月21日
星期五
天气：晴

记录人：张子俊
地点：汕头市潮阳区护城河

时隔近两月再至练江，地点从最西边的贵屿镇到了最东边的潮阳区、海门镇。但河段有很大差别，至少从肉眼上看这里的河更加洁净。

护城河呈南北长条形，连通练江和榕江，向南汇入练江干流，向北与榕江相接，流经朝阳市区，将其分割成两半。

隔着水门桥的石栏杆向下看，河面呈现黄绿色，阵阵微风吹过，不曾闻到臭味。沿着河边的石板路，不时看到一些老人坐在河边休息，间或几个小摊贩喊出几

护城河入河口

声叫卖。

见过漂着许多垃圾的练江，看到眼前的情景，一瞬间感到恍惚，甚至有些怀疑这是被严重污染的练江吗？如果将两旁的建筑变成白墙绿瓦，或许还有些江南的风韵。

一阵“突突突”的声音将我的思绪打断，一艘清漂船缓缓靠近，清漂员拿着网子将河面漂浮物捞起。船上已经装有一些垃圾，落叶、塑料瓶、破布等。

再经过一片低矮的旧房，人烟逐渐稀少，踩着泥土路，穿过一片小树林后，忽然豁然开朗，前方一座水闸如同卫士般，对汇入练江干流的护城河水进行最后的“检阅”。

穿过水闸走向练江干流，视野越来越广。毫无防备地，宽阔的练江在护城河的末端，如同一条玉带横铺，波光粼粼，水鸟飞翔，在蓝天白云的掩映下，显得无比美好。

这是我第一次见到如此美丽的练江，美得甚至有些让人感动。

旁边田埂围起的一小片鱼塘里，渔民吴大叔正在投放饵料。“原先这里长满了水浮莲，还漂着很多垃圾。”回想起年初的护城河，吴大叔说，那时河水污染严重，根本没法养鱼。从今年开始，有清漂船每天清理河面。顺着吴大叔指的远方，一艘蓝色的清漂船正在作业。但吴大叔说，现在河面虽然干净了，其实河底还有很多垃圾，“这是多年污染的结果。”

谈话间，几只白鹭掠过水面，在河边停下，远处微波荡漾，一想到这美好的底下竟是垃圾，不免有些叹惋。

同样是流经市区的河，让我想起了在温州采访时走访的温瑞塘河。以前由于人们乱扔垃圾、两旁生活污水直接排入，再加上工厂排污，河流恶臭，“从旁边过要捂着鼻子”，到现在经过十多年的大力治理，才变成如今的南塘文化旅游区。

练江的治理，任重道远。

鱼群聚 >>

驻河第94天

集聚的鱼群
亟待整治的排污口

2018年9月22日
星期六
天气：晴

记录人：张子俊
地点：汕头市潮阳区护城河

第一次在练江支流看到如此多的鱼，就像公园水池中聚集的锦鲤，只不过投喂饵料的不是游客，而是排污口。

从水门桥出发，沿护城河向北汇入榕江干流段，行至棉北上地培新幼儿园旁河段，发现河边聚集着一些居民，正举着手机往下拍，顺着他们的视线，发现河面有大量鱼群聚集。

潮阳区护城河河面干净，两旁安装有治污设备

一条条黑色的鱼，嘴巴一张一合吞食“营养物质”，即使站在石栏杆后，也能听见一阵“吧唧”声。

而“营养物质”的来源是一个排污口。排污口用铁栅栏隔起，一些塑料袋、塑料瓶等被拦住，而带着“营养物质”的生活污水正直接排出，汇聚起这一片鱼群。

而在河旁边就是一个肉菜市场，一些餐饮店沿街布设。由于潮阳区内基本没有工厂，所以可以确定这个直排口排出的是生活污水。

“这么密密麻麻的，看着有点不舒服。”从旁边路过的谢小姐虽这样说，但还是忍不住拿出手机拍下视频。谢小姐说，平时河里也有鱼，但没有今天这么多，而排污口一直都有污水排放的情况。

同样隔着栏杆往下看的黎大叔也有些惊讶，“头一次看到这么多鱼群聚集。”黎大叔说，排污口平时也偶尔排水，这次可能是马上要到中秋节，市场顾客多，排污也多一些。

再沿着护城河向上，行至棉北桥，远处河面洁净如镜，内心一阵舒畅。但低头下看，却冷不丁发现从河底流出一片带白色泡沫的水，清澈的河面汇入一片泡沫和淡淡的黄色，显得极不协调。

这些水从何而来？下到桥底才发现端倪，棉北桥桥下正藏着一处排污口，带泡沫的水源源不断排出，就像洗过衣服后的污水，将临近的河面染上一层淡黄色，并伴有一些臭味。

此后再往下游走，人烟、建筑都开始稀少，直到再也没有高楼，沿着泥土路走到护城河汇入榕江干流段。这一段，护城河将土地分成几块，周围绿意盎然，河水清澈，似乎从未曾被污染过。

在榕江入河口，廖大叔正在船上忙碌。“现在水比以前好了。”廖大叔主要养殖生蚝，他说以前河流比较脏，总是从上游漂下一些垃圾，而生蚝养殖又对水质要求很高，自己一度遭受严重的损失。等到今年，听说上游开始清理垃圾，也有一些清漂船定期清理河面，稍微好了一些，“但水质还是没有恢复到污染之前。”

入海口 >>

驻河第95天

练江入海口的黄水

2018年9月23日
星期日
天气：晴

记录人：张子俊
地点：汕头市潮阳区北干渠、海门镇

每行至一段野草茂盛地，不能分辨草下是泥土还是坑，司机胡师傅都要下车拨开草查看，确认是泥土后才再发车。

就在这样的野路上，沿着北干渠一直从潮阳区中心到达海门镇海门桥闸口。纵观北干渠，在城区有部分直排口污水排入，在近岸边形成一小片污染物带；待到接近海门桥闸，由于流经农田，河面干净，有些河段甚至清澈见底。整体而言，北干渠河道较为干净，基本无异味。

练江干流入海口的污水直排口

越接近海门桥闸，北干渠开始变宽，拐个弯便到达海门桥闸。海门桥闸横跨练江干流，驶上海门桥闸，颇有一江春水向东流的壮阔感。离桥闸不远，一艘蓝色清漂船正在工作。

不远处一个大叔站在岸上撒网捕鱼，一用力，拉上渔网，6条大小不一的鱼。但俯身往下看，又是另一番情景。

只见大叔撒网的地方竟是一片浑水，并伴随着一些白色颗粒物，源源不断从排污口排出，将河面染成一小片淡黄色。“就是因为有这些东西，才有这么多鱼来吃。”网鱼的大叔说，旁边是居民区和海产品处理店，排出的污水成为鱼的食物。说话间，大叔又拉上一网鱼。

“大叔，这脏水里捞上来的鱼，不怕吃了出问题？”我实在按捺不住内心的疑惑。

“不怕，洗干净了就能吃，没问题。”大叔笑着说，因为不是工业污染，不会有重金属之类，所以鱼都只是表面脏，大叔一边说，一边将粘在鱼上的一小片塑料膜撕掉。

大叔没有停下，一网一网地拉，不一会就装满一塑料泡沫箱。但看着鱼身上未清理干净的垃圾和白色颗粒物，说实话吃不下。

再往前走，发现近岸边拉有一条白色浮球网，将旁边排污口排放的塑料袋等较大的固体垃圾拦住，与另一侧干净的水面形成鲜明对比。

忽然，街对面一个海产品处理店铺的阿姨端着一盆污水匆匆走来，盆里还有一把红色破伞。她直接将水倒入河里，污水很快便与河水融为一体，只是这伞被河水一遍遍地拍向岸边。

“这边经常有人这么做。”网鱼大叔说。

为何面对洁净的河面，人们忍心将污水如此毫无顾忌地倒入、排入？是习惯，还是真的没有环保意识？

“没有料” >>

驻河第96天

变干净的护城河如何再“治本”？

2018年9月24日
星期一
天气：晴

记录人：张子俊
地点：汕头市潮阳区护城河、七里港河

“护城河变干净了！”采访中，这句话不约而同从多个居民的口中说出。就像刚开始到达护城河后，自己也开玩笑地感慨：基本没什么污染，来了一段“没有料”的河。

“原来护城河很脏的，河面漂的都是垃圾，臭得很。”回想起过去几年，护城河旁的廖先生毫不客气地说。河两旁都是居民区，原来河两岸只用简易的铁栏杆围起，防止坠河，“特别是生锈的时候看着破破烂烂，这样大家也都无所谓，直接把垃圾扔进河里。”

护城河上浮球网

后来随着各种亲水设施建成，铁栏杆被替换成大理石栏杆，两旁的绿化也慢慢做起来，现在如同公园一般，很多人来河边休息。“现在看到这么美的地方，大家肯定也不好意思再往河里扔垃圾了。”廖先生说，大概从2016年开始，感觉河里的垃圾在慢慢变少，一方面得益于居民的环保意识提高，另外每天都有清漂船捡垃圾。

廖大叔的感受不是特例，在河边晨练的张阿姨也感慨说现在水变干净了。“水去年都还是臭的，我们打太极的队因为找不到其他合适的场地，只能捂着鼻子练呢，说出来都不好意思。”回想着之前的窘境，张阿姨不禁笑出了声。

她说，今年初开始河流有了变化，最显著的就是慢慢不臭了，而且河面的垃圾少了。“你看这下面，有这么一张浮球网，对于清理垃圾作用很大。”顺着张阿姨指的方向，看到河面有一张半开放式的白色浮球网，从岸边一直延伸到河中间，形成朝上游的开口，可拦截从上游漂下来的垃圾。说话间，一艘清漂船驶过，捞走拦截网里的几个塑料瓶和落叶。

“河里原来都是生活垃圾，现在大家环保意识在提高，印象很深的就是倡文行动，那个时候大力宣传环保。”张阿姨说，河变干净离不开大家的共同努力。当问及张阿姨是否知道河长制时，她说：“我知道呀，河长就是管理河流的嘛，在河边都看到很多河长信息牌。”

沿河再走一段，恰好遇见坐在石凳上背单词的17岁高三学生小林。聊起护城河，小林说自己从小生活在河边，“其实我小时候就发觉河变得有些不好了，好的时候就是有些垃圾漂浮，差的时候就直接铺满水浮莲，应该是我们课本上说的富营养化现象。”小林说，大概从今年初开始，河水开始有了较大变化，河面变干净，也没有臭味了。

但小林也表达了自己的忧虑，“我觉得河流治理还没从根本上解决问题，这条河其实之前也治理过，但没有坚持下去，水质好一段时间，但过一两年后又变脏了，还是要加大改善力度。”

其实作为一个初来乍到的外地人，看着眼前的护城河，很难和当地居民口中原来那条漂着垃圾、发臭的河产生联系。但从此前看到的多个排污口直排的现象，又似乎得到一定程度确认。

浮球网、微生物污水处理装置、清漂船，诸多河流治理措施、设备已经投入，干净的河面也是对这些努力最好的慰藉。但就像长年生活在河边的小林所说，河流治理还未从根本上解决问题，无法从根源上拦截进入河流的垃圾、污水，就也无法从根本上治理河流。

书记“黑” >>

驻河第97天

“肚子是白的，手臂像黑炭”

2018年9月25日
星期二
天气：晴

记录人：张子俊
地点：汕头市潮阳区凤南社区、平南社区

黝黑，是见到城南街道凤南社区书记郑友裕的第一感受。

说实话，电话联系他的时候，听着平和的声音，我脑补的是一个穿着衬衫，白白净净，温文尔雅的中年男子形象。但在见面的那一刻，我差点就没忍住说一句：真黑呀。待到话匣子打开，郑友裕甚至掀起衣服，笑着说：“你看，我肚子还是白的，手臂已经像黑炭了。”

为何找郑友裕，因为他是社区级河长。通过此前几天的巡河观察和居民采访，我了解到护城河在今年发生了很大的变化，河面变干净、水质也变好，这些变化从何而来？带着这些问题我采访了基层的社区级、村级河长。

“说实话，河长制推行后还是增加了不少工作量，但我在基层待久也习惯了，就每天多工作1个多小时。”郑友裕说，为了按河长制规定每日巡河，他每天7点多从家里出发巡河，在8点半左右到达居委会。

郑友裕负责北干渠、南港流经凤南社区段，以及村里的三条沟渠：罗铜港、拱桥沟、雨亭沟。巡河期间一旦发现漂浮物，就立刻联系清漂人员清理。“居委会的基层工作人员平时工作很忙，比如创文创卫、精准扶贫等，只能将清漂工作承包出去。”郑友裕说，社区以2600元一条的价格买了几条小船，同时每月花8500元雇三个工人每天乘船巡河清理漂浮物。

“像这样的巡河制度在潮阳区都建立起来了，从上游漂下来的垃圾也很少了。”郑友裕说水质已经有了一定好转，“现在河里你也看到有鱼了，以前根本看不到。”

“建好排污管才是治本。”谈及治理思路，郑友裕说，先是将河面清理干净，然后建立长效清漂机制，待到排污管建好后，再将河道的污泥全部清理。他拿来一份资料，上面是清漂人员在北干渠河段清理垃圾，画面中的人站在河里，河水刚刚没过膝盖，“以前河里可以游泳、养鱼，水很深的，现在河底沉积了很多淤泥垃圾，等排污管建好之后全部要清理掉。”他说，目前潮阳区正在统一规划管网建设。

是契机 >>

驻河第98天

治本工程终于有希望开工了

2018年9月26日
星期三
天气：阴天

记录人：张子俊　彭琳
地点：汕头市潮阳区金浦街道居委会

“年头清理，年底又漂满水浮莲”。看着现在干净的河面，金浦街道党工委书记、镇级河长蓝少恒说，之前七里港河、北港渠等金浦街道辖区内的河曾陷入被水浮莲困扰的“死循环”。

蓝少恒说，以前虽然也知道要清理水浮莲，但是缺乏长效意识，花了一笔冤枉钱，“原来一般是年头清理一次河面的水浮莲，要花几十万，耗时一两个月。”建立长效清漂制度后，蓝少恒算了一笔账：买一条船，雇两个村民，就算按3000元一个月算，两人一个月6000元，一年下来也才7万多元，远远低于原本的每年几十万花费。

清理水浮莲算是治标之策，解决水体污染才是治本思路。通过此前的走访和调查发现，潮阳市区及附近的河主要是生活污水、生活垃圾污染，如何让这些污染物不再进入河流才是关键。

“原来也知道这个问题，但是缺资金、缺动力，一直没法治本。”蓝少恒说，之前面临两大困难，第一是如何将辖区内的污水收集起来，另一个是收集的污水放到哪里去。迟迟无法解决问题，最终污水还是排进了河里。

但今年治本已经可以触及。蓝少恒介绍说，在环保督察的压力下，全省各级高度重视环保，各项治本工程正在落地施工，具体到金浦街道就是排污管网的铺设。

“我们现在有些兴奋，很有干劲，因为之前的几个难题都有了解决思路。”蓝少恒说，在省的统一规划下，广业集团、建工集团等国企帮助铺设排污管网，“截污工程需要巨大资金，一个村、一个镇根本承受不了，以前不敢想象这样的大工程，但现在有了信心。”另一方面，潮阳区污水处理厂二期工程已经开工建设，新增的7.5万吨日污水处理量也让收集的污水有了处理的地方。

在这样的治理思路下，金浦街道需要做的就是积极配合施工单位，确保无障碍

排污管网施工

施工。

“把清污清障工作做好，根据管网铺设的施工图，管线经过的地方涉及到如拆迁、协调等，就协助施工单位去完成。”蓝少恒表示，其实按规划，金浦街道不需要这么快就进行河底清淤，完全可以等管网施工方案确定后再做，“但我们现在特别希望排污管网能早日动工建设，解决污染的根源。”

按照之前省里的要求，各项工程要在2019年6月底完成，蓝少恒表示很有信心，“我们街道的目标就是全力协助开展辖区内34多公里管网无障碍建设。”他表示，很有信心河流能恢复到20世纪80年代清澈见底的样子，“现在思路很明确，说着都有点激动，看得到治理希望，干活都有劲。”

排污管网建设工程已经在潮阳区全面铺开，而潮阳区污水处理厂二期工程作为关键性基础设施，其建设情况直接影响截污工程的进度。二期建设情况如何？这个问题，需要到污水处理厂进行更详细的走访。

有补偿 >>

驻河第99天

排污管网如血脉般扎入潮阳大地，征地拆迁面临挑战

2018年9月 27 日
星期四
天气：阴天

记录人：张子俊　彭琳
地点：汕头市潮阳区金浦街道居委会

烈日下，潮阳区污水处理厂二期工程工地，几台大型打桩机正在工作。“现在完成了60%多的基础桩工作量，预计再用上20多天可以全部打完，桩打好了就可以开挖滤池。”污水处理厂厂长姚旭东说，因为工期较紧，现在是边勘探、边设计、边施工。

8月16日，潮阳区、潮南区练江整治11个环保工程集中启动，其中就包含潮阳区污水处理厂二期项目及配套管网。“要求在2019年6月底项目完工，工期很紧，

潮阳区污水处理厂二期打桩

现在都是五条管线同时施工。”姚旭东表示，为了赶工期，施工人员在即将到来的“十一”假期也不休息。

跟随施工现场技术员萧伟民，我们来到其中一条排污管线施工现场，位于七里港河上游段。现场，一台台大型吊机，正将6米厚的钢板砖打入3米的深坑中。“现在只能说争取在6月底完工，如果单建污水处理厂那是肯定没有问题的，但现在管网铺设这一块工程量大，也会遇到很多不确定性问题。”萧伟民说，二期工程的配套管网接近40公里。

“技术、资金都不是问题，难的是征地拆迁协调。”萧伟民说，由于潮阳区各级政府对管网铺设非常支持，在前期勘探、设计阶段都是积极配合无障碍施工，目前没有遇到问题，但是待到真的进村施工，说不定这些问题就不好处理，“比如村道很狭窄，大型设备、材料进入必须铺设施工便道，这就会占用村民土地或房屋，比如要填埋鱼塘、拆旧房屋，很多村民不愿意。”

如何解决这些问题也让姚旭东头疼，“现在政府方面就是全力配合拆迁，确定的补偿方案是：参照高速公路建设占地的赔偿标准。”但即使如此，是否会影响工期，仍是较为担忧的问题。

当前，一条条排污管如血脉一般扎入了潮阳区的土地，通过拦截生活污水，将实现污水不再进入河流，练江治理终于走上触及根本但也难度很大的阶段。

入园区 >>

驻河第100天

2019年停产的印染企业何时才能搬入园区？

2018年9月 28 日
星期五
天气：晴

记录人：张子俊　彭琳
地点：汕头市潮阳区纺织印染环保综合处理中心

从潮阳市区驱车30多分钟，我们到达了位于海门镇竞海村的潮阳区纺织印染环保综合处理中心（以下简称“印染中心”），看到的是一片荒地，几台挖掘机正在平整土地，偶尔经过一辆载着黄泥的卡车，扬起一阵尘土。说实话，和想象中的正在热火朝天施工的景象有些落差。

目前，练江流域的三座印染园区中，揭阳普宁与汕头潮南区均已动工一年多，可望在今年底建成投入使用，但潮阳区的项目进展严重滞后。8月16日，印染中心及配套管网建设启动。

“目前在征地范围内已经平整了1000多亩土地。”海门镇副镇长陈鹏指着宽广的土地说，8月16日，印染中心污水处理厂动工；8月18日，中南设计院地质勘探队现场勘探，目前污水处理厂范围勘探工作已完成，污水管网尾水管范围勘察工作已完成15%，中心道路已开始地质勘探。同时9月13日，区镇领导专门到省环保厅汇报关于环评相关工作。目前，印染中心可研、控制性详规（送审稿）、污水处理厂可研、印染中心道路方案等已形成初稿，并收集汇总各部门意见反馈给编制单位。

据省里规定，从2019年1月1日起，两潮地区所有未入园的纺织印染企业都要停产，可以说印染中心的建设进度直接关系到企业的生存发展。

“印染中心从建设到投产，预计要十一二个月时间。”陈鹏说，主要是污水处理厂的建设时间长，至少要10个月，还需要将近2个月的调试期，但是各项建设尽量同时进行，比如建设1万平方米的通用厂房、道路工程等可以和污水处理厂同步施工建设，“从今年8月份开建，预估明年大概8月可以使用。”

即使印染中心能如期建成，纺织印染企业面对的也是长达8个月的空窗期，企业愿意等这么长的时间吗？或者干脆不干了，或者搬到其他地方，这些都值得考虑。“企业用工、三角债、材料、销售等，都会受到很大影响。”陈鹏说，“预计有51家企业入园，其中13家是规模以上的，需要自建厂房，做定型需要的厂房量比较大，所以优先考虑这13家企业，未上规模的企业就使用通用厂房。”

当问及对于空窗期的企业政府如何应对，陈鹏也表示无奈：“我们只负责配合园区建设，只能确保企业按规模、按条件建，按门槛入园，其他生产方面我们也解决不了。”

另一方面，印染中心搬迁到海门镇的一个考虑，是靠近已建成的华能海门湾电厂，可利用电厂供电供气供热。但陈鹏表示，这一块目前也还处于协调期，“遇到征电问题，华能的电到园区、职工到园区运作等，都需要政府批准，但批文还没下来。而用电对于纺织印染企业是一个瓶颈，需要较低的电费，所以这块对企业的影响还是比较大。”

潮阳区印染中心工地

5年后 >>

驻河第101天

“欢迎5年后再来潮阳区看看”

2018年9月29日
星期六
天气：晴

记录人：张子俊　彭琳
地点：汕头市潮阳区政府

“昨天区政府常委会会议已经通过，授权广业集团施工建设污水处理厂二期，现在他们可以放开做了。”驻河结束的前一天，我们意外地从潮阳区分管水利的副区长、区级河长陈武鹏口中得知潮阳区污水处理厂二期工程的问题解决了。

25日发出约访，因为陈武鹏的行程安排满了，直到在4天后我们才坐在他的办公室，才和这位区级河长聊聊河长工作、治河思路以及未来规划。

陈武鹏介绍，目前潮阳区内河流实行“一河一策”，聘请广东水利设计研究院根据区内河流具体情况设计治理方案。根据“一河一策”实施方案，2018—2020年，潮阳区将投资4亿多元，建设如水闸、排污管网、河流日常管理长效机制等。

为了保持河面清洁，潮阳区已建起日常管理长效机制。陈武鹏说，辖区内每条河都有专门部门管理，如护城河是城管局管理，主要负责护城河面漂浮物打捞，每天有打捞船巡河，现在河面基本上无漂浮物。

此外，“治本”层面的清淤、清污也正在展开。陈武鹏说，区的堤防工程和首期截污管网已经完成，护城河段的前溪水闸已重建完成，而后溪水闸正在重建，同时已经新增15.51公里配套管网、新建固体废弃物处理装置设施。

陈武鹏表示，治理河道淤泥的思路是，先检测淤泥有没有重度污染，如果重度污染，就要运到污泥处理中心；如果无污染，则将污泥收集起来放在空地上，待晒干后再利用，如用作化肥。

治理思路虽然清晰，但陈武鹏也指出其中的问题。“对于基层来说，河流治理的经济负担其实较重。”他说，以清淤为例，大部分要使用浮船长臂钩机、挖机挖淤泥，长臂钩机一天至少要花2000元，有些村花了几百万，村书记都说不知道这些钱怎么办。如何解决这个难题？陈武鹏说尽量借助省里的支持，“尽量争取列入省里水利、环保的项目里，比如潮阳区的大部分河流，基本都列入了2018、2019、

2020年省‘中小河流整治’规划中，通过专项资金解决资金问题。”

“现在已经找准了污染源，然后有针对性地采取措施，完全有可能让辖区内的河流恢复到清澈的样子。”陈武鹏充满信心地说，现在是花真金白银做环保基础设施，这些措施到位后，将不再有污水排入河里，加上汕头雨水充足，汛期两边开闸一进一出，很快就能实现水质变干净，到时候河里的水就是真正的雨水。“两三年内我不敢说，5年以后吧，欢迎你们再来看看，会看到孩子们在河边游泳。”陈武鹏坚定地说。

亲切感 >>

驻河第102天

来练江比回家还频繁

2018年9月 30日
星期日
天气：晴

记录人：肖文舸　张伟炜
地点：汕头市潮南区峡山街道

夜晚的广祥路灯火通明，水果铺、奶茶店、布行、餐馆人流涌动，摩托车、小汽车穿行而过，“邻里守望”的宣传牌让这里的生活气更有温度了。如果白天看到的那些河流更干净些，肯定也是一个很受欢迎的旅游胜地。

这是我9月里第二次来两潮地区（潮阳、潮南）了。从6月开始，每个月我都会打卡般地出现在练江流域，比过去几年回老家的次数加起来都多。渐渐地跑的次数多了，也生出了感情。

看到“潮阳站”的高铁站牌，即便独身一人也不会心里没底；

看到北港河驻点的干部很频繁，新的水闸在修建，会觉得舒心；

看到司马浦镇有垃圾乱丢的现象，又会不自觉地皱眉……

这次国庆期间再来驻河，也想继续追踪下练江的变化。

白天，我们来到潮阳区铜盂镇胜前社区居委会治安岗，作为汕头公示的党政领导练江边驻点办公地点中的其中一个，这个驻点位于北港河边。《北港河水系分布图》《官田坑水系分布图》……二楼挂了很多地图，走进临时卧房，从床前的窗户能直接看到北港河。

翻开驻点里找到的一份汕头市练江流域综合整治领导小组办公室出台的工作方案，工作要求上写着：成立专项工作组，定期驻点办公，建立规范驻点办公制度，建立驻点工作约谈、问责机制。

“以上都做到了吗？”我们问。

“在练江边有好几个驻点办公的地方，党政领导会轮流去，人力紧张的时候，四套班子都会参与。”治安岗的工作人员拿出一些电话记录、会议文件说。

“平时有比较规范的驻河安排，‘8•30’水灾的时候大家都在抗汛救灾，没法驻河的话则会专门汇报。”汕头市政府秘书长陈烈丰在电话中告诉我们。

不放假 >>

驻河第103天

重返谷饶溪：拆违变化大，村民思想工作要做细

2018年10月01日
星期一
天气：晴

记录人：肖文舸
地点：汕头市潮阳区谷饶镇溪美村

重新回到我们第一次驻河的溪美村看看，是8月再来驻河时就有的愿望，但当时不巧遇上水灾被困，没能成行。今天天气大好，我再次朝着谷饶镇出发了。

阳光让一切色彩更加明艳——黄土地、蓝天空、绿稻田，清丽的乡村景象跟第一次的雨夜很不同，让我不太辨认得出地点。但当看见小朋友们身着黄色校服跑跑跳跳，“溪美学校”的招牌映入眼帘之时，“就是这里！”

6月22日第一次驻河的夜宿之地，我回来啦！

“后面就是谷饶溪，去看看！”我们兴奋地绕过学校，溪水映入眼帘，水还黑，但两岸感觉不同了——相比于第一次来那种拥挤和压迫感，现在让人感觉舒畅了很多，即便堆积着不少砂石材料，仍显得空旷了不少。

原来，“最近正大力度拆违，沿河这些违章建筑都要拆除。”在岸边一台挖土机旁，我们遇见了溪美村委负责人肖辉泉。“国庆放假不休息吗？”碰到河长，我们有点惊喜。“事情很多，没有假啦。”他指着两岸的房屋说，“村里是试点，要赶紧。我们连夜去做工作，有的谈一个晚上，终于同意拆迁了。”

说服村民拆迁是门学问。据肖辉泉讲述，很多工作要做细。“现在我们是面积‘1赔1’，拆了以后村里有宅基地指标就给他们，100平方米补100平方米；120平方米的话，可以采取另外20平方米补钱的方式。”他还介绍，拆除的建筑根据不同种类的材料，都有不同赔法。还有内外有无装修，也有区别。标准1平方米有不同价格；有的老房子装修没单据的，就相应打个折。

肖辉泉说，站在村民角度思考有利于做工作。“住了那么多年的家要拆掉，肯定不容易，但是要把河弄好，环境变好大家才更好。”远远望去，一些尚存的临河建筑上也刷上了“拆”字。溪水中央，一座临时简易的小桥方便村民通行。

“老桥和旁边的建筑都要拆，阻碍了河流，拆了以后水流畅顺一点。以后我们选个合适的地方建新桥。”他说。

找到了！ >>

驻河第104天

重返李仙村：愿“清流碧波映金光”早日重现

2018年10月02日
星期二
天气：晴

记录人：肖文舸
地点：汕头市潮阳区铜盂镇李仙村

“就是这里了！”在附近来来去去转了20分钟，我终于找到了6月曾经到访的李仙村。变化好大！正值国庆假期，今天我拉上正在汕头自驾游的爸妈一起体验一天巡河。地方偏僻、道路太小，在导航上几乎找不到。开到貌似离目标最近的路标处，我下车寻找当时中央督察组看过的点。

我近乎执拗地想要准确找到之前踩过的“故地”，这样对比才更加令人信服。岸边有几处都很像我们当时驻足的地方。为了寻找，我熟练使用着一切能用的工具：一边翻着当时照片显示的定位，一边对照着导航，一边看着现实中的景象位置。

重返李仙村，10月和6月河岸情况对比图

“这座桥的宽窄好像……只容一车单行穿过……对对是这边。”我嘀咕着过了桥。“这栋小房子好像是当时下雨换鞋的地方？”我打量着眼前的建筑自言自语道。“对的！右手边，就是当时的出发点！”我找到了。

绿色的青草覆盖了大部分河岸，树木也恢复了翠绿的颜色，一米多高的稗草在风中摇曳。河堤上也比之前好走多了，岸上并未发现有垃圾。回想当时黄泥没脚、垃圾堆积，确实大变样，一下子难以辨认了。

往村里走一点，发现几乎每隔10米就有一个绿色的垃圾桶，还有村民正在将家中的垃圾收集堆积在一起。但远看河对岸一个排水口正哗哗出水，不会是违法偷排吧？赶紧跟李仙村委书记刘祖标沟通确认，得知是谷饶污水处理厂的排水口。“谷饶镇正在加紧建设电排站等一系列基础设施，地方是我们的，借它在这里排水。”他说。幸好不是排污口，来的次数多了，竟生出些许“共命运、同悲欢”的感觉来。

我巡河，老爸做司机，老妈做摄影师，这就是我们一家民间河长的一天。路上我们多次停下来查看河水的情况。在李仙村附近的一座桥边，石栏上刻着“清流碧波映金光”几个字，栏杆上面的一块牌子写着“严禁乱倒焚烧垃圾，违者将依法严惩”。环顾四周，没有发现明显的垃圾，虽然水还是深色的，但我们希望“清流碧波映金光”早日到来。

夜巡溪 >>

驻河第105天

夜宿峡山大溪：被放大了的飞鸟鱼虫的声音

2018年10月03日
星期三
天气：晴

记录人：肖文舸
地点：汕头市潮南区峡山电排站

8月30日，我曾在这里目睹电排站5台抽机日夜不停抽水排洪的轰鸣景象。今晚，这里安静得有一股雅致，侧耳倾听——蛙叫、犬吠、虫鸣，不时鱼跃水面的“哗啦”声；一对水鸟飞过，甚至能听得到翅膀扇动的声音……这些平时难以捕捉的动静，都像被放大了一般清晰，愈发显得四周的静谧。

今天住在河边的是汕头市政协副主席陈岩。据介绍，理论上党政两套班子是河长，有驻河的责任；但为了增强治河力量，自6月始，汕头市人大、政协两套班子也加入驻河巡河的队伍了。翻开一本“峡山街道水利所驻点工作情况登记表”，里

在峡山大溪水边观察河水

面详细记录了“驻点日期”“驻点领导”“单位”“职务”“驻点工作情况”等信息。“以前都是工作人员在登记表上做记录；现在不管多大的领导来，都要自己在这里亲笔签到。”潮南区委常委、副区长、区练江办主任王楚彬说。

路灯朦胧，微风阵阵，我们沿着峡山大溪走着。“以前，空调外挂机没多久就会坏，因为水质差对空气也有影响。这边上根本没法待，臭得熏人。”电排站的工作人员说。今晚，这里没有异味。“最近‘8•30’水灾我们发现3个比较大的变化：一是没有水浮莲；二是垃圾大幅减少，以前电排站强排水的时候要15个人不停捞垃圾，现在只需要5个人；三是没有死猪了。”王楚彬说。顺着他手指的方向望去，水面波光粼粼，是鱼儿翻起的浪花。

随后，我们走到峡山大溪汇入练江干流处，蹲在水边，开着手机手电筒，仔细看着河水。岸边水的能见度大约有十来二十厘米，除了河底的泥沙，还能看见好些小鱼。“这个叫‘苦初鱼’，要水质比较好它才能生活。”抬眼望去，和平桥附近的楼房发出黄色的暖光，“吱吱吱……”的虫鸣声，愈发显出一种“结庐在人境，而无车马喧”的悠然来。

写到这里，已是凌晨1点了。我站在借宿的电排站宿舍窗前往下望去，练江水面静静的，陷入了沉睡。环境的改变，让河不臭岸不丑，让假期加班竟生出一丝惬意。

自制船 >>

驻河第106天

民间智慧：废弃管道回收利用做成小船捞垃圾

2018年10月04日
星期四
天气：晴

记录人：肖文舸
地点：汕头市潮南区峡山电排站

"叽叽喳喳……"翻身下床看表，才6点多，鸟鸣声已将我唤醒。

走到窗前望去，朝阳给电排站镀上一层暖色。简单洗漱后我下楼，遇见了同样早起的潮南区委常委王楚彬和市政协副主席陈岩。

"我们去练江边看看吧，看早上是什么样子。"我发出邀请。

"好啊，走吧。"他俩异口同声。

快步走到昨天驻足的水边，嗬！岸边水底的石头都能看见，还有依旧欢悦的苦

当地村民用自制的水船打捞河面上的垃圾

初鱼。不过远望江中，水的颜色还是偏深，一条小船上，有4个人正拿着工具在江中捞着什么。见他们有意靠岸，我们快步上前。

原来，这是当地日常的保洁队伍，负责巡查并及时打捞水面的垃圾和水浮莲等。不过吸引我注意的，是他们的船——这哪里是常见的船，就是一堆管子扎在一起而已！

走近细数，小船一共由9支管子扎成，每根直径大约二三十厘米，外皮看上去是铁，里面塞了泡沫一类的填充物，以增加浮力。从现场的使用情况来看，效果还不错，能承载4个人和一堆打捞用品。

“这安全吗？”我问。

“还行，水流不急，离岸边也不远。”一个村民说。

“这是自己扎的？”我继续好奇。

“嗯，那种打捞船很贵的，我们这种也挺好。”村民说。

据了解，购置一艘打捞船要十来万元甚至更贵，“不是每个地方都有条件也有必要用那种，有些财力紧张的，村民们就靠自己的智慧解决。”王楚彬说。诚然，资金对于治水来说的确重要，但也应该充分发挥主观能动性。

"大草原" >>

驻河第107天

走访练江各支流出口（上）：告别"大草原"，唤得鱼鸟归

2018年10月05日
星期五
天气：晴

记录人：谢庆裕　张伟炜
地点：潮阳区

在此之前，我们的练江驻河深调研主要关注练江汕头段15条一级支流的情况，这也是中央环保督察组"回头看"时发现问题较多的地方。然而，支流的治理，归根结底是要改善练江的水质，经过这段时间的整治之后，干流的情况有何变化呢？

在练江驻河深调研刚过100天之际，我从练江入海口海门湾一路往西再折返，沿着各支流入练江的出口逐个考察。

今天我们走了护城河、七里港、太和坑、景仔湾、练北水、北港河、老练江、

太和坑支流尽头的练江干流，有清漂船在待命

陈店大溪、金溪水、秋风水共10条支流汇入练江干流的出口。总体来说，无论是各支流的出口还是练江干流的水质，感官上都比支流的上中游好不少。这10条支流中，除了景仔湾支流和北港河支流的出口位于人口、交通较为密集的城镇中心区，其他都是位于农村的角落甚至人迹罕至的荒郊野外。

这几条出口位置偏僻的支流，其进入练江干流的水质看起来都不错，水面呈淡蓝色或者淡褐色，仔细看有时还会发现小鱼，鹭鸟也颇为常见。午后的烈日下，在练北水支流汇入练江干流的河道边，我们就看到两个年轻村民在拉网抓鱼。他们说，河里的鱼不少，一天最多可以捕七八斤，有鲫鱼，也有罗非鱼。

各条支流入江口附近群众感受最深的，莫过于河面告别了几年前“大草原”的壮观景象。据他们反映，清漂不仅使河道干净整洁了，由于改变了水浮莲在江里遮天蔽日的景象，水也没有以前黑臭了。各条支流的出口处还铺设了浮索拦截漂浮物，并建有小箱子状的自动监测设备，监控支流入练江的水质情况。

河长制的实施与基础设施建设也逐渐深入。例如在很多偏僻的支流入口，我们都可以看到河长制公示牌，各条支流基本都建有或在建水闸。北港河、景仔湾、秋风水的水闸还在国庆期间热火朝天地施工。

至于督察前进度较为滞后的管网建设也纷纷动起来。从练北水尽头往上走一两百米，我们就看到靠着河边放着一截截黑色的管道，一些路边也用铁栏把工作面初步围了出来，钩机将部分路面破开一道口，并开始埋设部分管道。“练北水一带的管网有20多公里，正在铺设的管都是直径700毫米的，预计不用一年就可以完工。”工作人员说。

不过，我们在部分支流尽头也发现局部的治理死角。例如景仔湾支流虽然总体水质在支流中算不错的，但在入练江的地方突然收窄只有十来米，旁边有几个窝棚建筑，有一座更是整个墙体都泡在水里，显得比较破旧脏乱，水的颜色也从淡青色变成褐绿色，上面漂浮着塑料袋、泡沫、矿泉水瓶等垃圾。在太和坑支流尽头的河边荒地，也堆有一些建筑垃圾。附近的民居也尚未开展截污管网工程。

看来，在汕头各方的共同努力下，练江干流及各支流入江处正呈现明显的改观，但也需要继续向治水的精细化、控源截污的全覆盖继续努力。

排放减 >>

驻河第108天

走访练江各支流出口（下）：排放减少河水畅，中港河入江波浪宽

2018年10月06日

星期六

天气：晴

记录人：谢庆裕　张伟炜

地点：潮南区

昨天看完了10条支流出口入练江的情况，今天我们继续看余下的5条支流——峡山大溪、中港河、大寮港、沙陇港、新坛港。

这5条支流入练江处都是位于潮南区偏东部，其中峡山大溪及中港河不但长，更是流经镇区人口密集的地方，污染程度在15条支流中居于前列。

但在沿河走访中我们发现，水质除了受所处河段的水量大小影响之外，沿河居民、建筑密度带来的排放差异，也是重要影响因素。

中港河尽头：人迹罕至处仍有河长公示牌

与这些支流上中游排放源较多的情况不同，其尽头入练江干流处于偏僻的位置，河宽水量多，从感官上看水质情况还不错。在中港河下游，沿河而建的不少工厂、民居都写了“拆”字，这些占河边且伸出排污管的建筑很快将被清拆。而通往中港河尽头汇入练江的小路，一边是广阔的水田，另一边的河面，让人有“天高海阔”之感，这里凉风呼呼，仿佛置身于汪洋大海边，水面呈现淡淡的青色。就在这个偏僻的地方，当地还立了潮南区区级河长的公示牌，以及水质自动监测的设备。

从中港河的尽头处往回走不远，再往南穿过几个水田间的小路，就来到了最后三条支流的末端。大寮港、沙陇港、新坛港这三条支流即使到了尽头，也比较狭窄，水面被江中的草丛小丘分割，但水质看起来还不错。

峡山大溪下游：长假继续推进管网施工

峡山街道是练江汕头流域最早启动截污管网建设的，上次我驻河的时候采访过这里7月启动的截污清淤工程。今天，在峡山大溪下游的长虹路草芳村一带也在进行截污管网的施工，民居前的沟渠已经挖好加固，旁边开挖的路面有钩机和施工人

员正进行埋管及铺设基坑作业。

负责建设的大禹公司人员说，这段工程用的是80厘米的管道，要把周边村民每家每户的生活污水接进来。沟渠则进行拓宽加固，使得下雨时行洪更加畅通。“做通村民工作不容易，我们作为施工单位先逐家逐户通知，如果谈不下来再让政府帮忙，因为施工要把一些居民家门前的地凿开，我们也承诺做好管道后，按原貌复原。”

大寮港尽头：清漂成果百姓感受明显

政府对练江治理的愈加重视且不断加大力度，老百姓也感受得到。在大寮港支流对岸，一个来自河南，在这里务农了十几年的阿伯说，以前江水又黑又臭，现在水质好转了不少，特别是铺满江面的水浮莲没有了，但是岸边的垃圾仍不时会有堆放，需要清理一下。“练江边上多了很多鹭鸟，甚至有人抓来卖。”

新坛港支流尽头附近的沙陇村的一个村民说，以前的水都不敢引进鱼塘养鱼，要靠天上的雨水，往往不够，“现在政府频频派人清理打捞水浮莲，最近一次就在十天前，江面干净了也不臭了，从江里引水进来养鱼，鱼可以养得更多，品质也好了不少。”不过，这些农户也坦言，家里的污水基本上经过化粪池后就直接排到练江里，虽然这一带农户数量不多，对这里的练江水质还没有太明显的影响，但随着人口发展还是需要注意。

干流平英段：排污密集漂浮物多

截污工程的紧迫性在人口产业密集的河段尤为凸显。在前往中港河出口的途中，我们经过练江干流的平英桥。这里的练江干流，其实是被一个岛隔开而成的干流的下半截。平英桥虽小，但是连通的是平英路两边商业繁忙的镇区和市场，两岸建筑密集，颇有城中村的感觉。这里的练江干流靠近岸边的水面漂浮物较多，塑料袋、泡沫、盒子等垃圾浮在江上，民居的生活污水排污口也伸出来。虽然没有闻到江水的明显臭味，但水质比此前一些郊外的地方浑浊不少，并呈淡灰色。

看来，虽然近段时间练江治理总体对干流面貌改观较为明显，但水环境保护与地方经济发展如何协调共赢的命题，仍值得各方持续研究并不断完善。

“翻身仗” >>

驻河第109天

探访练江干流普宁段：清漂治污不停步，要打练江整治“翻身仗”

2018年10月07日
星期日
天气：晴

记录人：谢庆裕
地点：揭阳普宁市

练江有近四成的流域位于其中上游的揭阳普宁市，近年来开展的练江流域综合整治，也是揭阳、汕头两市合力推进的。为了对练江流域有更客观全面的了解，今天我们从汕揭交界的练江青洋山桥断面沿江而上，选点观察练江普宁段的现状。

选点一：汕揭交接面不再水浮莲铺江

青洋板大桥看起来仅是一座横跨练江的普通桥梁，但对汕、揭两地政府和环保部门却别具意义，因为练江流域的标志性监测断面以及跨市河流水质监测断面——青洋山桥断面就位于此。大桥南侧还建有水质自动监测站。

桥上挂着“齐心协力，攻坚克难，大打练江综合整治翻身仗”的标语。以这座大桥为界，大桥东侧不远处属于汕头潮南区，以西则为揭阳普宁市。

在桥下凉亭旁的河滩设有河长公示牌，今天练江干流水量充沛，呈灰绿的颜色，闻不到臭味，也没有看见漂浮的水浮莲，一条细长的浮索横截于水面，用以拦截漂浮物。对比我去年底和今年年中来这里时，当时的水位并没有此时高涨，靠近河边还有阵阵异味，水面呈现暗灰色。更早之前，根据这里附近居民的回忆，练江不但又黑又臭，盛夏时节的水浮莲铺满江面，钩机甚至可以开到河中间打捞。

选点二：老旧居民区藏匿排污沟

看完汕揭交接断面的情况，我们继续往上游走。两三公里外的永安桥是我们第二处停留观察的地方。这里位于普宁市占陇镇，练江的宽度有所缩窄，两岸的民居，过往人流明显增多。站在大桥四望，岸边建有不少老旧的房子，有的半栋楼房外飘在河面上，通过插入水中的柱子支撑着房子，这些楼房排污管直接伸向江面。

在深圳读初中的小陈趁国庆回到老家占陇镇普宁村，他告诉我，现在的练江已经比他小时候好多了，至少没有那么黑，也没有水浮莲，经常看见有人过来清理。不过两边的民居的污水还是排到河里。他指着永安桥南侧一个水闸旁边的白色大箱子说，这个写着“清研环境”的箱子，之前是用来收集处理支流附近的污水的。

他随后带我来到这个箱子的后方，一条窄小的练江支流俨然成为两岸杂乱民房的排污沟，与干流比较干净的江面相比，这里的大片水浮莲覆盖了大半的河面，仅远处露出墨绿的水色以及两岸堆放的垃圾。小陈说，因为这条沟很脏，几年前政府在入练江的地方设了个小闸，并安装了这个箱子将闸里面的水抽起来处理，但目前这个箱子的管道已经断开，厂方准备改造更新设备。脏水暂时无法处理，只能在闸门外放一条拦截索拦截漂浮物。

选点三：练江大桥畔北堤加固忙

看完永安桥后，我们继续来到更上游的练江桥。这里的河道再度宽阔起来，大桥横跨的练江两岸更具有城市景象，由于水量增多，水质情况也比永安桥河段好。练江桥同时也是一个水闸的所在地，上面挂有“练江儿女保护母亲河”的标语。这座练江桥，我在2015年及今年5月均来过。2015年的时候，宽广的练江河面仿似草原，全部由水浮莲遮盖，仅在绿叶的缝隙中看到黑色的水面。今年5月及这次过来，“草原”已经变成了流水欢畅的江面。而在大桥的西北侧岸边是一派热火朝天的施工景象，钩机不断起落，河边已经建起了平整的水泥堤岸。

在更上游的练江下村大桥，这里水流较为湍急，岸边已经开辟了施工作业的路面，旁边就是工程的施工营区。据这里的公示牌介绍，普宁市练江北堤达标加固工程是练江综合整治重点项目之一，建设内容包括整治河道、加固北堤、重建防汛交通桥梁等，防洪标准为50年一遇。工程于2017年6月22日开工，计划工期14个月。

从走访的几个点的情况看，练江普宁段的状况与汕头段有相似之处，清漂及清理水浮莲成效明显，带动练江水质总体有所好转。而部分支流因为截污及污水处理设施滞后，依然是练江治理的短板。当地在抓紧实施堤围加固等水利工程设施建设的同时，普宁纺织印染环保综合处理中心、16个污水处理设施及配套管网项目、农村生活污水连片整治也在加快推进，年底该市60多家印染企业将迁入园区。

“少八成” >>

驻河第110天

陈店大溪上的七旬清漂老人：“垃圾比以前少了八成”

2018年10月08日
星期一
天气：晴

记录人：李凤祥
地点：汕头市潮南区陈店镇

“现在水面的垃圾比早些年少了八成，直接往河里扔垃圾的人少啦！”中午时分，陈店大溪溪口村段，一个年过七旬的陈姓老人正撑船清理垃圾。据老人说，每天最多可以清理七八船，少则五六船。

此刻，太阳高悬，直晒河面，五颜六色的油污显得光怪陆离，气味恶臭盈鼻……站了十几分钟，我和司机师傅已感觉恶心难受，老人家的辛苦可见一斑，也正是由于他们的辛苦工作，才让陈店大溪河面保持了整洁。

清漂老人

陈店大溪是练江一级支流，干流河长51.5公里，流经北沟村、陈围村等19个村，周围人口高度密集，属于练江支流中污染最为严重的河涌之一。污染源主要为生活污水排放，流域范围内存在重点排污企业及禽畜散养户等若干污染源，水质目前仍为劣Ⅴ类，治污形势较为严峻。

今天我们从陈店镇最北端的浮草村，沿陈店大溪溯流而上。上述清漂场景，在今日的走访中多次遇到。

清漂者多为中老年人，受雇于沿岸村居委员会，在烈日下撑船清理漂浮垃圾和水浮莲，他们的辛苦劳动已初显成效，虽不能从根本上改善陈店大溪的水质，但却能让河面保持干净整洁。

一路沿河向上游行进，河面不断变窄，周边的临河建筑越来越多，人口越来越稠密，水体颜色也越来越黑。

继续逆流向西南而行，陈店大溪流经陈店镇中心区，人口愈发稠密，尤其流经陈店镇综合市场河段，周边店铺林立，两岸的排污管一排排伸向河里。据周边商户和居民说，生活污水都是直排入河，未经任何处理。“都知道这样做不对，会污染河流，可是在铺设污水管网之前，我们只能这样做。”河边一个经营内衣店的陈姓店主说。

在陈店小学附近，陈店大溪消失在居民区旁一片草丛中，同样是墨黑的水，刺鼻的气味、绚丽的油污。临近下午2点，不时有学生和家长从河边走过，待了不到10分钟，我便感觉不适，甚至隐隐反胃。

“这样的河水肯定不利于孩子健康成长，我们都希望河水可以早日治好，早日变清！”一个送孩子上学的陈姓家长说。

“湿透了” >>

驻河第111天

金溪水两岸整治“热火朝天”

2018年10月09日
星期二
天气：晴

记录人：李凤祥
地点：汕头市潮南区陈店镇

10月9日上午8：30，我们来到陈店镇流仙村金溪水汇入练江河口位置，周边水草丛生，有很多水鸟飞来飞去，对比昨天走过的陈店大溪，这里的水面更为宽阔干净，完全闻不到异味。

今天我们将从这里出发，逆流而上，走访金溪水支流。金溪水（司马陈店截流）为练江的一级支流，发源于潮南区金溪水库，自南向北流经仙城、陈店镇，在陈店镇流仙村汇入练江，河长11.8公里。

从今日走访来看，金溪水的水质相对较好，河面几乎没有漂浮垃圾和水浮莲，频频看到白色的水鸟在河面上飞舞觅食。如果用一个词来形容今天的调研感受，便是“热火朝天”。从金溪水入练江口，一直到源头——金溪水库，一路所见都是金溪水（司马陈店截流）达标加固工程热闹的施工现场。

据资料显示，原有工程运行多年，目前金溪水工程堤防损坏严重，存在较大安全隐患。金溪水（司马陈店截流）达标加固工程的实施可以提高金溪水防洪排涝能力，保障两岸农田、建筑不受浸，工程堤防按20年一遇防洪标准、4级堤防设计，排涝标准为10年一遇。该工程从入练江口一直修到金溪水库，全长11.8公里，今年5月10日开工建设，预计2019年2月完成建设任务。

从流仙村向上游走约1公里，站在华里西桥上放眼望去，河两边也正加紧施工，上游已经基本完工，下游仍在施工，河右侧是美丽的稻田。

据正在施工的郭师傅介绍，该段主体工程已基本完成。金溪水的水质，与去年相比，河面变得干净了，上游下来的垃圾少了，也几乎闻不到臭味。

临近中午时分，天气酷热难耐。陈店实验学校旁，金溪水两河三岸都在进行河岸整治工程，靠近实验学校一侧的岸边，道路已经挖平，一个师傅正用挖掘机将裸露的塑料垃圾挖起，附近有大卡车负责清运。河对岸的施工现场更为“火热”，仅挖掘机就有十几台，现场工人都在紧张有序地施工。

有多快？>>

驻河第112天

陈店大溪发现水浮莲，政府响应速度有多快？

2018年10月10日
星期三
天气：晴

记录人：李凤祥
地点：汕头市潮南区陈店镇

在前两日的陈店大溪、金溪水实地走访中，虽然河面整体已较为干净，但我们仍发现了水浮莲、乱倒垃圾、施工安全隐患等问题，其中有三处最为典型：

1．在陈店大溪和安桥下，有一大片水浮莲。

2．在陈店大溪源头，陈店小学旁的小广场河岸边，有一堆待清运的垃圾。

3．在陈店大溪溪北小学旁边，有一处已停工的污水管网施工现场，由于缺乏围蔽，周边小学生较多，存在安全隐患。

9日下午，在采访陈店镇党委书记林镇奇、陈店镇宣传委员贝进林时，我们现场反映了上述问题，于18：38将所拍摄的现场照片发送给贝进林。

和安桥水浮莲反馈及解决对比图

当晚19：13，贝进林通过微信告知，已经将问题反馈给所在村居，第二天即可落实解决。

今早8：27，贝进林再次通过微信发来“和安桥下打捞水浮莲”的现场视频，9：02发来“陈店小学旁垃圾清运完毕”前后对照现场图片；稍后电话告知已落实施工队做好溪北小学旁施工现场的安全防患措施。

随后，我们驱车赶往上述三个地点进行实地回访。

9：30来到位于洋新村和浮草村交界处的和安桥，有两名工作人员正在现场撑船清理水浮莲。据介绍，他们昨晚收到通知，今天一早开始打捞，预计到下午可清理完毕，对他们而言，这是工作的常态，“没听说是记者反映的，我们平时也是即发现即清理的”。

10：30，我们来到陈店小学附近的小广场，昨日发现的一堆垃圾已清运完毕。周边居民陈伯说，今天一早看到有人在清理，大概8点多就清理完了，正常情况下垃圾每天都会清理。

11：30，我们最后一站来到溪北小学附近回访，施工现场的围蔽已有所改善，据了解这里是二期污水管网的一个工程点，目前暂时停工，等线路图最终敲定后，再统一施工。

15：46，贝进林再次发来微信，内容则是“和安桥下水浮莲已经清理完毕”的现场图片。

不足一日，就将三个问题基本解决，陈店镇相关部门的快速反应令人称赞！而在林镇奇看来，这已经成为当前陈店镇治河工作的常态。据介绍，陈店镇内有21条河流，其中镇级以上5条，村级16条，无论大小河流，基本都可保持河面没有垃圾。那是如何做到的呢？

一方面，通过购买第三方服务或者直接雇用工作人员，确保镇内21条河流全部都有专人专职负责河面保洁。

另一方面，强化巡查和快速整改。该镇里专门抽调人手，作为练江流域整治专职巡查员，一旦发现问题就在微信工作群中反映，注明具体位置和责任村居，相关单位要马上组织打捞，清理完毕后还要将前后对比照片发到微信群里报备，原则上要求三个小时之内必须清理干净。

此外，针对商户村民向河涌乱倾倒垃圾等不文明行为，根据情节严重性给予500—1000元的罚款，同时还将通过镇电视台，将“不文明商户”“不文明个人”曝光，要求对方整改完成，并写下保证书。

“试桩”啦！ >>

驻河第113天

偶遇陈店污水厂二期项目“试桩”

2018年10月11日
星期四
天气：阴有小雨

记录人：李凤祥
地点：汕头市潮南区陈店镇

“咚！咚！咚……”

高高耸立的打桩机一下接着一下，大地也伴着节奏在抖动。

今天上午前往陈店镇污水处理厂走访，有幸偶遇二期工程试桩动工，并有针对性地了解到二期工程运营主体“易主”后的现状，以及可能遇到的问题。

当天一早，我们便驱车来到位于陈店镇流仙村的陈店镇污水处理厂。该污水厂设计有两期工程，一期工程由汕头市碧水源环境科技有限公司建设运营，已于2017

陈店污水处理厂二期工程试桩现场

年5月1日建成运营。二期工程则由省属国企粤海水务负责建设运营。

据陈店镇污水处理厂一期厂长张立波介绍，目前的污水厂的进水量和进水浓度都不达标！当前平均进水量2.7万立方米/天（设计处理量3万立方米/天），进水COD浓度为80—100微克/升（设计COD浓度为250微克/升）。当天上午10：34的实时数据显示，进水COD浓度为90.96微克/升，浓度严重不足。

污水进水量和浓度不达标的主要原因，在于污水管网铺设不到位，“目前只有5.3公里主管网，没有分支管网，大部分污水还是就近排到河里。”张立波说。

采访完一期工程，看到旁边临时铁皮屋里有几个工人，我们便上前攀谈。工人告知他们是二期工程的，已过来十多天，二期工程打桩机已搭好，据说今天要试桩动工。

看来今日恰逢其时！当即通过陈店镇党委宣传部拿到二期工程相关负责人联系方式，致电获悉确系今日试桩，对方正在赶来路上，让我稍等片刻。

临近11：00，伴随着汽车声响，二期工程施工方数十人赶赴现场，随即开始打桩机试桩前的准备工作。

在此间隙，我采访了汕头市粤海水务有限公司副总经理吴元周，陈店镇污水处理厂二期工程由粤海水务负责建设和运营。

据吴元周介绍，潮南区陇田、司马浦、陈店镇污水处理厂二期及管网工程项目均由粤海水务负责，总计投资49亿元，计划2019年6月30日主体工程完工，共铺设污水管网接近300公里。

“三座污水处理厂二期工程建设，时间紧、任务重，项目是‘边设计、边施工’。”吴元周介绍，尤其是近300公里的污水管网，施工难度更大，管网建设涉及征地拆迁，希望当地政府可以将征地拆迁提前做到位，兑现承诺确保“零障碍施工”。

另一方面，根据政府规划，待二期工程建成后，要把一期收回，统一交给粤海运营，这也需要政府做好协调工作。目前一期工程执行的是城市污水排放一级A标准，二期工程设计的出水执行地表水Ⅴ类标准。“两期工程共用一个出水口，因此二期建成统一运营后，还面临着一期工程出水提标问题。”吴元周说。

分工治 >>

驻河第114天

村级河长的“治河经”

2018年10月12日

星期五

天气：晴间多云

记录人：李凤祥

地点：汕头市潮南区陈店镇

河面垃圾如何清理？临界治河如何协调？村民环保意识如何提升？……

对于最为基层的村级河长而言，上述问题时常困扰着他们。带着上述疑问，近几天先后采访了陈店镇三位村级河长，跟着他们一起去巡河，了解他们的治河经验与困惑。

界河治理有“新招”：一村一年交替承包治理

渡船头溪是陈店大溪的一条支流，也是洋新村和浮草村的界河，以前由两个村子共同治理，经常面临责任不清、互相扯皮的事情，河面垃圾和水浮莲很多。

今天站在河边，基本闻不到异味，河面也几乎看不到漂浮物，显得干净整洁，而这则是两个村协作治河的成果。

“由于水体是流动的，河面上的垃圾漂来漂去，如果一个村子负责一半，就很难区分是谁的责任，经常会遇到扯皮的事情。”浮草村党支部书记、村级河长林南彬说。为此，两个村的村干部坐下来协商解决之道，最后想到由一个村子负责一年河面保洁，交替治河的办法。

“这下就不存在说不清的问题了，在这一年内，只要河面有漂浮垃圾、水浮莲，就找负责的村子就行了！”对此，洋新村党支部书记、村级河长杨素昭也非常认同。

于是，从今年8月1日起，就由浮草村负责渡船头溪的河面清漂保洁工作。到明年8月1日，则由洋新村接棒负责。据林南彬介绍，浮草村雇了4个专职人员来承担河面清漂保洁工作，今年预计投入资金超过10万元。

在两位村级河长看来，无论是上下游，还是左右岸的界河治理问题，如今在陈店镇都已经得到有效协调，“治河如今是大事，周边几个村都非常默契，只要大家勇于担当，遇到问题都能协商解决。”

宣传车“一对一”喊话不文明行为

位于文光社区的木斗耘溪，是之前中央环保督察组曾走过的点，当时发现河涌边堆满垃圾的现象，如今站在木斗耘溪桥头，河面已看不到大块的漂浮垃圾和水浮莲。

村民文明生活习惯的培养是一个潜移默化的过程，如何解决乱倾倒垃圾等不文明行为呢？文光社区想到了一个“妙招”。

文光社区党支部书记、村级河长陈汉辉介绍，村里出资买了一辆面包车，装上喇叭改装成了“环保宣传车”，每天早上8点到10点，下午3点到5点就在村里穿街过巷，响着喇叭播放环保标语口号。

如果在巡逻过程中，发现哪家哪户有乱倾倒垃圾的不文明行为，就把“环保宣传车”停在这家门口，“一对一”喊话宣传，直到该户村民主动清理完毕为止。

“在左邻右舍面前，被这样反复提醒，村民会觉得不好意思，以后也就不会再犯，效果还是比较明显的。”陈汉辉说。

清漂后的练江支流金溪水

重建闸 >>

驻河第115天

练江水闸重建启动，过水能力翻倍

2018年10月13日
星期六
天气：晴

记录人：李凤祥
地点：汕头市潮阳区铜盂镇

今天是此次练江驻河采访的最后一天，我们从潮南区陈店镇转战潮阳区铜盂镇，现场走访了解练江水闸重建工程进展。

上午9：30，我们驱车来到位于练江中游铜盂湾的练江水闸，远远望去，水闸犹如长龙卧波，颇为壮观。下车来到河边，此处的练江河面宽阔，水呈青色，河面干净整洁，在阳光照射下波光粼粼，清风吹过，偶有异味飘来。

据练江水闸负责人蔡孝顺介绍，当前的练江水闸建于1957年，是潮阳区境内第一座大型工程，按20年一遇暴雨设计，过闸流量1012立方米/秒，抗旱能力60天，能抵御12级以上风暴潮。

经过五六十年的运行，目前水闸多项运行指标无法达到现行设计标准，存在严重安全隐患，需拆除重建。

10月初，海门湾桥闸和练江水闸重建工程举行启动仪式，待两闸重建后，将通过联合调度，具备纳潮功能，实现江海水体交换，切实改善练江流域水环境。

据悉，该工程由广东水电二局股份有限公司、达濠市政建设有限公司、广东省水利电力勘测设计研究院EPC总承包承建，目前已具备开工条件。

当天在练江水闸上，还悬挂着一条红色横幅，上书“汕头市练江水闸启动仪式”。蔡孝顺表示，目前水闸重建工程已经具备动工条件，具体何时动工还在等上级通知。

据介绍，练江水闸重建工程估算总投资3.27亿元，计划建设拦河水闸、船闸、翼墙、导航墙、两岸连接段等建筑物，是一宗综合利用的Ⅱ等大（2）型水利工程，施工总工期预计为24个月。

桥闸重建后在继续发挥原有功能的基础上，过水能力翻倍，将从原来每秒1012立方米流量提升到2030立方米流量，船闸航道等级提升到6级，最大通航能力提升到100吨。

捉石螺 >>

驻河第116天

村级内河污水直排，“历史问题一时难解决”

2018年10月14日
星期日
天气：晴

记录人：张俊　张伟炜
地点：汕头市潮阳区和平镇练江井仔湾支流

井仔湾支流长2.6公里，沿途所见水质相对较好，水面上有水鸟低飞，岸边生活垃圾较少。此外，井仔湾沿途的光明社区段，施工人员正在紧张埋设排污管道。

正在捉石螺的陈伯今年已逾8旬。“捉石螺去村里的菜市场卖。”陈伯说，趁天气还未真正变冷，他抓紧时间过来捉石螺，往往能够捉好几斤。

“前几年还出现过水浮莲完全覆盖河面的场景，近两年好多了，经过大力清理，如今河面基本没有水浮莲等漂浮物。一些群众还专程跑到这里进行放生祈福活动。”光明社区党支部书记许嘉俊告诉记者。据他介绍，现在社区对河流的治理已经进入常态化管理，社区有1人专门负责河道的清理保洁工作，月薪3000元。

不过，由于经常刮东南风，上游的漂浮物时不时漂到光明社区，社区就要临时增加1名保洁员进行打捞工作。长年累月，增加了该社区的保洁费负担。许嘉俊希望上游的村居能够做好清漂工作，齐心协力做好井仔湾支流“五清”工作。

对于今年8月胡新科走访时发现的湖面出现大量死鱼问题，许嘉俊称，因为井仔湾支流成为周边小寺庙的放生地，被放生的鱼由于不能适应新环境，加上当时天气炎热，被放生后集体死亡。目前已经没有这种现象出现。

许嘉俊说，光明居委正在大力协助污水管道铺设工作，但是，在污水管道启用前，居民的生活污水还是排在居民区的内河里，没有经过处理。记者在围绕光明社区的内河看到，水质的确相对较差。这是历史问题，需要时间解决。污水处理能力的提升是问题的关键。不过，按照中央环保组要求，时间不等人。

此行我们还发现了一个新问题：在光明社区居委会附近，一段较窄的河道通过闸口汇入井仔湾。在交汇处，支流河道被土填埋约一半，且长有大量水浮萍。许嘉俊表示，这段是和旁边村的共管地段，周围规划了一个菜市场，因此无人清理。他承诺会将该处水浮萍清理掉。后来几天我们发现，村级河道入练江支流，练江支流入干流，往往是问题多发处，需要加强监测。

厂不畅 >>

驻河第117天

污水处理厂建设进程不顺畅

2018年10月15日
星期一
天气：晴

记录人：张俊　张伟炜
地点：汕头市潮阳区和平镇污水处理厂

自中央环保督察后，汕头加大了污水处理厂的建设力度。今年8月16日，总投资127亿元的潮阳、潮南两区11个污水处理项目及其配套管网全面启动建设，任务要求明年6月底前基本建成。建成后可新增配套管网730.8公里，新增日处理污水46.8万吨，实现生活污水收集率达80%，明年底达90%以上，做到从源头上截污治污，最大限度减少污染。和平污水处理厂是其中的重点项目，也是和平镇唯一的污水处理厂。

上午，和平镇环保专责人员廖烈扬带我们来到和平污水处理厂一期，厂区基本建设完成。建设方桑德环境的项目负责人王瑜军称，目前厂区在进行最后调试，还没有进行污水处理。王瑜军称，因为资金链压力，桑德环境已经决定退出和平污水处理厂项目，由当地政府回购。我们了解到，接盘方是广业。但是，对于移交细节，王瑜军表示并不清楚。

看完一期后，我们来到和平污水处理厂二期项目部，工程建设方广东建工的项目经理康清义介绍，二期、三期的业主方均是广业。从8月12日进驻至今，都在紧张推进“三通一平”工作，由于是省政府交派的任务，施工人员加班加点，“昨晚忙到凌晨3点”。计划填埋5个鱼塘作为工程用地，目前已经填埋了1.5个，填埋土方3.8万方。通水通电等工作也在进行中，地方政府也很配合。

不过，广东建工集团广东基础工程集团路桥分公司党委书记曾永波对我们表示：“目前我们也处于两难中。一方面，是政治任务，要加快建设；另一方面，与业主方广业的合同尚未签订，又不敢完全放开手脚。”

从随后的交谈和后续了解中，我们了解到，该项目由广东省政府指派广业负责，广东建工和广业属于兄弟单位，但前期建设的钱由谁出，垫资建设后能否顺利收回工程款，因为没有合同，广东建工心里没有底，所以才造成目前的局面。

我们多次尝试联系该项目广业方面的经理，其电话关机。在接下来的几天我们会继续联系。

铺网慢 >>

驻河第118天

曾被严厉批评的练北大坑水质有改善，管网铺设进度滞后

2018年10月16日
星期二
天气：阴转小雨

记录人：张俊　张伟炜
地点：汕头市潮阳区和平镇练北水支流

第一站是中央环保督察组6月15日到过的潮阳区和平镇练北村和临崑上村所在地的练北大坑。据当时的记录，这里的河水又黑又臭，河面死鱼漂浮。今天见到的河水是浑黄色，没有明显的臭味，且狭窄的河道水面上，有不少水鸟在飞。

练北大坑旁边一个钓鱼场的谢姓村民介绍："前几个月水还是黑的，现在变黄了，水质明显好一些了，经常见有人来巡查。"我们看到，河道两旁都拉起了一米多高的铁丝网，防止村民将生活垃圾和其他垃圾倒进河道。两岸有明显平整过的痕迹，除了零星垃圾袋，没有其他可见垃圾。

不过，在练北钓鱼场附近，仍有一处管道往河道排放污水，来自旁边的一栋三层民房。当地村民说，现在污水管网还没有铺好，这也是没有办法的事。一边在治理，一边不可避免地还有污染，这也是练江治理的现实难题。

临崑上村党支部书记张泽丰称，村里正在积极配合污水管网的铺设，现在已经劝导所有村民，不再往河道扔垃圾。

看来污水处理能力的提升，是解决问题的根本。

临崑上村河段水质已经有了比较明显的改善

轰鸣声 >>

驻河第119天

练北水支流入江口整治需加强

2018年10月17日

星期三

天气：中雨

记录人：张俊 张伟炜

地点：汕头市潮阳区和平镇

今天重点：练北水支流临崑上村与公路交界处至入江口一段。

沿途的岸边是一片热火朝天的工地，工程人员正在紧张地铺设污水管网。离公路不远的一小段管道已经铺设完毕，剩余的拟铺设管道的地方已经规划好，前期用打桩机把原有路面的水泥打烂，以便后期开挖。

在挖掘机轰鸣声中，我们往临崑上村居委会方向走，一直走到练北水支流与练江交界的入闸口。

沿途所见水质均为浑黄，别说水浮莲，绝大部分河面几乎不见任何漂浮物，与平常所见的河涌比较，让人微微“震惊”——有很明显的人为治理痕迹。有一位负责清理水面垃圾的村民在小船中打捞沉到水中的垃圾，不过由于垃圾很少，看起来比较悠闲。

来到练北水入江口，这里位于临崑上村深处，人少，且紧挨着的练江干流，都筑了一人多高的围墙，显得安静幽深。

可能是这种幽深所致，闸口附近有两大堆生活垃圾无人清理。闸口底下不显眼的地方仍有水浮莲漂浮。不过，由于入闸口处设有拦网，水浮莲未进入练江。

显眼的地方和不显眼的地方不一样。我们不禁想，将来集中整治结束后，村民是否真能坚持不往河道倒垃圾？看来，练江治理是一项长期艰巨的工程。

入江口 >>

驻河第120天

入江口截断河流，是无奈之举

2018年10月18日
星期四
天气：阴转晴

记录人：张俊　张伟炜
地点：汕头市潮阳区和平镇、铜盂镇

今天重点：一是井仔湾至练江干流的两个汇入口，发现水质问题和围堰问题；二是回访之前同事特别提到的平英路、平英桥附近的治理情况。

早上8点，我们驱车赶往井仔湾的另一处入江口，即和平居委附近的入江口。根据这几天的功课，我们发现，此前同事走访的井仔湾入江口只是其中之一，还有另一个河道更宽的入江口。

井仔湾入江口附近的工程项目部

果不其然，我们来到现场就发现入江口附近是一个工程建设地，项目名为：练江流域综合整治潮阳区和平镇涝区新建泵站工程项目。靠近入江口的地方已经翻整出一大片空地，这是未来的泵站所在地。这里的入江河道很窄，而且水质较差，呈黑色，部分河道被土覆盖。

带着疑问，我们找到了和平镇水利所所长李忠绪。据他介绍：第一，由于这段河道水质较差，特意在入江口截断，防止流入练江；第二，配合泵站建设，入江口附近规划要进行围堰建设，目前我们看到的是围堰前的准备工作；第三，该泵站总投入2600多万元，设计排涝流量为1.82立方米／秒，防范未来可能发生的内涝及其带来的对练江干流的污染。

对于入江口附近河水水质差的问题，李忠绪说，井仔湾支流到这里后水流速度变慢，且周围有生活污水排放，要等污水处理厂投入运行、污水管道铺设完毕后，才有可能进一步改善。

随后，我们来到入江口附近的和平居委。和平居委党支部书记林德文表示，目前村里正在全力配合泵站和污水管道建设，持续组织清淤、打捞等工作，但是，生活污水问题一时的确难以解决，还是要等污水处理厂投入使用。

下午，我们来到井仔湾另一个入江口，即和平桥附近的入江口，正如前面同事所见的那样，这里河道狭窄，部分建筑直接搭在岸边，旁边染料作坊的染料堆得老高。这里的汇入口被建筑遮挡，观察不到。后来李忠绪介绍，这里的水与练江干流是相同的，流速很缓慢。我们感觉，这里明显需要加大整治力度。

在之前反映较多的练江干流上的平英桥附近，我们看到有很多做小生意的摊位，河边不见原来同事看到的垃圾袋、泡沫、水瓶等，不过平英路两边是商业繁华区，也有生活污水直排，也是一个要重点关注的隐患点。

三方面 >>

驻河第121天

副镇长直言资金问题最头疼

2018年10月19日
星期五
天气：晴

记录人：张俊　张伟炜
地点：汕头市潮阳区和平镇

今天重点：采访和平镇主管环保工作的副镇长钟映山。

跑了接近一周，我们的感觉是，各方能做的工作都在尽力推进，大部分河道的水质也有明显改善。不过，在难以发现的河道，在各支流入江口附近，均存在一定的问题。治本的关键：一是在于污水处理厂的建设、污水管道的铺设；二是在于长效机制的建立。当然，这两样的解决都需要经费，这也是地方官员和广东建工、广业等工程负责人谈到最多的问题。

我们根据约定来到和平镇政府，采访主管环保工作的副镇长钟映山。

钟映山脸色黝黑，略显疲惫。“和平污水处理一厂是我从头跟到尾的，现在我也在跟二厂、三厂的建设。全部建设完成后，处理能力是6万立方米/天，和平镇共有12万人，完全可以满足需求。”钟映山说。

对于各方都在翘首期盼的污水处理厂投入使用的期限，钟映山说，按照省的要求，明年6月要建成。当我们转述施工方广东建工项目负责人“需要1—2年”的预判后，钟映山脸上显出些许无奈，改口说：“我们一切听施工方指挥，只是希望尽快推进。”

钟映山介绍，在前阶段镇、村二级的共同努力下，井仔湾监测断面水质有所改善，但由于近期井仔湾闸重建以及工程围堰等种种原因致使井仔湾监测断面水质在9月份取水检测时各项指标偏高，出现水质下降的实际情况，主要原因有三方面：

一是因周围井仔湾闸重建，按照工程施工需对周边进行围堰，致使水体无法正常循环流通；

二是因井仔湾闸河段正在清理淤泥，造成近期水质浑浊；

三是周边截污管网尚未配套建成，统一收纳排放措施尚未完善，居民的生活污水仍直排。

这也是有普遍意义的问题。

对于整改措施及下一步工作打算，钟映山表示，将在围堰处铺埋一条大口径排水管进行导流，提高排水流速，确保水流循环畅通；督促施工方加快井仔湾闸建设进度，规范工程施工管理，以最大的限度降低和减少对水质的影响；加大环保执法检查力度；进一步落实环保网格化管理责任制；加快对周边截污管网的铺埋，确保从源头上彻底截污。

当被问到有什么困难时，钟映山表示，还是资金问题，污水处理厂的建设需要的资金以亿元计，不是镇里所能解决的。不过，由于业主方广业和施工方广东建工还没有签订合同，目前镇里已经垫资70多万元，最新一笔是变压器购买垫资。正说着，环保专员廖烈扬进来，拿着帮工地购买路灯等的协议找钟映山签字。

对于长效机制的建设，钟映山说："我们投入了不少资金，做到了河道上几乎没有漂浮物，岸上的垃圾就更不是问题了。"他的意思是，长效机制的建立需要持续投入。

钟映山感慨："基层干部不好当啊！我2014年到现岗位，因为练江治理，我前一段时间还被纪委问责。现在是'5+2''白+黑'，拼命干。希望能快速推进工作，取得成效，将功补过。"

从我们的现场走访看，练江治理，小问题明显改善，但结构性大问题的解决，仍有很长一段路要走。

近乡"怯" >>

驻河第122天

家乡的水怎么就黑了？

2018年10月20日
星期六
天气：晴

记录人：陈颖　张伟炜
地点：汕头市潮阳区贵屿镇

作为一个汕头人，接到驻河的任务，内心却突然产生了一种近乡情怯的复杂心情。从小生于汕头，长于汕头，一直对潮汕有一种自豪感——由河流和海洋相互作用形成的潮汕平原，江河密布，土地肥沃。韩江、榕江、练江三大江，滋养一方水土，造就了"海滨邹鲁"的美名，更造就了无数的富商巨贾。

作为一个澄海人，从小住韩江边，喝韩江水，在韩江碧波里扑腾着学会游泳，我深知一江清水带给每一个潮汕人的快乐。然而就在今年，一则《练江治理缓慢，督察组建议汕头市领导与臭水边老百姓在一起》的文章，让这片平原的河流污染问题成为焦点，更暴露了当地对于环保问题的不重视。这是我第一次如此正视我长大的土地河流污染问题竟如此严重——练江水不但不能再抚育沿江的人们，还让汕头蒙羞了！就在出发的这一日，中央第五环境保护督察组向广东反馈"回头看"及专项督察情况，在此次反馈中，汕头被指对练江污水治理的重要性、严肃性认识不足。

练江污染到底多严重？是什么原因造成了现在的状况？正在推进的练江整治到底进展如何？带着一连串的疑问和驻河任务，我回到家乡汕头。

此行驻河目的地是潮阳区贵屿镇。贵屿镇，南濒练江，位于汕头潮阳区、潮南区、揭阳普宁市三地交界处，是老练江支流经过的主要区域。刚入镇，国道两边耸立的广告牌、林立的店铺让人深刻感受到广东乡镇民营经济的活力；乡镇里，一栋栋气派的独栋自建房屋，让人直接看到新农村建设以及广东藏富于民的成果。

同行的汕头站记者张伟炜是潮阳本地人，他对当地情况十分熟悉。在张伟炜的介绍里，我才知道，贵屿镇的名气之大——中国电子垃圾拆解第一镇、中国最大的电子废弃物集散地。"不仅在中国有名气，在国际上都很有名气。"张伟炜说，当地人用人工方式将电子垃圾拆成铁、铜、塑料、各种零件和电路板，无法拆解的直接扔进煤炭炉烤，熔断锡点拿出电路上的零件。在这个过程中，当地人采用原始的“洗金”的方法，把电子垃圾放入硫酸中，将贵金属洗出来，由此排出的大量废气、废水直接污染了贵屿的空气、水和土壤。

抵达酒店，尽管天色已经擦黑，但按捺不住脑海里一连串的疑问，我决定到镇上转转。一出酒店，便是一条河涌。天色已经黑，借着酒店的灯光看，水面很平静，微风里似乎也未闻到什么异味。难道贵屿并不像外界所言，抑或来自中央环保督察组的“回头看”已经让当地整治效果明显？

带着疑问继续沿着河涌往前走。来到泽华汽车修配厂的对面时，尽管黑暗中未看到河面有堆积物，但河涌里冒出的味道开始飘散在空气中。

再往前走，贵屿派出所对面的河道边，味道越来越重。黑暗里，借着居民楼里透出来的微光，河涌里堆积物若隐若现。看到我正在探头看河里的情况，路过的一位大叔开起玩笑：“小心，别被熏到掉到河里咯。”大叔的提醒真让人心酸。

这只是局部现象，还是全贵屿都是这个样子？我迫切期待明天去练江边寻找到答案。

母亲河 >>

驻河第123天

消失河道正在慢慢回来

2018年10月21日
星期日
天气：晴

记录人：陈颖　张伟炜
地点：汕头市潮阳区贵屿镇

今天的任务很明确——到练江江边去看看真相。观测的目标河段主要是普宁跟潮汕潮阳交界处，此段1300米的河道，河的左边是揭阳普宁市，右边是汕头潮阳。

我们的第一个观测点设在云武大桥。此处可以直观看到两岸情况，阳光下，站在云武大桥上，水面未见漂浮物，亦未见水浮莲，波光粼粼的水面一片平静，偶尔被滑翔而过的水鸟荡起一圈圈的涟漪。大桥的西岸，大片的农田相连，绿油油的一片。大桥的东侧，左边依旧是农田，右边则是玉窖村。

没有漂浮物、没有臭味，水质尚可……云武大桥所见之练江，情况似乎没有想象中糟糕。正当我好奇之时，一艘小船进入我的视野。船上的两个人，划着船桨四处遥望。路过大桥的一位村民告诉我们，情况改善得益于重视。现在经常有人来巡查，看看是否有人乱倒垃圾，也会定期来打捞垃圾。

离开云武大桥，河道进入了大片的农田里。从百度地图的非实时卫星云图看，此段练江河道，几乎全被水浮莲覆盖。密密麻麻的水浮莲几乎让河道消失在卫星云图里。为了更好地实地看到河道情况，在佳安村，我们决定弃车进入田间，到河边看看。从总体看，河道中间基本看不到漂浮物，河面开阔。但在靠近稻田的岸边，仍有一片水浮莲被拦在岸边。再往前走，水浮莲的面积越来越大，几乎占据了河面的1/2，相比云武大桥，藏于田间的河道便可不重视？

一路上，张伟炜告诉我，现在的情况已经有所改善了。北港河是练江一大支流，在贵屿电子拆解产业发展的高峰期，河道两岸“洗金”的家庭作坊多达上百家，小作坊“洗金”后，就把掺杂着重金属的废液直接排入河中。

作为潮汕平原的三大母亲河之一，练江滋养着潮汕平原。恰是初秋，河道两边的稻田里，稻穗已经挂上枝头，等待最后的成熟。在过往的数百年间，练江给了两岸的百姓带来源源不断的源泉，哺育了练江两岸的居民。若河水被污染，沿岸的百姓生活岂能安好？金山银山，不如青山绿水，我们已经为此付出了太过沉重的代价。

百姓说 >>

驻河第124天

2018年10月22日

星期一

天气：晴

练江整治效果如何？听听百姓怎么说

记录人：陈颖　张伟炜

地点：汕头市潮阳区贵屿镇

在昨天巡河的基础上，今天，我们决定到练江位于贵屿镇的几处驼峰看看，并和生活在那里的人聊聊他们眼中的练江。

上彭村是我们到达的第一站。我们刚到，就看到两位大叔正在河道里打捞漂浮物。垃圾袋、塑料瓶、水浮莲……河堤上，已经被打捞出来的漂浮物堆积成小山，但池塘里的漂浮物仍有不少。彭姓大叔告诉我们，现在每天固定有人打捞漂浮物，除了打捞，现在每天也有人负责巡河，一旦发现有人往河里面倒垃圾会进行教育甚至罚款。在池塘上方，我们看到一个吊牌写着“警告：不准任何人乱倒垃圾杂物”。旁边的另一张A4纸上写着“此处已安装闭路监控。违规者处罚500元并做检讨”。

离开上彭村，我们来到仙彭村。位于仙彭学校对面的老人活动中心就在河道边，凑近看，淡绿色的河面上未见任何漂浮物，远处可以看到浮球网。村里的老人聚集在河边的房子里，打牌、运动、喝茶、聊天。

“一年前还非常脏，这两个月好多了。”村里70多岁的彭伯告诉我，这条河流伴随他成长，以前一到夏天，全村的人就在河里游泳。他们在河里抓非洲鲫。后来河里的鱼越来越少了，“就算有也不敢吃了，因为水太脏了”。彭伯说，这两个月各级政府开始重视起来整治，每天都有人来捞漂浮物，也不允许大家乱倒垃圾了。“很期待以后河水变清。”望着阳光下波光粼粼的练江，彭伯说。

离开仙彭村前往凤港大桥的路上，我们路过凤港村发现，居然有人在河边洗衣服。我记得出发前，收集到的资料中，百姓普遍反映河水已经不能洗衣服了！

难道现在河水变好了？好奇心之下，我们决定和洗衣服的大姐聊聊。“三四年前，水特别脏，衣服洗完回家都要发臭的。”大姐来自河南，20年前就举家到潮阳打工：“看着这些河水从清到绿到发黑，如今开始慢慢变好。”大姐告诉我，三年前开始启动整治，现在才开始慢慢有效果。村民们开始重新回到河边洗衣服。她感慨：“变脏很容易，变干净就太难了。”对于大姐来说，河水的改善感受非常明显。

“三”问责 >>

驻河第125天

一天三个基层河长被问责！“堵疏结合”能否让贵屿再现青山绿水？

2018年10月23日
星期二
天气：晴

记录人：陈颖 张伟炜
地点：汕头市潮阳区贵屿镇

贵屿污染问题到底因何而成？针对当前的污染问题当地采取了哪些行动？整治多年，但中央督察组仍点名批评练江治理存在诸多问题，基层政府到底如何看？

今天，我们主要是前往贵屿镇镇政府，了解贵屿的整治情况。采访对象是镇委书记赵少雄。走进赵少雄的办公室，一幅“青山绿水”的山水画挂于正面。

谈起贵屿的问题，赵少雄介绍，一切与当前的电子拆解业分不开。2010年前后，是贵屿电子拆解产业鼎盛时期，包括外地人在内，大概有6万人聚集在这个52平方公里的小镇上从事这一职业。在全镇，数千家“烧板”作坊遍布街道两旁和村庄。在“烧板”过程中，由于没有任何防护措施，大量有害气体作为“烧板”的副产品被制造出来。北港河是练江一大支流，贵屿电子拆解产业发展最高峰时，在河道两岸“洗金”的家庭作坊多达上百家。很多小作坊“洗金”后，就把掺杂着重金属的废液直接排进河里。

为了改变恶化的环境，2010年3月开始规划并全速加快贵屿循环经济产业园区的建设，在园区建成后，电子拆解作坊全部无条件进驻园区生产；另一方面，从2012年开始，全面打击取缔“洗金”等重污染行为，对拆解作坊进行原地过渡性整改。

贵屿电子拆解产业有6万从业人口，已经成为当地百姓的主要收入来源。这就意味着，如果一下子完全取缔，当地经济怎么办？针对我的疑问，赵少雄说，贵屿采取了“堵疏结合”的整治思路：一方面全面打击取缔“洗金”、焚烧等重污染行为；另一方面建设贵屿循环经济产业园区，引导电子拆解作坊全部进驻园区规范生产，还引入中国节能环保集团的火法冶炼技术和广东工业大学的湿法冶炼技术取代线路板焚烧、酸洗两大落后工艺，推动产业转型升级。

从他的谈话里，我们明显可以感受到贵屿镇目前承受的整改压力。“做不到位就问责。”赵少雄说，仅是我们采访的这一天，他就约谈了三个村的负责人。所有被问责的人员要求停职不停工，只有验收合格才能复职。

赵少雄告诉我们，针对治污工程的各类程序，以往相对复杂，往往没有半年走不下来；资金也往往很难得到相应的保障和落实；基层人员的意识薄弱，对治污仍存在一定的懈怠。督察组指出问题后，省市各级政府对于练江的问题非常重视，进一步加大整治力度。

能否通过推动产业转型升级，让污染产业走绿色发展之路？贵屿的整治仍在继续推进中。作为一个汕头人，我期待贵屿能通过扎实地推进工作，为此探出一条路子来。

“八毛鱼”>>

驻河第126天

看不见的“八毛鱼”

2018年10月24日
星期三
天气：晴

记录人：朱红鲜
地点：大寮港支流（成田镇、胪岗镇、峡山街道、两英镇）

正式驻河第一日，经历了6个多小时，终于将练江大寮港支流走完。无论是现场观察，还是周边居民反映，此次大寮港支流水质较几个月前有一定的改善。但部分河段仍然维持旧状，尤其是一些穿梭于城区的细小支流，水质状况依然堪忧。

从流域图上看，大寮港支流贯穿了成田、胪岗、两英三镇，该支流又分了数条次级支流。从百度地图上能清晰看到的一共有两条较大次级支流，为了便于区分，称它们为大寮港支流一级支流。

两条支流在大寮学校附近交汇，最终于大寮港支流下游流经陈店的河涌、沙陇港支流、新坛支流一起汇入练江。在两条一级支流中，其中一条流经成田镇，流向成田服装市场方向。另外一条一级支流则流向胪岗、峡山、两英方向。

关于支流水质情况，胪岗镇银耘村的一条溪流属于其中一条一级支流的源头，与大多数河流源头一样，该溪流河床较矮，河面较窄，水流较缓。在村民生活区外的河段，河沟水流清澈，没有任何异味，基本没有河堤，河床两岸长满了芦苇。

经过几百米，河道水面逐渐变宽，随处可见生活垃圾和污水直排。在银耘村与新联村中间的一段河流，甚至现场看到村民向河里丢垃圾。

“近几年来，村里人都将垃圾扔在河道里，水越来越脏。”正在捞鱼的陈老伯告诉我，河道里耐脏水的八毛鱼繁殖得很快，但只能用来喂猪。

沿着流经新联村的河涌继续前进，水质的情况有所改善。在港头乡北门桥，虽然流经桥下的水仍然为黑色，但水面基本上很少能看到漂浮垃圾。令人意外的是，隔北门桥几百米远的刘氏祖祠旁的河涌却是河净、景美。

为什么该段河涌能有如此的整治效果？附近居民告诉我，从8月份以来，该河涌进行了清淤和垃圾打捞。

“这段河涌管得严，只要发现乱倒垃圾污染河水，就罚1000元。”刘叔告诉我，自从严格约束以来，河涌干净了许多。

从港头乡到西岐村、东盐汀村再到大寮小学，从感官上来判断，该段河涌基本上做到了河面无垃圾、河水不黑臭；从两英镇政府到上下东埔、峡山西埔村、胪岗镇胪新村、溪头车站，该段河涌普遍水质较差，尤其是越靠近两英段（上游），水污染明显越严重；从义兴东路到西岐学校，由于居住密度较小，该段河涌整体污染较轻；从成田服装市场到俊英电器商场、再到大寮村委会，该段河涌部分污染区域污染较重，尤其是在生活区以及市场周围的细小支涌；从大寮港支流进入练江的河段，由于河道较宽，河水较深，且未经过生活区，加之不断有人进行垃圾清理，所以整体水质情况看起来还算不错。

总体而言，河涌周围村民反映，大寮港支流在治污方面有了一定好转，主要表现在清淤、截污、垃圾分类整理等方面。走访结束后，综合多位被采访人的意见，我也有一点自己的感受。

不同区河段整治力度不同，效果截然不同，容易发生污染的地方整治效果较好，人口密集的生活区域反而被忽视。

比如，在峡山街道西埔村，本身村里人口密度小，也无工厂，但水质黑臭，反而在几公里外的拥有大大小小几十家印染厂的上东埔村，流经的河涌水质较好，没有明显黑臭现象。上东埔村一些工厂老板反映，去年以来，当地环保部门加大了污染企业整治力度，如今印染厂的排放都需要严格把关，稍不注意就会面临停厂整顿甚至关闭的境地。

容易看得见的地方整治力度大，一些细小的河涌往往被忽视。

比如在整体整治效果较好的西岐村，大寮小学附近的主河道确实干净整洁，但一些分支的细河道确实垃圾布满，淤泥满沟，随时能看到成群结队的八毛鱼。

大寮港支流目前的整治主要在工业截污、清理垃圾、清淤等层面，大多数河涌仍然是生活污水直排，官网建设滞后。溪头车站就是一个最明显的例子，虽然每天都有专人清理垃圾数次，但河水仍然黑臭，主要是两岸的生活污水直排所致。

大部分村民的环保意识跟不上，事后处罚是当前最有效的管理方式。从走访多个村来看，虽然许多村河涌旁都设有“请勿倾倒垃圾”等标语，但是明显执行偷倒垃圾罚款措施的地方河涌更能保持干净。

芦苇丛 >>

驻河第127天

芦苇丛中的养殖场

2018年10月25日
星期四
天气：晴

记录人：朱红鲜
地点：潮南区陇田镇

今天是驻河第二日，与昨天相比，整个人都感觉清爽了很多，因为今天走的沙陇港支流沿线水质情况总体较好。

沙陇港支流发源于西湖村，流经潮南区陇田镇，流域人口约5万，支流总长9.75公里，集雨面积11.9平方公里。

根据走访的情况可以将沙陇港支流分五段：西湖村至溪西村段、溪西村至长厝村段、芝兰村至长厝村段、长厝村至东坡塭段、东坡塭至十头至练江段。

西湖村至溪西村段属于沙陇港最上游，整体水质呈浅绿色，河面漂浮垃圾较少，没有明显臭味，在一些经过村居的地方部分细河涌有少量垃圾，主干道河涌随时能看到有专人清理垃圾。溪西公园附近的河涌令我印象深刻，不但水体无任何臭味，河床也十分干净，河堤坚固，并且每隔100米就有一座亲水平台。在阳光的照耀下，水中鱼儿纷纷出水觅食，一排排潮汕风格古屋倒影在水中，与岸边的绿色景

藏身于芝兰村芦苇丛中的养殖场

观交相辉映。

因穿过市场、居民聚集区的缘故，溪西公园到长厝村段河水颜色有所加深，水面上漂浮垃圾较少，但在一些桥底，偶尔也会聚集一些垃圾。“每天都会固定时间打捞，但也不可能时时刻刻在水中作业，以前一天能清理出两船垃圾，现在一只船都装不满。”仙家综合市场附近一位打捞人员告诉我，5月以来，打捞工作就成了常态，虽然村民的环保意识很难立马得到很大的提升，不过也有一定的进步，也使得他每天的工作量逐渐降低。

此外，该段分布的细小支涌较多，不少支涌仍有生活垃圾堆积，尤其是在一些河床宽度不足两米的支涌，更是一片狼藉。比如，在位于浩华路的一条小支涌可以看到，长期以来生活污水直排导致河涌里堆积了厚厚的淤泥，在阳光照耀下散发出阵阵恶臭。

从芝兰村到长厝村段可以称作沙陇港支流的另外一条分流，由于河床较宽，该段主流总体水质较好，但我在走访中，无意间发现了藏身于芝兰村芦苇丛中的养殖场，让人意外的是，该养殖场处于新坛港支流与沙陇港支流的交界处。

从舆礼路进入芝兰村乡道大概600米处的北面，有一条一米多宽通向河边的无名小路，小路两边长满了芦苇和植被。沿着小路往河边方向径直走大概650米就可以看到一个占地1000多平方米的养殖场。

该养殖场依河而建，将部分河流用土圈了起来。养殖场内有几百只鹅和上百只鸭。在现场可以看到，家禽除了在河中直接放养外，养殖场内产生的不少污水也直接排放到了河中。附近水域受到一定的污染，但由于河面较宽，且属于流水，在养殖场水域的下游很难观察到明显的污染情况。

长厝村至东坡堀段、东坡堀至十头至练江段由于基本为农田、鱼塘，人烟稀少，水体呈绿色，相对清澈且无异味，河道两岸风景优美。

在长厝村至东坡堀段，我途经了伯公头水闸，该水闸正在进行升级改造，工人们正在忙着贴外墙以及加固附近河堤，整条河道干净整洁，闸门处无残余垃圾。该水闸管理人员告诉我，近几个月来，由于各河段都在实行河道整治，从上游漂来的垃圾也少了很多。

今天最大的感受是，目前清淤、垃圾处理、河道加固已经成为练江河流整治的工作常态。从整个大寮港、沙陇港走完明显可以感觉到这一点，不少河道垃圾明显减少，时不时也会看到清理垃圾的工作人员。

难“生长”>>

驻河第128天

难以“生长”的“毛细管网”

2018年10月26日
星期五
天气：晴

记录人：朱红鲜
地点：潮南区陇田镇、井都镇

经过前两天的走访，对练江几条支流有了一定的了解，今天主要走完了剩下的新坛港，并与治污相关人员进行了意见交换。

新坛港支流流经潮南区陇田镇、井都镇，流域人口约20万，支流长度12.06公里，集雨面积25.56平方公里。

新坛港支流的发源地在陇田镇田心乡附近，田心乡共分为田一、田二、田三、田四4个自然村，而新坛港支流发源地位于田三村的市场附近。

流经两英镇的河涌仍须加强治理

靠近田三村，就能听到正在清理河涌中的淤泥，一些工人正在加固堤岸，除了因为施工造成河水浑浊外，河面上并无任何垃圾，河水也没有明显臭味。与昨日走访的沙陇港一样，这里的河涌已经经过了多轮的垃圾清理。就在一个月以前，这里却是另外一番景象。

“以前这里的河面上，大片水浮莲与零散垃圾共存，生活污水直排入河。岸边的桥上垃圾成堆，风吹过时发出臭味。”田三村的居民告诉我，一个月前，这里仍是一片狼藉。

原来，为了肃清源头污染，一个月前，几个田心自然村进行了河涌大整治，清淤、加固、清除垃圾，这才有了如今这一番景象。田三村的村干部告诉我，这里是新坛港支流的发源地，整个田心片区人口密度大，这里曾经污染较为严重，所以这次在练江整治过程中加大了力度。对于源头的田三村来说，此次河涌整治不光清淤、加固。还将在村口修建强排站，防止再次出现几个月前的内涝。

一路北上，便来到了河涌经过的南浦村，该段河涌较少经过居住区，但从肉眼观察，水质较好，河面宽阔，基本无垃圾。同样，从南浦村到望上村的河段主体河涌水质较好，基本无漂浮垃圾，但此段河涌细支流较多，一些细支流还是会出现垃圾堆积、水体颜色较深的现象。

望上村再往北就到了东华村。进入东华村给人的第一印象就是干净整洁，整个村落规划别具特色，村容村貌较好。流经东华村的河涌更是十分干净，除了一些死角（桥梁下、转角处）有残余垃圾外，河面基本无垃圾，且水体颜色较浅。

东华村的村支部书记章标贞告诉我，东华村不光已经完成了前期的河道河面清理工作，村里也正在铺设毛细管网，接下来将会对整个村进行雨污分流。

走访完东华村后，我顺便走访了位于在东华村境内的新坛水闸和陇田污水处理厂。在新坛水闸，我看到宽阔的河面上干干净净，河面上停放着两艘打捞漂浮物的小船，旁边的办公室里有两名管理员在值班。管理员章标鸿告诉我，如今的新坛水闸每天都有3人24小时值班，主要负责放闸排涝、清理水面垃圾，及时向水利部门反映水质情况。章标鸿坦言，连续三个月来，新坛水闸上游干净了许多，从上游漂浮过来的垃圾也在一天天减少。

距水闸几百米处就是陇田污水处理厂。污水处理厂的一期已经全部完工并已投入使用，二期正在进行建设中。污水处理厂的生产厂长谢宗良告诉我，已建成的一期日处理污水最大限度为1.5万吨，运行的这段时间，平均每天实际处理污水量为1.2万吨。

谢宗良坦言，事实上一期工程只完成了部分主管网铺设，还有大部分的主管网和毛细管网将在二期进行铺建。按照平均每人每天排放的污水来计算，二期将建成日处理量为7.5万吨的污水处理厂，承担陇田的全部以及成田、井都的部分污水处理。

我在现场注意到，虽然从8月以来就启动了二期工程，但实际上进度缓慢，二期污水处理厂的建设还处于雏形。这一推断也得到了陇田镇城乡办公室主任林鹏展的证实。林鹏展告诉我，目前二期施工缓慢，主要仍在完成一期剩余的主体管网建设，主体管网完成建设后将继续完成毛细管网的铺设，预计在2019年6月全部完成。

总体而言，由于没有工业污染，经过陇田的沙陇港、新坛港支流污染较小，在经过一系列措施后近期的恢复力度也十分可观。陇田镇副镇长也表示，目前前期的整治工作已基本完成，接下来需要完成的就是管网铺设。“目前管网铺设方面，在资金和技术上已经没有困难，由区里支持。”陈镇长告诉我，目前二期工程的开展，一方面由粤海、粤水电公司负责主体管道铺设，另一方面一些有资金的村也在开始自己铺设“毛细管网”，当前施工慢的主要原因是施工环境所致（自然环境、做村民工作）。

走访结束后，综合多位被采访人的意见，我也有一点自己的感受。

陇田镇的前期河涌整治实属不折不扣，但正在运行的陇田污水处理厂一期收效甚微。实际上目前一期的COD仍然很低，部分原因是陇田镇的水质污染较轻，但更多原因是一期目前处理的污水主要来自于露天水，由于毛细管网还未铺设，居民的生活污水大多仍是直排，并未通过主体管道进入污水处理厂。

虽然二期厂房建设征地67亩已经完成，但主管网铺设进度会再次受到征地的影响。因为在主管网铺设的过程中，每隔100多米就会在地下设立一个直径为19米的工作井，工作井所占区域较大，因此会再次涉及征地问题。

毛细管网的铺设目前只在资金充裕的村（乡村振兴战略示范村东华村等）中展开，其余的没有资金的村还没有动工，需要用别的名目争取资金（据镇政府相关人员透露，目前区里正在争取通过“建设美丽乡村方案”来解决）。此种情况下，有可能导致二期主体管网铺设后，毛细管网铺设滞后，新建设的污水处理厂也难以发挥实际作用。

养鱼人 >>

驻河第129天

担心下雨的养鱼人

2018年10月27日
星期六
天气：晴

记录人：朱红鲜
地点：潮南区陇田镇、井都镇

前几天对大寮港、沙陇港、新坛港三条支流进行走访，今天则主要回访了练江出海口——海门湾桥闸及汕头市潮南区纺织印染环保综合处理中心。

海门湾大闸桥，又称井都大闸桥，位于潮阳市东区南6公里，该处为练江出海口。四个月前，同事已经对该处进行了走访，为了获悉练江入海处的水体情况，当日下午，我再次来到了海门湾桥闸，一探究竟。

“闸门上游怕小雨，闸门下游怕大雨”，短短一个小时的回访，渔民的一句话使我印象深刻，恐怕最能反映目前练江的综合整治效果。

上午9点30分，桥下的练江水并非碧绿，在阳光的照耀下，水体呈浅黑色。走在桥上，空气中夹杂着刺鼻的鱼腥味。靠近岸边，能闻到一丝丝臭味，这种臭味与上游的黑臭河涌散发出的气味似曾相识。

井都大闸桥下的练江入海口

“近几个月水质改变了许多，主要是水面垃圾变少了。”廖大叔每天都会沿着河岸走一走，看看水质的情况，决定要不要更换鱼塘里的水。廖大叔的鱼塘位于闸门的上游，平时会经常换水。

“虽然水变好了，我现在就担心下小雨。”望着练江，廖大叔告诉我，一旦上游下小雨，所有的脏东西都会冲到这里，闸门也不会打开，大片的鱼短时间内会死亡。如果下大雨，闸门会打开，上游的污染物就不会在闸口停留太久。

“不下雨或下小雨，是我比较愿意看到的。”与廖大叔不同的是，位于闸门下游的一位做水产生意的老伯则更希望天晴或者小雨。老伯告诉我，如果上游暴雨，闸门会打开，下游的海水将被严重污染，附近靠海水养殖水产的人就会遭殃。

我隐约地感觉到，“闸门上游怕小雨，闸门下游怕大雨”，虽然这句话听起来很自私，但确实包含了靠着练江生活的渔民的无奈。希望练江快点好起来，早日让闸门上下游的渔民和居民都笑逐颜开。

在返回的途中，我回访了潮南区纺织印染环保综合处理中心，主要了解了在建项目的进展情况。总体而言，汕头市潮南区纺织印染环保综合处理中心PPP项目主体工程完成总工程量约61%。

其中，污水处理厂一期主体工程完成100%，正在进行装修装饰、设备安装等收尾工作。污水处理厂二期接触消毒池、出水总堰打桩施工完成，临时道路施工已完成，水解酸化池进行土方开挖，桩基放线准备打桩，原水厂桩基础放线施工。

热电联产项目已完成主体工程约78%，通用厂房项目已完成主体工程约67%，自建厂房项目6家专业印染企业已入园建设，已取得建设工程规划许可证；环评及能评同步办理，正在申报办理施工许可证等手续，项目现场进行桩基础施工，第二、三批企业用地已于9月上旬以及下旬完成网上挂牌，争取全区通过整治验收纳入管理拟保留的所有印染企业在年底前完成入园集聚建设。

目前，园区污水处理厂尾水排海管道环评已经获市环保局批复，排污口已确定，项目公司建设排污口的海域使用报告已编制完成；在应急原水管道建设方面，已协调自来水公司商议共线部分的征地赔偿及施工便道加宽工作，明确具体合作方案，由交通局牵头与陈沙公路施工单位商议原水管道陈沙公路段的具体方案，应急原水管道已动工建设。

部分问题仍需协调解决。目前污水处理厂近期建设项目排污口位于海门湾离岸500米处，该位置处于广东省海洋生态红线范围内。已通过规划环评和项目环评的排污口必须要符合海洋生态红线的管理要求。

清理工 >>

驻河第130天

流动的水浮莲与清理工

2018年10月28日
星期日
天气：晴

记录人：朱红鲜
地点：汕头市潮阳区和平镇

在巡河的第一天，我走访了大寮港支流，在随后的几天巡河中，我收到消息，在大寮港流经潮阳区和平镇的区域，部分河段水面仍有大量水浮莲清理不及时，部分河段水质恶劣。因此我再次仔细走访了大寮港支流的部分河段（下厝中心学校到公塭段，全长约6公里）。

上午9时，我从陇田镇的酒店出发，按照导航前往和平镇下厝居委会，到现场后我看到，相比于大寮港支流流经的成田、胪岗、峡山段河涌，流经和平镇的该段

大寮港支流（潮阳、和平交界区域）蔓延的水浮莲

河涌水质污染更为严重，最大的感受是该段河涌的前期整治（河道清淤、垃圾打捞）工作成效并不好。

位于下厝社区市场附近的河涌，河面上垃圾漂浮，河水颜色发黑，在数十米远的地方就能闻到刺鼻的臭味。“虽然有人在清理，但也跟不上大家乱扔的速度。”一名水果店的阿姨告诉我，由于该河涌位于市场附近，每天人流量较大，不少人沿河摆摊，收摊时就顺手将残余菜叶扔进了河中，即使有专人打捞也来不及。

沿着河涌继续向下游前进，时不时会看到水面上漂浮着各种垃圾。在半港附近的河涌，一艘垃圾清理船停靠在河边，从船体的外观来看，俨然已经长时间没有使用。

通过附近居民证实，前几个月，该段河涌经过了集中打捞整治，河面上垃圾减少了很多。但近期由于清理不及时，河面上漂浮垃圾再次显现。在半港附近的五河桥，河涌里漂浮着大量水浮莲，在附近的一条支河涌，水浮莲几乎覆盖了整个河道，长达数十米。

“这个生长得很快，隔几天就要清理，清理的人走了一拨又一拨。”一位清理水浮莲的大叔告诉我，由于本身水体污染严重，加之附近生活污水继续直排，所以清理的频率必须提高，但大多数清理人员都是附近的村民，由于清理任务重，工资低，不少人已经辞工。

总体来说，从下厝到公塭6公里的河涌水质较差，污染严重，前期的整治工作也没有较好落实。我深刻地感受到，练江积重已久，治污是一项长久的工程，不可能毕其功于一役，不可能一蹴而就，无论是前期的整治工作，还是后期的基础管网建设，都是一场持久战。如何激发治污人员的持久积极性，防止治污工作进入疲惫期成为必须思考的问题。

屋内外 >>

驻河第131天

“屋内现代化，屋外脏乱差”的现实困境

2018年10月29日
星期一
天气：晴

记录人：朱红鲜
地点：汕头市潮南区陇田镇

经过前几天对大寮港、沙陇港、新坛港三条练江支流的走访，以及结合之前同事的走访日记，我对这几天的巡河工作进行一个总结。

目前，河涌清淤、垃圾打捞、堤岸加固等前期整治工作已成为练江治污常态，各支流水质状况较之前有所好转。管网建设虽然进度慢，但已经被不断强调要加快，由于资金、技术、施工条件的限制，各地的进度不一。

在此次的走访中，令我印象最深刻的一点是基层宣传不到位，普通群众环保意

伯公头水闸（新坛港支流）清理不及时的漂浮垃圾

识不强。相当一部分群众认为，治理河道垃圾污染是政府的事，与其没有关系。因此，不少地方呈现出“屋内现代化，屋外脏乱差”的状况。

因村庄靠近河道，村民将日常的生活垃圾堆放在河道或堤坡上，诸如塑料袋、旧衣物、蔬菜叶、药渣、破鞋烂袜等随处可见。只要下一场雨，这些垃圾就会进入河道，污染水资源。许多农村居民还没有形成定点投放垃圾的习惯，也没有垃圾池（桶）的观念，更没有为垃圾分类的意识。

在练江整治的过程中，汕头各级政府宣传力度也较大，城区周边河道乱倒垃圾情况得到明显改善，但在离城区较远的镇、村（社区）宣传力度仍然不够，尤其是在部分人口稠密的村镇河道周边没有设置（或未及时更新）相关环保标示，城区环保宣传经验没有有效推广。

虽然当地政府在此次的治污中态度坚决，各项治污措施基本落实，但治污毕竟是一项持久战，仅仅依靠政府的吆喝，很难取得较大的突破，即使练江生态得到了恢复，如果大众的环保意识跟不上，也很难守住成果。

其次治污缺乏统一规划，不同河段的治污方案基本相同。

同一条河流，往往流经了不同的地区，练江也不例外。然而在此次的走访过程中发现，由于各种限制，不同河段的治污进度、力度均不一样。

在过去，对于河道的功能一直强调的是防洪排涝功能，河流系统演化成单调的泄洪道和排污沟，在此次一些河道加固的过程中，也明显沿用了这个理念，不少河堤用混凝土加固。在这种情况下，确实防止了河岸土壤与河流进行自然交换导致河流淤塞，但是这种方法也削弱了河流的自净能力，时间过长也会导致水质恶化。

所以在治污的过程中，应当加强顶层设计，统一规划，分而治之。在河道加固时，也应当从河道水流规律出发，根据不同的区域建设生态防护坡。

重见天 >>

驻河第132天

老练江支流：被水浮莲覆盖数年的凹岸终于“重见天日”

2018年10月30日
星期二
天气：晴间多云

记录人：张伟炜
地点：潮阳区贵屿镇、和平镇

10月底，深秋时分，秋风送爽。汕头两潮地区对练江流域进行整治已有一段时间，各个基础设施项目正在逐步推进中。

8月中旬，我与同事张子俊进驻贵屿镇走访老练江支流时发现：在凤港村段，凤港大桥桥头一座纪念祠旁边发现一大片水草与水浮莲，十分密集，我们找了根木棍，在岸边试探着往里戳，感觉坚硬如地面。近河端还用黑色的纱布将其与河道隔离开来，场面令人震惊。（详见驻河第55天《消失的“回环”》）

当时，我们采访了贵屿镇水利所所长郭元强，并让他带领我们去凤港村委会咨询情况，随后再去现场。郭元强坦言，好在是我们记者发现了这一卫生死角，那里本是流水潺潺的地方，谁知已经被泥土和垃圾覆盖数年，他表示感谢，并会尽快安排人力清理掉这一死角的垃圾，保障支流的通畅。

为了观察这一问题是否已经得到解决，10月30日下午，我采取不打招呼的方式，驱车回访这一河段。值得欢喜的是，原先发现的泥土、水浮莲已经被清走了，现在可以看到河水“原形毕露”，河面上也基本没有漂浮物。

出现这么大一变化，看得出是下了工夫的。当天下午，我通过贵屿镇委书记赵少雄得知，原来，这一河段在当地被称为何仙陵后溪河，自从8月中旬我们发现这一问题并提出整改要求，镇村各级非常重视这一现象，凤港村用了半个月的时间进行清理，清了60余辆东风车的废土杂草垃圾，前后花了25万元。

赵少雄称，清理这么大面积的水浮莲、泥土和垃圾不是一件易事，据说得先用钩机从岸边挖起，再慢慢向中间靠拢，还让钩机搭载浮船深入河面进行清漂清淤，作业起来有一定的难度。

据介绍，啃下最大的“硬骨头”后，针对大面积清理后还出现较多漂浮物的现象，凤港村再度出动保洁员对河面的垃圾进行打捞，目前，这一凹岸的河面上基本没有漂浮物。不过，记者发现，水体依然黑臭。

清畜禽 >>

驻河第133天

“工作得到群众的认可就有更多动力”

2018年10月31日
星期三
天气：晴

记录人：张伟炜
地点：潮阳区和平镇

今天我们从报纸上看到，省长马兴瑞昨日赴汕头、揭阳市专题督导练江流域污染综合整治工作。他先后前往汕头市潮阳区谷饶镇环境综合整治点、潮南区陈店污水处理厂二期建设现场等，察看环保基础设施建设进展和运作情况。马省长指出，要结合本地实际，坚持问题导向，加强系统谋划，有决心、有信心打赢练江污染整治这场硬仗；要重视源头治理，加强河涌综合整治、农业农村污染整治和环境监管执法。

今天，我们在潮阳区和平镇的农村，就了解到当地清退岸边畜禽养殖、清理水面漂浮物的进展情况。

陈厝寮是潮阳区和平镇五和社区的一个自然村（也称作“片”）。从324国道的力嘉中学旁边的路口径直驶入，行驶约4公里的路程（335乡道），路的尽头便是练江干流。这里，陈厝寮水闸控制着中港河支流的入江关口，从位置上来说，该村是中港河支流最下游。

村子距离国道稍微繁华的街区还有约4公里的路程，位置可谓略偏僻。不过，整个五和社区的人口多达12700多人，生活污水的排量可想而知。10月31日下午，我驱车回访中港河的下游村段。

社区党总支部副书记马文旭介绍，中港河支流的陈厝寮村段有2公里，今年六七月份曾进行过一次大清理：清漂、清淤、清障等“五清”行动，市、区一级领导也多次前来陈厝寮水闸视察。

马文旭说，当时的大清理行动前后共花费10多万元，和平镇相关部门也十分支持。“当时出动7台钩机，每台一天就要花费2800元。关于清退岸边禽畜，6月底共清退2000只鹅，6月份的鹅体形还比较瘦，我们提前对养鹅者发出通知，也帮忙联系买家前来买鹅。清退猪156头，周边群众都说好！”

马文旭做社区副书记已有10多年的时间，对社区的每个角落都非常熟悉。他坦言，如今的群众思想工作不会像过去那么难做，广大干群都希望练江整治攻坚战能够获胜，“工作得到群众的认可就有更多动力”。

不过，由于陈厝寮位于下游段，与其他下游村同样令人纳闷的是，如果上游村段的漂浮物数量太多，没有及时清理掉，就会往下漂，这给下游造成了一定的困扰。从地图上搜索，上游村是和平镇的另外一个人口大村——下厝村，“即使村与村之间设有浮球网，偶尔还有人将浮球网提起来，任由水浮莲漂下来，自己就不用承担打捞责任了。”马文旭希望上游的村居也应该多担当一些责任。

路宽了 >>

驻河第134天

集中拆违，还路于民

2018年11月01日

星期四

天气：小雨

记录人：张伟炜

地点：潮阳区和平镇

11月1日，天空下起了小雨，气候也变得冷起来。五和社区距离324国道尚有约4公里的路程，驱车行驶在这一路上，道路改造工程仍在进行，这也是该镇践行建“四好农村路”的缩影。

陈厝寮村民廖伯今年67岁，记者采访他时，他正拎着一袋垃圾往房子门口的垃圾桶丢。廖伯介绍道，在他年轻时，他经常下河游泳捕鱼，经常捕捉到许多非洲鲫、草鱼，条条鲜活得很。“后来，随着上游的两英、峡山、胪岗镇街的工厂逐渐增多，污染也随之来了，中港河的水黑臭好多年了，河里有鱼也不敢吃。”

廖伯告诉记者，近年来，政府上下逐渐重视起来，现在经常可以看到有人在河道上打捞水浮莲，相比以前干净了许多。廖伯说，他非常理解基层工作不好做，基层干部经常要磨破嘴皮劝人不能乱丢垃圾，由于陈厝寮处于下游，还要替上游村居打捞漂下来的水浮莲。

记者注意到，从335乡道往五和居委会的路上，有拆除违建物的痕迹。原来，不仅这条路，此前，和平镇委镇政府五和村道沿途也存在乱停乱占、违章搭建的历史遗留问题，经多方走访做通沿途群众思想工作，组织相关职能部门、五和社区驻村工作组及社区干部到现场集中拆违。

根据五和社区党总支部书记廖壮杰提供的数据：镇村一级先后出动320多人次，钩机14台次，东风卡车18辆次，拆除违建围墙450平方米，临设4500平方米，露天池厕320个。

“只要能够为群众办好事，就是一种进步。”廖壮杰称，拆除违建物的工作获得不少群众的点赞，因为违建物拆除了，路也变宽了许多，真正做到“还路于民”。

中港河 >>

驻河第135天

中港河水有些黑

2018年11月02日
星期五
天气：雨

记录人：张子俊
地点：汕头市潮南区中港河

细雨中，看着眼前中港河，心情有些复杂。因为下雨，河流速度较快，河面无太多漂浮物，但河水水质从肉眼上看较差。土黄色的河滩和灰黑色的河水相交，形成一长条明显的分界线。

时隔一个月，第三次来到练江，看到此景，除了一声感叹，再说不出其他话。相比此前巡河看到的护城河、七里港河、老练江支流等，真的黑了太多。

中港河是练江的一级支流，长17公里，发源于潮南区秋风水库，自西向东流经潮南两英镇、峡山街道、胪岗镇，最终汇入练江干流。这条流经多镇的母亲河，为

两英镇潮普慈善会门前的河段处竖起的告示牌

何变成现在的样子？“河底都是淤泥、垃圾，一下雨就泛起来，原来上游的厂也往河里排水，所以黑。”一位打伞路过的行人给出了答案。

此前资料显示，畜禽养殖场、印染厂、农田化肥，练江的主要污染源在中港河都齐全。上述场所产生的动物粪便、印染废水、含化肥的农业污水直接排到中港河，导致水体富营养化，曾经水浮莲布满河面，发黑发臭。

在两英镇潮普慈善会门前的河段，竖起了一块告示牌。蓝底白字写着“请拿起您的手机进行监拍，向一切污染水体的不文明行为宣战”，上面表示可以拍照发给公众号“练江整治——全民监拍”，将及时核实整改。于是随手拍了几张河边漂着垃圾的照片，并留言“汕头市潮普慈善会前河很脏”，但只是收到一条自动回复。

从中港河峡山街道河段往上游秋风水库走了很长一段时间，河水依旧是黑的。由于下雨，加上有些路段施工泥泞不堪或没有车道，无法全程沿河走，穿过一个个印染厂、民居、巷子，慢慢向上游驶去。阴郁的天空下，一切都让人感到无比压抑。

直到秋风水库，来到中港河的起始段，才看到另一番景象。从水库流出的中港河不宽、水较浅，但清澈见底，很难和此前看到的黑色河水产生联系。

河水究竟是从哪里开始变黑的？因为雨天，不便探访，待到雨停，想去把这个分界点找出来，在那里或许也能找到河变黑的原因。

暗红色 >>

驻河第136天

村里暗红色的河

2018年11月03日

星期六

天气：阴雨

记录人：张子俊

地点：汕头市潮南区明宇制衣厂附近河段向下游段

随着“玉兔”台风的离去，雨终于变小了，我们重新回到中港河，从明宇制衣厂附近河段向下游段进发。

雨过之后，中港河水小幅上涨，流速平缓，相较昨天，河面变得较为干净，但水依然是黑灰色的。在一座小桥上，恰好遇上一位也在看着河水的老大爷。

“昨天发现水很黑，今天看稍微没这么黑了，之前是因为下雨导致底下的淤泥泛起来吗？”

“不是，这里的淤泥都清理过，是上游有工厂在排污，昨天下了雨今天水才干净些。”

“你确定吗？”

“确定。”

老大爷告诉我们，大致在后洋村九孔闸的地方，有很多工厂，污染主要从那边来。但是在百度地图上查到了后洋村，却找不到九孔闸的具体位置，今天巡河完下游段，明天准备去寻找这个九孔闸。

向下游走去，一路上沿河基本都在施工，主要是加高河堤。而当我们行驶到胪新村村委会门口时，发现与中港河只隔一条街的内河涌异常黑，内河涌与中港河之间用水泥隔开，只留下三个排水管进行进出控制。排水管和水泥一看就是修筑不久的，而之前这两条河是否相通不得而知。

下车沿着河向村内走，河水竟然从黑灰色渐渐变成暗红色，走到路的尽头，旁边是一个学校，而从河对面传来机器运转的声音。拐进另一条路，来到河对面，一走进小巷子，就发现两旁有五六家造纸厂，一摞摞纸张整齐堆放，工人正在忙碌，机器的轰鸣响彻耳畔。

经过一个工厂的外墙，便来到河边，依旧是暗红色的河水。一个小男孩拿着简易的钓竿钓鱼，“这水红色的，有鱼吗？”“有呀，我钓到过。”小男孩说今年10

岁，从小时候开始这条河就是红色的了。

暗红的河水是否与旁边的造纸厂有关呢？

再往下游走，一直到中港河和平镇段，虽然河面较为干净，也无成片垃圾，但河水都呈现一种灰黑色的状态。

在路上采访到一个广东大禹水利建设有限公司河堤建设施工现场的工作人员，他说："河水是黑的，一部分是上游在排污，还有一部分是我们还没完全挖完河里的淤泥。"这个工作人员的说法相对让人信服，但真相究竟如何，明天我们准备到上游再去探访。

村里暗红色的河

快清淤 >>

驻河第137天

中港河清淤工程已经启动

2018年11月04日
星期日
天气：阴

记录人：张子俊

地点：汕头市潮南区明宇制衣厂附近河段向下游段

根据昨天从老大爷口中得到的线索“后洋村”“九孔闸”，我们开始了今天的行程。遗憾的是百度地图上只能查到后洋村的位置，但找不到九孔闸，既然是桥闸，于是决定先到中港河边，再找当地人问路，最终选择定位崎沟学校。

“你看，那里就是九孔闸。”没想到到崎沟学校刚下车，顺着一位阿姨指的方向，不到300米的位置，就是九孔闸。

现场发现，以九孔闸为界，向上游段的水质从肉眼上看好了许多，至少比昨天看到的中港河水清澈了许多，近岸边甚至能看见水底。而穿过九孔闸向下游走，走了大致100米，肉眼看河水又变黑了。

“两英镇上游的印染厂排污把河搞黑的，水已经黑了很多年。”崎沟村村民康大叔说。九孔闸旁有两家工厂，高高的烟囱耸立。“这两家工厂有没有排污？”对于我的疑问，康大叔说：“这我就不知道了，也没看到，但更多印染厂是集中在上游。”

60多岁的康大叔说，自己七八岁的时候经常下河抓鱼，“当时真的是清澈见底，底下的鱼虾都能看到”。但他说记不清河是从什么时候开始被污染的，“肯定超过了十年”。

康大叔是本地人，他说现在河面的垃圾少了，有船定期清理，干净了不少。他介绍，今年沿河的水泥路刚铺好，河堤也用水泥重新浇筑了，这是件大好事，“但如果上游的厂还排污，怎么治都没用”。

康大叔所说的浇筑河堤、路面，在位于西江路与中港河交会处的广东大禹水利建设有限公司的施工现场得到验证。

“这个是中港河达标加固工程，潮南区水务局是业主，通过招标我们成为施工单位。”大禹水利工地负责人黄壮元介绍，这一工程涉及12.23公里河段，从崎沟闸到胪岗镇，康大叔所在的崎沟村就在项目范围内。工程主要是清障及两岸堤防达标加固，同时要建设穿堤涵闸，重建5座，新建7座，“工期很紧，从去年11月开始，预计到明年10月完工”。

此外，黄壮元还介绍说，除了河堤加固项目，现在也承接了中港河清淤项目。他说，中港河清淤范围是中港河（潮南段）主河道10.716公里、半港河891.5米、三联电排支流624米、岔河一500米、岔河二512米，总长13.24公里。同时还要建设长度为6.5公里的生态防护滨岸带。

“现在水质已经改善很多了，上游关停了很多没牌照的工厂。”黄壮元说。

中港河旁污水直排

施工急 >>

驻河第138天

中港河两岸治河工程遍地开花

2018年11月05日
星期一
天气：晴

记录人：张子俊
地点：汕头市潮南区中港河

连日的雨终于停了，再至中港河，发现两岸的工地如同雨后春笋般复苏，一扫此前的死气沉沉，一台台钩机挥动长臂，卡车运走路面的土堆。

“今年初就开工了，下雨时进度慢一些，其他时候都在赶工。”中港河流经胪岗镇的河段，大禹水利施工方负责人说，现在正在做一个小型水闸，将小支流与中港河区隔开。而这样的小型水闸，一路巡河下来，看到近十个。

现场，一台臂长20米的钩机正在开挖河道的淤泥。“如果不方便进钩机，就用浮船钩机在河面挖。”工地现场负责人说，由于明年要完工，工期紧，“现在我负责的这一段已经完成70%多”。

“水下清理污泥、排积水、硬化底很难。”谈及施工，该负责人说特别遇到下雨就没法机器作业。当问及负责人为什么中港河水这么黑，负责人说：“一方面是因为还有污水排放，另一方面也因为河里还有一些污泥没清理干净，下雨容易泛起。”

“现在河边随便都能看到施工，我知道这是在治理河流。”胪岗河段，住在旁边的廖先生正倚在栏杆上看水闸施工。他说，中港河以前一直很黑、很臭，“生活在旁边真的有些遭罪”。如今，各种工程措施正在推动以进行“治本”。廖先生说，虽然在家旁边施工有些吵闹、影响出行，“但想到以后中港河水有望变清澈，现在麻烦些还是值得的”。

从大禹水利工地没走多远，又发现粤水电承建的潮南区陇田污水处理厂二期厂网一体化建设工程施工现场。

“污水处理厂要扩建到7.5万立方米日处理量，总规模达9万立方米日处理量，厂外新建管网系统约110公里，其中合流管涵约35.7公里，分流制污水管道及截污管道约74.3公里。”粤水电现场负责人郭工介绍。郭工说，中港河段要求在2018年年底完成，工作内容包括管网约50公里，泵站6个，通过顶管施工、明挖施工、地基加固施工、围堰施工等。“工期很紧，我们现在正在加班加点赶工。”郭工边说边指挥现场。

驻河至今，有个明显的体会是“清漂”已经达到一定成效，即便中港河水黑，但河面也较为干净，几乎没有漂浮物。在这一背景下，进一步“治本”是推动河流治理的思路。而环保工程，包括清污、建管网等，才是实现中港河水变清的迫切需求。

工程开工后，“紧张”是我最深的感触，环保工程已在中港河流域遍地开花，而通过走访获知，大部分工程的期限都是明年6月底，而且都在加班加点施工，甚至不少施工单位连国庆也未休息。

中港河变清澈，未来可期。

中港河旁建水闸

双补偿 >>

驻河第139天

能否探索流域内跨村镇河流生态补偿机制？

2018年11月06日

星期二

天气：晴

记录人：张子俊

地点：汕头市潮州市

“上游不治理，下游怎么治理都白搭”，由于河流流域广，流经地区多，上下游河流治理一直是棘手的难题。

在潮州举行的韩江流域河长制湖长制工作第二次联席会议上，省韩江局局长陈图钧透露，省里正通过试点水环境生态补偿来解决这一问题。

其实水环境生态补偿机制在解决韩江跨省治理上早已推行。2016年3月，广东省与福建省签署汀江—韩江流域水环境补偿协议，由广东、福建两省每年各出资1亿元组成补偿金。在汀江—韩江生态补偿中实行“双向补偿”的原则，即以双方确定的水质监测数据作为考核依据，当上游来水水质稳定达标或改善时，由下游拨付资金补偿上游；反之，若上游水质恶化，则由上游赔付下游，上下游两省共同推进跨省界水体综合整治。

据近两年水质监测成果显示，闽粤跨界河流的水环境质量有了较为明显的提升。2018年，广东省拨付福建省2017年度汀江—韩江流域补偿资金1亿元。

“这一制度是调动流域上下游保护和治理水生态环境的重要手段，在跨省界河流治理上取得了阶段性成效。”陈图钧说，跨市河流治理也可以借鉴这一制度，目前已经确定在东江流域先行开展水环境生态补偿试点工作。同时还将协调省级财政进一步整合部门资金，研究实施以奖代补，并探索建立基层河湖管护补助机制。

说白了，就是通过资金的奖惩措施来推动跨界河流治理。根据陈图钧所说，目前试点的是跨市河的生态补偿机制。那么中港河这种流经多个镇村的长河，虽然不跨市，是否也可以采用生态补偿机制？比如上游村和下游村出资进行奖补，由此实现中港河有效治理。

八千万 >>

驻河第140天

印染企业搬离为污水处理厂建设节省近8000万

2018年11月07日
星期三
天气：晴

记录人：张子俊
地点：汕头市潮阳区谷饶污水处理厂

“在二期项目中有个插曲，中途更换工艺，整体上节省了近8000万。”在谷饶污水处理厂二期项目施工现场，建工集团源天公司总工蔡凯祥的话让我有些吃惊。

8月16日，谷饶污水处理厂二期项目动工。污水处理厂总投资约2.87亿元，其中工程费用20929万元；而二期外线管网工程总投资47075.28万元。

“刚开始考虑到谷饶镇印染企业较多，因此二期工程还是按照处理工业废水和生活污水两方面设计。”但施工不久，蔡凯祥就收到印染企业要全部搬走的消息，如果这一消息为真，那二期就不需要设计处理工业污水的功能。

蔡凯祥感到庆幸，“幸好在还未建主体工程前确定要改工艺，因为不需要处理工业污水，除去工业污水设计部分，相比原来设计少了8000万元左右，这样也相当于节约了更多钱。”

将印染企业搬到园区进行专业的工业污水处理，更专业全面，也为谷饶污水处理厂建设节约了大笔资金。

但中途更改工艺也导致工期延长，根据施工要求，管线铺设需要在2019年2月底完成80%左右，到6月底竣工。蔡凯祥说：“至少影响了一个月的工期。”不过影响的主要是污水处理厂厂区建设施工工期，而对厂区外的管网铺设影响不大。据蔡凯祥介绍，谷饶镇共规划了41.5公里管网，分成15条建设，目前已经有10条线开工建设，另外5条线在做前期勘测等工作。

抓“五清”>>

驻河第141天

再见中港河

2018年11月08日
星期四
天气：晴

记录人：张子俊
地点：潮南区中港河

七天很长，却也过得很快。离开前的上午，我们再度驱车，从上游到下游，再看一遍中港河。在中港河的上游源头——秋风水库，登上长长的阶梯，隔着数米高的铁丝网望去，水面清洁如镜。中港河从这里出发，在出库口段，流水潺潺，几只鸭子在河上嬉戏，显得美好，但河边的水草上缠绕着一些塑料袋和破布。

再到九孔闸，这是之前老大爷告诉我的污染点。我再度顺着河堤下去，低头细细观察，掬了一捧水，有些浑浊，但不黑；可是沿着河向下游走去，走到离河闸不到100米远的地方，肉眼上看河又黑了。水闸口流出的水不黑，可为什么没流多远河又黑了？

“五清”行动在练江流域开展已久，其中最简单、见效最快的“清漂”行动实施较为彻底，即使中港河河水仍有些黑，但河面清洁，基本看不到漂浮垃圾，河流治理初见成效。但如何让中港河变清，仍需推进其他“四清”，特别是清理河底淤泥。淤泥不清，特别下雨时上泛，河流还是黑的。

继续沿河走，在皇都公寓旁，淡黄色的污水正源源不断从管道排出，将河面染上一片泡沫。此时恰好河边立有河长牌，接连拨打了上面的镇、村监督电话，均显示无法接通，或许因为是周六休息。可此时离我11月2日向“全民监拍”微信公众号举报漂浮垃圾信息已经过去6天，仍然没有回复。

站在一个普通民众的角度，我有这样的感受：当前仍然有污水直排现象，长期的污水排入染黑了中港河。在截污管网、污水处理厂未建完善的情况下，污水除了直排似乎也没有其他去处。好在应对工程已经在中港河流域开展：在胪岗镇，粤水电正在铺设截污管网；在下游的和平镇，路面正在破土勘探，马上将铺设管网。

还有一个问题，从驻练江开始以来一直都在想：练江流域如何实现产业发展的腾笼换鸟？

印染等企业搬离后，该发展什么产业？这是练江治理之外还需面对的问题。

“亲水”台 >>

驻河第142天

黑臭水体仍在，在建防护堤工程仿若“亲水平台”

2018年11月09日
星期五
天气：晴

记录人：张伟炜
地点：潮阳区和平镇

翻阅同事朱红鲜的驻河日记时，见他写道：“在大寮刚流经潮阳区和平镇的区域，部分河段水面仍有大量的水浮莲清理不及时，部分河段水质恶劣”。我决定去看看。

他写的这条河流，是中港河下厝社区段。下午，我驱车走上新和惠公路，在接近溪头车站那里左拐，刚拐进去，便看到钩机与工人忙碌的场景。

他们在干嘛？下车观察，原来，施工单位在河岸往河道腾出了约2米的空间并打好铁桩。在这一空间内，有工人也有钩机正在清淤，不远处，一条白色的混凝土结构（有点像“亲水平台”）已具雏形，沿岸延伸。

这里既有潮南区胪岗镇的上厝社区，也有潮阳区和平镇下厝社区，不是当地人的我难以区分界限，不知不觉走到和平镇的下厝社区。不过，这条河流的水体仍旧是黑臭状态。河面有些许漂浮物如水浮莲、垃圾等。在岸边的河长牌上发现，有的河段叫“大后溪”，有的河段叫“南中港”，社区级河长均是下厝社区党支部书记吴锡宏。

来自江西的王师傅自称是施工单位广东大禹水利建设有限公司的一员。他告诉我，打造的这条“亲水平台”实际上是防护堤，是今年才启动建设的，他负责混凝土台面各种修补工作的，工程不只做这段，往陈店镇去还有14公里长。王师傅称，他是过年后才到这边来工作，当时，河水表面漂浮着不明的油污，闻起来更是恶臭，而且水浮莲和垃圾更多。听说这一社区准备选取部分河段进行清淤：先进行截断，再抽掉污水，接着清理河底的淤泥。

河边居民吴阿姨说，她在这边住了二三十年，这两年的水质明显好转了许多，没有明显的恶臭味。“时不时看到有人来清理河底的淤泥和水面的水浮莲，感谢政府重视！”她坦言，练江不可能继续恶臭下去，等管网铺好了生活污水一起收集到污水处理厂，肯定会越来越好。

肉菜摊 >>

驻河第143天

肉菜摊沿岸设，边角料随手扔河里

2018年11月10日
星期六
天气：晴

记录人：张伟炜
地点：潮阳区和平镇

从下厝中心学校往东继续走，除了黑臭的水体，沿岸景观也是值得注意。

此前的采访了解到，这个下厝社区人口数量非常大，超过2万人，生活污水与垃圾的数量可想而知。徒步行走在岸边，似乎这个社区的地域也是挺广的。在学校这边的岸上，可以见到随意搭建的铁皮棚，有的铁皮棚直接阻挡在岸边的步道上，不过看到棚上清晰地被喷上了一个“拆”字。

往前走着，我发现岸边有个简陋的厕所，底下有一条白色排污管直排河里。可以判断，在污水管网还未铺设的情况下，生活污水还是直排。在某一段，岸边还被围了起来，并种有芥蓝、小白菜等种植物，一名老伯正在除草。“这些菜是自家种的，不敢用河里的水进行灌溉。”他说。

继续往前走，便来到下厝菜市场，有的摊贩为了找地方卖菜，沿着河堤搭设铁棚进行售卖。临近傍晚时分，摩托车、自行车络绎不绝，拥挤不堪。据一居民介绍，这样的现象存在很久了，很多人图方便与便宜，索性就在外面买肉菜。不仅“占道经营”，摊贩甚至很自然地将边角料丢进河里。现场看到该流域较为脏乱，河道堆积的垃圾也十分多。

双河长 >>

驻河第144天

菜市场将扩建
违建摊位将被拆除

2018年11月11日
星期日
天气：晴

记录人：张伟炜
地点：潮阳区和平镇

今天我去采访了下厝社区副主任吴楚阶。据他介绍，中港河下厝社区段有3公里多长，各个自然村配备有1—2艘打捞船、2个保洁员对河流的漂浮物进行打捞。此前，还出动多台钩机对河流进行清淤。

针对下厝菜市场沿河乱搭建的问题，吴楚阶说，下厝综合市场自1995年建设至今已出现建筑电线老化的问题，而且原先的菜市场占地1600平方米，已经满足不了日益增长的需求。对此，下厝社区、和平镇已申请约800万元作为该社区的扶贫项目资金对该菜市场进行重建改造，届时菜市场面积将超2400平方米，沿岸搭设的24个违建摊子将被拆除。

通过翻阅相关资料，我了解到，中港河是潮阳区和平镇及潮南区两英镇、峡山街道、胪岗镇的主要排洪排涝枢纽，由于历史原因，淤泥下沉，下游河床逐年升高，水体黑臭。

对此，河长们要怎么做？和平镇镇委书记陈敏镌说，和平镇实施以镇委书记作第一总河长、镇长作总河长的双河长制，沿途下厝、新龙、五和3个社区支部书记任各自辖区内中港河段的河长。

“和平镇定期对河面漂浮物进行清理打捞，并结合各社区的实际情况开展河道清污，及时清理两岸乱丢乱堆的生活垃圾，确保河床行洪畅通。”陈敏镌说，在源头治污方面，和平镇将因地制宜在下厝单元片区筹划建设污水处理厂，铺设截污管网，使该片区的生活污水得到妥善截污，让中港河的水更清。

水有虾 >>

驻河第145天

水里有虾！是练江变好了吗？

2018年11月12日
星期一
天气：多云

记录人：唐子湉
地点：汕头市潮南区峡山街道、桃溪

立冬已过，潮南仍似夏末，阴云裹挟住了大地未消散的暑气，车流往来，汽笛喧鸣。抵达潮南已是下午，当地没有向导，天色渐暗，我和司机就近开车转了转。

峡山大溪从潮南区中蜿蜒而过，水流平静，水体颜色较深，没有明显的味道。这条颜色暗淡的河流中有许多鱼，在阴天里时不时跃出水面。

在下游桃溪附近的村落里，河畔景观工程正在施工，已经初显成效。河边，我们邂逅了一位钓鱼的田先生。他不是本地人，今年以来听朋友的推荐，才开始来到峡山大溪钓鱼。

“这里水质怎么样呢？有没有关注近来环保治河的行动？”我问。

“我是外地人，不太了解。”田先生说，“不过，在这里钓鱼一般能钓到鲤鱼，有的时候还会有白条。白条对水质的要求比较高，说明这里水质还可以。”

在峡山大溪与练江交汇处，是峡山排洪闸。在排洪闸的上游，就是峡山大溪支流，过了排洪闸，流入练江中去。正好有工作人员乘着一艘快艇在练江的河面清理打捞垃圾。船上的师傅一位姓姚，一位姓黄，我便向他们询问这几个月来清理垃圾的情况。

“以前用大船清理，一天可以清好几吨垃圾。甚至还出现过二十几头死猪，又臭又油。”提及过去那段日子，黄师傅苦不堪言。不过，他说，现在河里的垃圾比5月少很多了。

“今年9月的时候，我们发现练江里面有虾了。虾对水质的要求很高，说明水质真的变好了。”姚师傅欣慰地说。遗憾的是，到目前为止练江的虾还不常见。

现在，排洪闸下游的水面上仍然漂浮着零零散散的生活垃圾。看着快艇里刚从河里捞上来的生活垃圾，姚师傅感慨道：“练江的治理不仅是我们几个人的责任，而是所有沿河居民的责任。大家都不要往河里扔垃圾，不要污染河流，才是让练江变好的关键。”

防反弹 >>

驻河第146天

治河是一场持久战

2018年11月13日
星期二
天气：晴

记录人：唐子湉
地点：汕头市潮南区峡山街道

早晨，驱车来到峡山大溪河练江交汇处旁的羊肠小径，河堤上长满了藤蔓植物，五色梅和牵牛花点缀其中。水面时不时有白鹭掠过，俨然一幅岁月静好的图景。

安静美好的母亲河，值得每个人守护。

在支流干流交汇处、峡山排洪闸附近的几十米开外，就是峡山污水处理厂，三期项目的工地正在紧张地进行。由于大部分工程主体位于地下，地表上看不到太多施工情况。

在那里，汕头市峡山广业环保有限公司的厂长周创丰用自身的经历告诉我，河流治理任重而道远。

他是峡山街道的本地人，十多年前就开始在污水厂工作了，在这个漫长的过程里，也经历过质疑。“有的父老乡亲会问：都这么多年了，大溪为什么还是这么臭呢？你们污水厂到底做了什么呢？”周创丰回顾道，这样的质疑一直存在到2013年左右，才逐渐随着河流治理知识的普及而慢慢减少。

现在，周创丰的工作得到了更多人的理解，政府层面也给予很大支持。他最担心的问题是，环保治理的过程中难免需要经济发展做出让步，例如近来当地关闭了大量排污的服装厂，这会不会随着经济压力的增大带来反弹？

他为此感到忧虑：倘若为了经济发展重新发展产业，那么这几年治污的功效就会付之一炬；但如果在治河的过程中不能平衡当地经济发展需求，民间的经济压力也可能会引发一系列问题。这其中的平衡，需要管理者的耐心与智慧。

对于周创丰来说，十多年如一日驻守在污水厂，最大的希望是能让母亲河回到过去的水质。“我们小时候，是在峡山大溪里游泳的。”这句话或许已经对许多人说过了而显得有些波澜不惊，但这就是治河人的念想。

铺开了！ >>

驻河第147天

村里的排污管道铺开了

2018年11月14日
星期三
天气：晴

记录人：唐子湉
地点：汕头市潮南区、和平镇

驻河的第三天，我决定到上游看看。

循路逆流而上，峡山大溪在不同的流域展现出了截然不同的样子。在村落里，河流还十分清澈，但再往前走几百米，一股恶臭扑面而来。这儿的河流竟像一潭死水，又黑又臭，垃圾覆满了水面。田野间，黑绿色并且泛着恶臭的河水让人不忍直视。

事实上，解决排污问题才能从源头上解决污染。为了了解村镇里的排污治理，我来到和平镇的练北社区，走访村镇治河的基层情况。

练江的支流在镇子里缓缓流淌，河边的道路正在施工，原来是治污管道的铺设工作正在展开。练北社区党支书、居委会主任张荣宣介绍，社区目前已经开始铺设的排污管道接近2公里，总共主管要铺4公里，希望能在春节前完工。

“在治河的过程中，有没有遇到什么困难呢？尤其是在动员村民方面，我们来的路上看到管道施工影响了道路通车，可能有的管网还会影响居民住宅，这些问题是怎么和居民沟通的？”我问。

“我们召开了村民代表大会，管网表面是政府工程，但说到底，还是为了民生，为广大民众谋利益、谋幸福。村民也比较想得开，如果遇到小部分想不通的，干部去做思想工作，可以协调。管网的铺设过程中遇到建筑物，可以转一下弯儿嘛。”张荣宣说。

“遇到比较固执、不愿意配合的村民怎么办？”

张荣宣说：“在潮汕，邻里关系非常紧密，而这也在一定程度上帮助了治河工作的开展。一些年轻的村民，比较容易接受治河的工作宣传。如果有比较固执的村民不愿意配合环保治理，但邻居和他说，‘算啦，为了民生，大家都退一步’，说不定就可以协调了。”

这是基层宝贵的治河经验，村民间的互助和相互教育，促进了污染治理自下而顺利展开。

看数据 >>

驻河第148天

数据里看治河效果如何

2018年11月15日
星期四
天气：晴

记录人：唐子湉
地点：汕头市市区

今天，我到汕头市参加了新闻发布会。汕头市练江流域综合整治领导小组办公室发布的一系列数据显示，练江流域综合整治取得了阶段性成效。

其中，2018年6月水质自动监测站监测结果显示，6月以来，练江流域汕头段干支流水质指标呈下降趋势。国考海门湾桥闸断面的检测结果显示，水质指标已有明显改善。

此外，汕头市练江流域综合整治领导小组办公室表示，练江流域汕头段15条重要支流的水质也较6月有所改善。

不过，取得了阶段性的成效并不意味着大功告成，治河是一项长期的工程，需要持续的投入。截至2018年10月底，练江流域综合整治已累计完成投资106.74亿元。汕头市政府今年将筹措20亿元投入练江流域综合整治，8月已拨付两区6亿元。

今年以来，汕头市开展的五大专项整治行动也初见成效。今年以来，共投入资金2.33亿元，开展练江流域干支流“五清”专项行动。

针对生活垃圾，当地实施了“潮阳无垃圾”大会战百日行动、“潮南练江大清洁整治”行动，共清理生活垃圾25.92万吨，目前已基本做到日产日清，最大限度消除垃圾污染源。

而在畜禽养殖污染整治方面，今年6月以来，共清理拆除非法养殖场户548家、养殖栏舍面积14.22万平方米，练江流域的生猪养殖量明显减少。

此外，通过开展环境违法行为专项打击行动和“散乱污”专项整治行动，整治排污企业。截至10月底，潮阳、潮南两区已关停取缔564家企业（场所），落实升级改造153家。

从强有力的五大专项整治行动可以看出，汕头治河的力度与决心很强，执法力度持续加大，污染源不断减少，为练江的水质改善打下了基础。

不害怕 >>

驻河第149天

“大家心情舒畅心胸开阔了”

2018年11月16日
星期五
天气：晴

记录人：黄应来
地点：汕头市潮阳区谷饶镇溪美村

都说练江污染严重，百闻不如一见，今天我驱车来到谷饶镇溪美村，第一次来到练江边。车一进村，我发现翻修过的水泥道路宽敞而平整，空气中并没有明显的异味。谷饶溪是练江的一个支流，全长约3.1公里，经北港河汇入练江干流。

到达溪美村村支部，我就发现空气有了变化，能嗅到气味。原来村支部就在河旁，在谷饶镇溪美村党支部书记、村级河长张楚镇的引领下，我见到了谷饶溪。只见河这岸修整过的道路宽敞，视野开阔；河对岸一台挖掘机正在作业，在拆除旧建筑。

“村容村貌和过去比变化很大，空气也好了很多了！”张楚镇回应了我的疑虑。原来在整顿前，河道两旁被各种违建房子包围簇拥，主要是小档口，生活污水直接排到谷饶溪，导致村道拥堵、河水乌黑臭气熏天，人居环境很差。

从省市部署练江整治后，谷饶溪是其中一个重点，汕头市市长亲自挂点谷饶镇溪美村。对于溪美村来说，整治的第一项工作便是拆除违建。这也是最难的。

7月18日，一声令下，十余台机器开进溪美村，对违建开始全面拆除。短短5天，25户共3000多平方米的违建被拆除。

高效的背后却是村委会做了大量沟通解释工作，毕竟这些违建不是一天两天建成的，是数十年遗留的历史老账，也是这些村民的生计或住所。

“真正到拆除的时候阻力并不是很大，因为大家看到了政府的决心。”张楚镇说，这是大家共同生活的家园，大家也都希望这个环境治理好，虽然开始有反对声，但后来支持的村民还是较多。

但这其中的压力、酸楚和辛劳只有张楚镇最清楚，在拆除前遇到了一定阻力，甚至有人威胁他的人身安全。有上级政府部门的“撑腰”，张楚镇并不害怕，而是坚定地执行。作为“外来和尚”（张楚镇是隔壁村的），张楚镇对溪美村的情况并不陌生，在开展工作时反而没有利益牵绊。

拆除违建工作开展以来，村民们对张楚镇带头的村委会更为信任和拥护了。随着村居环境的好转，张楚镇明显感受到“大家心情更舒畅、心胸更开阔了”，他自己也有了细微的变化——白头发增多了。

从小学老师、乡镇干部到村支书，张楚镇的身份一直在变，但他一直在为家乡做事。谈到为何要接手溪美村时，他还是朴实地笑笑说：“人嘛，年轻的时候总要做点事情，这样到老了就不会有什么遗憾。”

经过整治后的河道两旁变得整洁起来

遇漫堤 >>

驻河第150天

巡河中发现漫堤

2018年11月17日

星期六

天气：晴

记录人：黄应来

地点：汕头市潮阳区谷饶镇

我今天来到谷饶镇镇政府，采访该镇副镇长、河长办主任郑桂峰。郑桂峰在他的“办公室”接受了我的采访，这个办公室比较特殊，里面还摆了一张床，加上旁边的办公桌，显得十分逼仄。

“这其实也是我的宿舍。”郑桂峰说，自练江整治工作开展以来，他比以前更忙了，“5+2”“白+黑”是他的常态。自今年5月开展“五清”行动（清污、清障、清淤、清违、清漂）以来，谷饶镇加大练江流域干支流（谷饶溪、官田坑）整治力度。

“首先我们是清拆，拆除河道两旁违建物，取得了明显效果。”郑桂峰介绍，谷饶溪拆了13000多平方米，涉及到四个村，都是占河道违建的；官田坑拆除了9000多平方米。

据他透露，清违、清漂和清污已基本完成，目前治理工作进入清淤、清障阶段。清淤的具体工作为，将河段围堰，抽干河水，然后到里面去清挖淤泥。“要消除黑臭水体，首先就要把淤泥给挖掉。”

作为镇级河长，巡河也是郑桂峰的日常工作。目前，巡河已作为广东的一项制度固定下来。他既是该制度的执行者也是支持者。8月29日，郑桂峰在溪美村巡河，那天刚好下大雨，他发现漫堤了，于是马上紧急指挥人员用沙包加固堤防，避免了河堤被冲垮。“我们河长巡河就是这样，发现问题要第一时间解决。”

事实上，这样的突发事件并不少见。郑桂峰还记得，今年7月的一个下午，他接到镇党委书记一个电话，书记在官田坑发现有漂浮物，是一大片水浮莲。郑桂峰马上组织人手去打捞，“这其实是从上游漂下来的，但到了我们这段就要打捞掉。”从下午5点多忙活到晚上12点多，十来个工作人员打捞了7个小时才全部清理掉。

“首先我是一名党员，说到就要做到；我又是当过兵的，养成了说到做到的习惯。”郑桂峰说。

倒计时 >>

驻河第151天

与时间赛跑

2018年11月18日
星期日
天气：阴

记录人：黄应来
地点：汕头市潮南区

根据广东省部署及汕头市相关文件要求，从2019年1月1日起，当地环保部门不再对园区外的印染企业核发排污许可证。那么这些园区建设情况怎样呢？今天我来到潮南区纺织印染环保综合处理中心，了解园区建设进展及相关企业情况。当我驱车来到该中心时，只见到处都在施工建设，道路管网、厂房建设、污水处理厂等都在加快建设中。

据潮南区纺织印染环保综合处理中心管理办公室主任陈松湖介绍，园区规划为77家通用厂房、52家自建厂房，基本满足了潮南区所有印染企业的需求，“现在有6家已经在建（厂房）了”。

“污水处理厂一期已经具备运行条件，配套的热电联产项目到下个月底也具备运行条件，现在已经完成总工程量的80%了。”陈松湖乐观地说，园区的规划是争取在明年3月底之前能够具备供气、供水、污水收集处理条件；争取到明年6月底实现正常运行。

与园区如火如荼建设形成鲜明对比的是，随着大限将至，潮南区100多家印染企业感觉身处寒冬，盼望政策能网开一面。

“（强制入园）对我们行业的影响肯定是比较严重的，可能对产业链造成很大的断裂。”潮南印染行业协会会长钟进城表示担忧。他透露，印染企业的担心是，入园需要一段时间，如果从1月1日起园区外不能生产，而那时新的厂房又还没建好，就会造成生产停滞。

钟进城列举了可能存在的几大问题：设备停下来会荒废掉，债务问题会加剧，还有客户和工人流失。“汕头地区外来人口本来就少，如果流失掉很难再招到。”钟进城说。

村民变 >>

驻河第152天

种树、清河流垃圾，村民从不理解到点赞

2018年11月19日
星期一
天气：晴

记录人：刘倩
地点：汕头市潮南区司马浦镇美西村

不到9点，我们就到了潮南区司马浦镇美西村，车转入村里，眼前的一幕场景让我惊讶：村里祠堂前面的池塘非常清澈，几名村民在池塘边洗衣服；隔着一池清水的南边，数十亩绿地树木郁郁葱葱；再旁边，村民活动广场绿地中间散步道蜿蜒，还设有老人健身器材和儿童游乐设施；村里到处都有垃圾分类的垃圾桶……

都说练江污染严重，周边环境却不脏乱差，驻河第一天的我有点儿诧异。"村里以前水泥路崎岖不平，车开过去扬起一大片灰尘。这些破烂的墙修整以后才变得这么漂亮，外地人经过说不比汕头市区里的公园差呢。"村民自豪地说。

"我们这里六七十亩都用来种树了，很大一片林子。当时村里很多人不理解，说这里离国道不到200米，建厂房出租多好。"美西村党委书记、村委会主任郭锡源指着池南边一片树木繁茂的绿地告诉我们，"原来这里是村里的废弃地，杂草丛生，一些村民还经常往里面扔垃圾。这片空地种上树，改善了生态环境，也给村民提供了一个活动空间，现在大家都觉得这个主意不错。"

在河流治理的过程中，美西村注重综合环境的改善，郭锡源介绍，去年6月以来，美西村根据上级的工作部署，积极组织开展"百村示范、千村整治"美丽乡村建设行动。投资580多万元建设8个项目，包括广场、公园、进村绿道、篮球场、门球场、老年人活动广场、儿童活动广场、公厕、市场等改造建设，全面改善乡村生态环境，为村民提供健身休闲的好去处。

"现在水越来越清，很多村民都在里面洗衣服。"郭锡源说，环境变好了，大家也都珍惜爱护起来了。"村子变美了，村民也都变得比较自觉，现在基本不会乱丢垃圾。毕竟是自己的家园，要靠自己爱护。"村民大叔这样告诉我们。

据了解，由于管理有序、村容村貌整洁，美西村先后获得汕头市"文明村"、"平安村居"、"百村示范、千村整治"美丽乡村建设示范村和潮南区"创文强管示范村"等荣誉称号，去年还步入中国"淘宝村"行列。

起外号 >>

驻河第153天

党员带头示范，书记成了“捡垃圾书记”

2018年11月20日

星期二

天气：晴

记录人：刘倩

地点：汕头市潮南区司马浦镇美西村

美西村不仅风景美，村里管理经验先进，在党建方面也一直十分注重。在参观完美西村的美景和设施之后，今天，美西村党委书记郭锡源主要跟我聊起的是美西村的党建工作在练江治理中起到的作用。

“我们村的党员干部都自觉发挥带头作用，环境卫生等事情都走在前头，比如河道治理就能发挥党组织示范带头作用，一些不文明行为能上去制止。”郭锡源说，党员干部先做，看到垃圾就捡起来，村民就会逐渐被影响；听到河里哪里有垃圾马上组织打捞，起到示范作用。“我们先做，大家会学。”郭锡源说，村里日常事务都非常公开透明，什么事情都会跟党员、村民代表公开，经常组织学习，贯彻学习会议精神。“现在汕头练江综合整治下的决心很大，家家户户都知道都了解。”

“我们每天都到河溪巡查2次，发现问题，马上处理，河面保洁员负责清理垃圾杂物，群众对河面垃圾进行监督。”郭锡源说，在落实“河长制”的过程中，美西村“两委”干部分别担任村内各条河涌的河长，加强巡查监管，发现有偷排污水等现象立即落实整改，并报请有关职能部门查处。同时，通过购买社会服务增加河道清理次数，保持河面清洁；定期出动挖掘机、吸污泵等机械清理河道沉积垃圾和淤泥，扩大溪河存水量。

“明确责任人，全面清淤清障，严格落实‘河长制’起到了关键作用。”郭锡源表示，如今，作为该村寨前渠至后河沟段河长的郭锡源每日都会坚持巡查2次，督促河面清洁人员做好日常打捞工作，并时刻关注天气预报，确保各出水口畅通，提前做好各项预防工作。“我每天都随身带着水质检测的器材，看到不太对的马上验，因为每天看已经非常了解了，我现在被村民叫做‘捡垃圾书记’。”

郭锡源说，他们也还是有困惑的地方，因为上游还是会有一些不法企业偷排，虽然有时候去抓，但是不一定能抓到，抓不到源头就没法治理。

另外，由于美西村地势低洼，再加上以前河道不畅等原因，过去一遇到大雨或台风天气，内涝现象就时有发生，严重影响群众的日常生活。“以前水好几天都退不了，现在好多了，一般当天就能退，说明清淤清障工作取得了成效。但是之前‘8•30’水灾还是受到了影响，所以年底前还是要大清理一次。”郭锡源说。

“新饭碗” >>

驻河第154天

拆违拆掉了“旧饭碗”，要通过产业转型找到“新饭碗”

2018年11月21日

星期三

天气：晴

记录人：刘倩

地点：潮阳区铜盂镇铜钵盂社区

驻河的第三天，我们从潮南来到了潮阳区铜钵盂社区，这个社区南临练江，也是练江流域治污的重要社区力量。

铜钵盂社区党支部的路口，因为施工封了起来。“正在打井，就是为了建设管网。”社区河长郭桂波说，现在正在大力推进管网基础设施建设，村里也很配合，“投资大、推进快，元旦前村里的任务就要完成”。

郭桂波介绍，该社区有党员107名，支部委员5名。

在推动练江治理方面，村里组织了党员宣誓活动，也组织了党员去巡河。特别是在练江拆违过程中，把党员组织起来去做说服和宣传工作。郭桂波介绍，原来在练江边有几家屠宰场，已经在那里营业了几十年，养了很多猪啊牛啊的，村里多次组织党员干部上门做工作，终于拆掉了这一批违建。“这工作很难做，因为拆了以后人家饭碗也丢了，就是先关停，以后还要再帮助村民转型才行。”郭桂波说，明年1月1日印染厂要全部关停，以后都要搬迁到印染产业园区，集中生产、集中治污，达到排放标准才能排。

“每个家庭每个成员都对保护练江有义务、有责任。以前高温就水臭，现在基本上都不会了，大家也都能切实感受到环境变好给生活环境带来的改善。”

“其实练江治理八个字：断源、截污、清淤、修复。”郭桂波建议，整个练江整治资金投入要有连续性，现在宣传到位了还是要上下内外齐心，包括乡贤也要多出力。比如整治出来的岸边做绿化、休闲公园，可以做一些旅游。每个村做一个利用规划。

第二个产业升级，就是饭碗问题，“现在我们把源头断掉，这些产业特别是这里的服装、内衣等产业，印染都是其中一环，断掉之后，对地方经济有影响，产业转型资金投入也要适当投入。”

第三个建污水管网，因为潮汕人多地少，建筑密集，管网肯定会影响到周边一些居民，是不是不要一条管埋那么长里程，还是说可以分段，比如浙江每个边远村自己搞一个小的，投资没那么大，全村的收集到那里三级处理。去黑臭，达到国家标准就行了。

铜钵盂社区南临社区面临练江，是治污的重要社区力量

解最难 >>

驻河第155天

管网建设最难和最重的工作已解决

2018年11月22日

星期四

天气：晴

记录人：袁佩如

地点：广业环保集团练江（潮阳潮南）环境治理项目部

中午时分，我到达汕头市区，随即赶往广业环保集团的练江（潮阳潮南）环境治理项目部。

广业环保集团公司负责的8个污水处理厂和配套管网建设项目分布在潮阳、潮南区，同时还负责朝阳区纺织印染厂产业园环保设施的投资、建设和运营，所有项目要在明年6月前完工，工期非常紧张。当前是施工的黄金期，项目部里人来来往往，异常忙碌。

在项目部，项目副总经理宋平接受了我的采访。气喘吁吁的宋平刚从工地赶回，接受采访时还在不停地擦汗。“七个污水处理厂区项目已完成清表、平整、打桩，部分已开展建构筑物的施工，各管网工程项目都已多点作业。”多点开花的工程，使宋平每天都要奔波在几个工地之间。

据宋平介绍，项目最难和最重要的工作已经获得基本解决。“目前总体上完成了730多公里的管网布置和图纸设计工作，这是此次项目建设的重点和难点。”宋平说，在这方面潮阳和潮南区政府、镇政府、各居委会村委会以及设计单位做了大量的工作，如科学布置管线走向、各管线路实地踏勘、广泛征求村民意见。

在宋平看来，省市区各级政府非常重视练江流域环保基础设施项目的建设，既要实现练江水环境质量改善的目标，也要按照项目管理要求开展好各项工作。因此，如何在短时间内合法合规、高质高效地建设好管网项目，一直是广业环保集团的工作重点之一。不久前，广业环保集团已经在国家特许经营权相关要求范围内得到潮阳区、潮南区的授权并签订了特许经营权协议，目前在积极推动合规性手续的完善。

国企的担当也在项目中充分凸显。由于项目时间短、开工快，在完善手续的同时，还要在短时间内筹措大量资金。由广业环保集团承担的项目投资资金超过100亿元。前期开工的资本暂时都由广业环保集团在筹措，突出了国企在重大关键民生问题上的担当精神。

这招妙 >>

驻河第156天

快马加鞭，练江整治管网建设党员做先锋

2018年11月23日
星期五
天气：晴

记录人：袁佩如
地点：汕头市朝阳区324国道旁管网施工现场

今天，我跟随广业环保集团到汕头市潮阳区324国道旁，采访管网建设的现场情况。这是其中一个污水处理厂配套管网经过的地域。

驱车一路前行，配套管网不少地区途经农户农田。宋平介绍，这段路段的农民对于管网的建设比较支持，征地工作进程顺利。目前，施工的现场已经完成清表、平整的工作，不少路段已经在挖土准备填埋污水管。

工程建设特别是管网建设期间不仅会涉及征地、拆迁等问题，还会给日常生活等带来诸多不便，但从现场情况看，项目部与农民有沟通、有理解、有支持，建设工作都在顺利实施。宋平说，综合考虑地方的生产、生活、民俗等，项目部正在科学开展施工组织设计，先干管后支管，加强施工力量和质量，做好施工前的宣传、施工现场的安全保障、交通疏导和施工面的恢复等，取得群众支持。

在工地现场，我发现不少项目建设人员工作服上别着党徽。宋平介绍，为做好练江流域环保基础设施建设的坚强保障，广业环保集团通过党建来推动工程，有一系列的动作：一是党委发挥领导作用，形成集团党委书记挂帅的专责领导小组和成立实施建设任务的练江环境治理项目部；其次优化人员配置，将组织上信任、业务上精通、能力上出众的人才，特别是党员干部选调到练江整治的重要岗位。二是系统内进行人才选聘，发动群众，鼓励年轻有干劲、有作为的同志到一线锻炼，建立人才发展的通道。三是项目现场建立临时党支部，发挥党组织和党员在工作中的战斗堡垒与先锋模范作用。“现在在工地，都是党员冲锋在最前面，我们项目几位党员自从来了汕头之后就没有回过广州的家，日夜奋战在练江治理的最前线。”

团队战 >>

驻河第157天

确保工期仅靠施工单位是不够的

2018年11月24日
星期六
天气：晴

记录人：袁佩如
地点：粤海汕头水务公司（潮南粤海环保公司）

今天，我来到粤海汕头水务公司，不久前，为推进粤海集团在练江管网的建设，这里加挂了潮南粤海环保公司的牌子。粤海集团负责汕头市项目中潮南区陇田、陈店、司马浦污水处理厂二期及管网工程投资、建设和运营，三个项目总投资49亿元，新建污水处理厂规模12.5万吨/日、污水收集管网约302公里。

粤海汕头水务公司董事长兼潮南粤海环保公司董事长曾伟华介绍，8月27日，粤海集团在汕头市潮南区陇田、陈店、司马浦污水处理厂及管网工程项目指挥部挂牌成立。10月24日，汕头市潮南区政府和粤海水务在汕头市签署了练江流域潮南区陇田、陈店、司马浦污水处理厂及管网工程项目特许经营合同。根据特许经营合同，粤海水务迅速在汕头市潮南区注册成立项目公司。这是加快项目建设和加强运营管理的重要举措。

目前，为了练江项目，粤海水务集团抽调了40多名管理和技术专业骨干作为潮南工程项目指挥部的中坚力量。潮南污水处理厂管网工程项目总投资49亿元，粤海水务充分利用粤海集团资金链筹措优势，迅速采取资金融资和集团内部资金池借款的多层融资渠道。目前，粤海集团需要筹措的资金已经基本准备就绪。

但是，工期如此紧张的情况下，曾伟华不敢有任何放松。“确保工期，仅仅靠施工单位的力量是非常困难的，还需要各级政府和施工单位的共同努力，才能完成省政府下达的工程建设目标。”为此，他对快速推进工期提了两点建议：一是工程项目建设需在村镇、街道中间铺设大量管网，要取得居民的支持和理解。为此，政府部门要着力做好宣传工作，如“治污、纳污造福子孙后代”“绿水青山就是金山银山”的理念传播，以及正面利用“8•30”暴雨造成潮南内涝，进行污水管网建设必要性的宣传。二是工程项目建设要配合汕头市创建全国文明城市和“美丽乡村”建设，施工单位要勇于担当有作为，加强安全文明施工管理，有效避免和减少施工对居民的影响和干扰，确保工程按进度高质量推进。

"二"打"三" >>

驻河第158天

练江"大草原"不见了

2018年11月25日
星期日
天气：多云

记录人：王彪
地点：井都镇练江干流沿岸、汕头市水务局

到汕头前，看以往的报道，对传闻中的练江已做足了心理准备，但到了现场才发现和想象中的场景并不一样。

在井都镇练江干流沿岸，既看不到铺天盖地的水浮莲，也没有布满水面的各种垃圾，江面辽阔，不时有三两飞鸟掠过，走到岸边可以看到水质虽然仍有些浑浊，但还算干净，可能是最近天气的原因，水流不是很急，江面上还偶尔能看到小渔船的身影。

和数月前同一片流域的照片相比，不得不说变化之大。汕头市水务局局长谢宋彪用"两个前所未有"道出了其中缘由：一是源头治理，断源截污力度前所未有，以壮士断腕的勇气打击取缔878家偷排、漏排的"散乱污"企业和流域内沿河1公里内的707家禽畜养殖场；二是清漂专项行动强度前所未有，练江各级河长短时间内组织一场声势浩大的水浮莲歼灭战，出动20万人次，机械6.7万台次，投入资金1.9亿元，打捞水浮莲等漂浮物68.8万吨，使练江干流全面彻底消除原来的"大草原"景象，使流域水环境得到明显改善。

"以前是九龙治水，现在是河长制统一协调，以前河长'有名'，现在河长'有名'更'有实'。"谢宋彪感叹说，现在是部门互动、上下联动、全民参与，特别是在贯彻落实河长制的过程中解决了"有人认河""有钱治河""有章管河"三大难题，这才使得练江整治有了不错的成效。

遇地震 >>

驻河第159天

被“震醒”的练江整治？

2018年11月26日
星期一
天气：多云

记录人：王彪　张伟炜
地点：潮阳区区政府周边

由于前一天到得比较晚，早上接近8点还“赖”在宾馆床上。突然感到房间轻微抖动了两下，大概缓了一缓，窗户连续“哐啷”作响，还疑心是风吹的，接着整个房间又晃动起来，这才惊觉是地震来了，来不及穿衣，根据了解的一点防震知识，刚躲到卫生间，震动很快停止了。

我打开窗户观察，外面却并没有发现惊慌失措的人群，一两分钟后，汕头街巷中摩的飞驰的声音照常响起。一个偶发的地震在这座城市并没有引起什么波澜。［注：2018年11月26日7点57分，台湾海峡南部（23.28°N，118.60°E）发生6.2级地震，震源深度20公里，福建沿海地区普遍有震感。］

到汕头前，我得到的任务是，负责练江整治追踪报道的收尾采访，补采一些之前没来得及采或是需要回访的任务，首站安排的就是专访潮阳区委书记。整体感受最深的是当地政府官员对此前中央生态环境保护督察“回头看”批评的接受态度，“感谢”这个词几乎是每位官员或工作人员必定提到的关键词。

“汕头常住人口特别多，练江干流71公里两岸居住人口超过500万人，沿岸乡镇企业生产垃圾无序排放，缺少环保治理措施。20多年前，汕头市各级人大代表就呼吁练江整治，但是落实力度不够，难度也大，干部群众信心不足。”汕头市潮阳区委书记、潮阳区第一总河长蔡永明说。

和早晨的地震相比，6月“回头看”对当地政府的“震动”更加清晰可见。不过，这种态度上的转变能否化为切实的整治实效，仍待接下来几天的走访加以验证。

快"让道" >>

驻河第160天

违章建筑为"河"让道，水质仍待提升

2018年11月27日
星期二
天气：小雨

记录人：王彪
地点：潮阳区谷饶镇溪美村

大约20米宽的河道被生锈的铁质护板隔为两道，水质发黑，偶有游鱼。站得近了，还是能闻到一点异味。河道两岸，占用河道的数十栋违章建筑已经被拆除，几截砖石墙伸到河道的一半也已被拆，但痕迹依旧清晰看见。

这里是位于潮阳区谷饶镇的谷饶溪。我所在的这个村还有个很美的名字：溪美村。

然而，这里的村民说，曾经溪美的村子，在过去的十多年里却是"名不副实"：河道垃圾遍布，各种违建几乎占去一半河道，特别是这里地势低洼，每逢大雨，河水漫上堤岸，垃圾充塞街巷。

说到地势低洼，还真是特别明显。昨夜潮阳区下了一场雨，其实雨势并不大，但却已经让这里的溪美村公共服务站的一楼泡在水里，进出都需要借助临时搭的木板。

违建是这个村河道整治难啃的"硬骨头"。谷饶镇分管环卫的党委委员黄楚文告诉我们，这里的违章建筑属于20世纪80年代开始建设的，已经显得很旧。居民长期居住，因此对于拆除有抵触情绪。

"拆违建哪里是那么容易做的。"黄楚文说，占据河道的建筑中有23家都是开设的小档口，只有3户不仅开设档口，还实际居住，这3户中又有2户直接把家安在河道的违建中，比较棘手。经过党员干部的反复谈心，有1户思想做通，但另一开自行车修理档口的住户坚持要求土地补偿。直到2018年7月17日，在正式拆违前一天，考虑到住户的实际生活困难，经过谷饶镇委书记协调，从溪美村集体用房当中，找到一部分空间用来安置该户档口的维修设备。7月18日开始的五天里，这里共拆除了25户共3100平方米，后来又发现3户共200多平方米违章建筑，也顺利拆除。

走访中，这里的村民对拆违基本认可，不过他们最关心的还是政府接下来怎么干。拆除了旧的违建，河道拓宽了，垃圾也变少了，今后谷饶溪将会如何？村民很是期待。

千斤鱼 >>

驻河第161天

从垃圾围村到天天捕鱼

2018年11月28日
星期三
天气：多云

记录人：王彪
地点：潮阳区铜盂镇胜前社区渡仙村

渡仙村，是此次走访的第二个村。不得不说，汕头的村庄名字一个比一个美。和溪美村不同的是，这里的环境还是不错，不管是水质还是村容村貌。令人惊喜的是，这里的村民说，现在村里人又开始打鱼了。我们立刻要求这个村的河长许湘江带我们过去看个究竟。

跟着他穿过村庄，上到练江堤坝，果然看到有六七条渔船靠在岸边，两位渔民正在各自的船上收拾渔获，每条船大概有十多条大小不等的活鱼，最长的目测至少有40厘米。此时接近傍晚，因此河水显得有点幽深，但并无异味，也看不到什么漂浮物，不时有飞鸟在周边盘旋。

“现在水质好了，捕鱼的人又多了起来，我每天从村旁边的河道出发，顺着水流一直到练江出海口捕鱼。”50多岁的渔民陈招洋说，以前渡仙村是远近有名的渔村，自己年轻时就开始在练江捕鱼，是有着20多年捕鱼经验的老渔民了，从大概10年前，练江水质变差，很多人停止捕鱼。

“以前垃圾多到渔船都走不出去，现在不会那样黑臭。环保搞好，可以捕到鲶鱼、草鱼等好多种类，下午两点多开到潮阳金洲大桥，到夜里十一二点，可以有四五百斤，好的话一条船可以有一千斤。捕完后小的送到和平镇渔场打鱼丸，大的活鱼就拿去市场卖，一斤活鱼大概可以卖到七八块钱，自己也吃，很多人都吃过。”

“以前的水太黑太臭，水浮莲太多，现在的水好些，有很多鱼，一天可以打六七百斤鱼，大的就送到菜市场卖，一天可以卖四五百块。”陈招平年轻一点，可能是有点紧张，说话有点口吃，但对整治前后的比照同样深有感触。

练江办 >>

驻河第162天

探访练江整治信息中枢

2018年11月29日
星期四
天气：阴

记录人：王彪
地点：汕头市练江流域综合整治领导小组办公室

经过前面两天的了解，我发现，练江整治工作可谓千头万绪，那么，这些工作的梳理和数据汇总在哪里，又是如何处理的？我在同事的协调联系下，来到练江整治的“信息中枢”——练江办。

“2018年6月，汕头成立练江整治指挥部和领导小组，现在我们练江办就是专职负责协调、监督练江整治推进工作，落实领导小组工作部署，指导各县区和部门工作，还有汕头市人大、市政协也都动起来了，总之一句话，我们已经形成了合力。”对于练江整治的情况，练江办副主任刘燕飞说。

很快，我们面前的桌子就被各种资料占满了：从各种报告文件到环保基础设施一览表，从15条重要支流流域示意图到绿皮书的综合整治方案。

特别引起我兴趣的是其中的两个。

其一，是2018年1—9月水质变化趋势显示，无论是海门湾桥闸还是秋风水、北港河、峡山大溪等支流，化学需氧量、氨氮和总磷等各项污染指数下降趋势都非常明显，到9月都已基本达到所谓的“标准线”——也就是地表水环境质量Ⅴ类标准，换句话说，距离摘去“劣五类水”的帽子不远了。根据另外一份资料，2018年10月，练江干流及重要支流的COD和总磷均已达标，氨氮指数仍超过Ⅴ类标准。

其二，是“一河一策”整治方案。每条支流由哪位市领导负责、支流水质情况、流域人口数量、污染来源，整治工作目标和工作要求等都一一列明，可谓事无巨细。“很多领导不是环保专业出身，所以我们每个月对每条包干河流的整治进度、效果和难点还要提出月度报告，提出目前问题和下一阶段整治建议。”刘燕飞说。

最有效 >>

驻河第163天

污水管网比任何宣传都有效

2018年11月30日
星期五
天气：晴

记录人：王彪
地点：汕头市潮南区峡山街道

峡山大溪在练江流域治理当中起步较早，具有比较典型的借鉴意义，因此也是此次走访的一个重点。

潮南区峡山街道大宅村的周边河流，表面看起来有点接近绿色，虽然闻不到什么异味，但走近了还是能发现水质并不清澈。

“由于上游有工业污水排放，加上污水管网尚未建成投用，生活污水直排入河，导致近年来这里水质比较差。”大宅村的村支书郑坚宏说，以前也会宣传环保，但没有污水管网，宣传得再好也效果有限。

这一点也在峡山街道党工委书记赵创英那里得到证实。

“说实话，我们确实压力大，但大家也是都很给力，我们要化压力为动力。”赵创英告诉我们，目前管网建设相关程序在保障安全和质量情况下可以从快从简，部分项目可以边施工边完善手续，目前污水管网、污水处理厂三期、峡山大溪清淤和配套景观建设等投入合计将达10亿元以上。赵创英还告诉我们，管网建设中基层党员干部发挥了关键作用，练江整治的调查工作中，很多都是整个党支部去做。

在大宅村就是这样，2000多米的管网建设分段落实到每位村两委干部身上，村里的理事会也对整治工作非常支持。在项目推进过程中，村委也和设计人员积极沟通对接，尽量减少对居民生活的影响，经常利用村民代表大会、党员大会等活动宣传，还通过学校学生向村民写信的方式，提高村民环保意识。

维护期 >>

驻河第164天

整治升级，从清除垃圾到生态修复

2018年12月01日
星期六
天气：晴

记录人：王彪
地点：汕头市潮南区峡山街道桃溪社区

今天是到峡山街道的第二天，这里的村干部强烈建议我们到附近的一个生态修复点看看。

在村民的指点下，我们来到一处水边。这里的河岸有仔细修缮后的痕迹，水质的清澈程度为到汕头以来所罕见，近岸二三十厘米的水深，可以看到灰黄色的细沙。两艘小船在来回穿梭打捞河面垃圾。

了解后才知道，原来这里就是峡山大溪支流生态修复点，可以说是练江各支流整治的一个样板。虽然看起来范围不大，却涉及上下游4个村，共投入3900多万元。修复点旁边的一个施工计划线路图显示，这个修复点从2016年开始建设，经过一年建设期，现在属于三年维护期，除了可以看到的河岸整治和垃圾打捞之外，还引入种植特意选择的水生植物用来吸收氨氮。

这里的村民说，2016年之前，上游几个村的垃圾都会在这里堆积，臭味很浓烈，整治后效果确实很明显，基本没有臭味，水清洁很多。

“我们这有居民超过9400人，今年8月之后，社区的污水管网铺设速度很快，目前正在做收尾工作，年底可以投用，污水将全部排往峡山污水处理厂。”桃溪社区居委会副主任周庆声说。

这几天观察到的水质情况没有预想中的恶劣，练江办提供的数据也佐证了这一点，但是要等练江全部支流都能达到这个修复点的水质和环境整治，练江整治的工作依旧是任重而道远。

能游泳？ >>

驻河第165天

蛤蟆石山下的“泾渭分明”

2018年12月02日
星期日
天气：晴

记录人：王彪
地点：汕头市潮阳区和平镇

在此前采访中，得知潮阳区生活垃圾焚烧厂已经进入点火调试阶段，和污水管网类似，这一项目对练江整治相当重要，于是决定不打招呼实地走上一遭。

根据拿到的一份练江流域整治项目分布图，我和司机师傅“按图寻路”，在地图上标注的地方，未看到焚烧厂踪迹，却发现一处水库。根据地图标记，该水库名为牛踏内水库，我沿着水库堤坝原本只是想问下路，没想到却看到一些小汽车和摩托车停在堤坝一侧，几乎排满，再向水库放眼看去，隐隐约约的都是在水库游泳的人影。

“这里的水很干净，我们每周都要来这里两三次，大人小孩一起来。”一位只穿短裤的当地居民一边抽烟一边告诉我，这个水库不仅水质好，周边环境也好，很多人都会开车到这里放松。走近了看，这里的水确实很清澈，偌大的水面上也几乎看不到一点垃圾的踪迹，临近水库周边也几乎没有人工建筑的痕迹，看得出来这里的生态环境保护还是做得比较到位。

从水库旁边的道路向北2公里左右，穿过一条正在修建的高速公路，则是另外一幅景象。这里路上尘土飞扬，路边的河沟细而浅，水体颜色很深，走近能闻到明显的臭味，在部分地方还有一些绿色泡沫。旁边立着的一块公示牌显示，这里属于潮阳区和平镇安轿村，河道名称为“峰民黄厝坑”，河道长度为1025米。不过，值得肯定的是，周边不仅有高速公路正在修建，通往潮阳区生活垃圾焚烧厂的道路修建也正在最后的阶段，但河道周边未发现建筑垃圾堆放的情况，路上不时可以看到运输建筑材料的卡车。

继续沿着山路向上，来到蛤蟆石山旁，这才看到生活垃圾焚烧厂的踪影，现场的负责人告诉我们，焚烧厂2017年1月开始建设，11月18日开始点火调试，分为一期和二期，有3台日处理能力750吨垃圾处理设施，全部投产后日处理能力为2250吨，2018年底一期就可以发电。二期工程目前主设备正在生产，预计明年建成投产。

旅游点 >>

驻河第166天

未来未尝不是一个休闲旅游的好去处

2018年12月03日
星期一
天气：晴

记录人：王彪
地点：汕头市潮南区大溪支流

由于污染物会随着水流在下游积蓄，一般而言，越到河流的下游污染越严重。然而，这次到汕头走访练江整治之前，同事却告诉我，峡山大溪在不同的流域展现出了截然不同的样子。在村落里，河流还十分清澈，但是沿河往上游走，田间的支流却是黑绿色并且泛着恶臭，让人不忍直视。

为了搞清楚这里面的缘由，我特意按照同事提供的线索，再次前往峡山大溪，沿河查访。在西浦桥闸周边，临近桥闸的河道水质较差，而且可以看到有一些漂浮垃圾，比如各种矿泉水瓶、塑料袋和包装袋等，但是在接近西浦桥闸的地方用一个拦网拦住，也导致很多垃圾在拦网附近积聚，可能是由于富营养化，这里长满了水葫芦。

实际看到的情况，这也印证了之前走访时了解到的情况。此前采访峡山大溪部分流域河长时，有河长就表示，为了明确各河长或镇街的整治责任，会在不同行政区划之间设置拦网，这样可以确保某一段流域的垃圾不会直接流到下游去。

西浦桥闸仍在建设中，宽大的路面令人印象深刻，周边的一个在建楼盘也显示这里可能有不错的发展前景，但拦网两边的河流状况仍旧是最令人印象深刻的。一边是垃圾遍布、水葫芦丛生，一边虽然没有垃圾，但水质发黑。显而易见，拦网可以拦住各种固体垃圾，但是却拦不住已经受到污染的河水本身。不过里面还有鱼，只要静静观察两分钟，就能看到一群群的小鱼结队到水面吐泡。

桥闸周边是一个建筑古朴的村落，如果能善加修缮，未尝不是一个休闲旅游的好去处，但由于村边这条“臭水沟”的存在，无疑大大影响了生态环境的吸引力。

城市化 >>

驻河第167天

初遇练江

2018年12月04日

星期二

天气：晴

记录人：吴扬

地点：潮阳城区

今天上午9点，我拖着沉重的行李踏入了289大院，抬头看了眼高耸的传媒大厦，心中却想着几百公里外的远方。目的地：练江。

练江被称为潮汕的“母亲河”，这条全长约72公里的河流发源于普宁市的大南山，经由潮阳区海门镇汇入南海。练江和榕江、龙江共同冲刷出了广阔而肥沃的潮汕平原，在岭南地区孕育出了璀璨而独特的潮汕文化。

然而这些年来这条“母亲河”的近况不容乐观，一些水质断面的监测数据显

流经潮阳区和平镇的练江，黑色的水体散发出异味

示，自1998年以来，这条河流的水质一直为劣V类，甚至连农业灌溉都难以使用。“溯江而上，干流、支流多呈深不见底的墨色”“沿河两岸，随处可见一堆堆的垃圾，苍蝇缭绕”“河水重度污染，难觅鱼虾踪影，洗衣服都嫌脏”……在4个小时的车程中，我翻看着几年前反映练江流域污染的报道，心中有些忐忑：经过近几年的整治，水质到底改善了没有？这条“母亲河”还能恢复当年的荣光吗？

下午3点，我们的车开始进入潮阳区地界，我让司机师傅把车开慢一点，好好观察一下沿途的风土人情。这是我第一次来潮汕，一路上在车上的所见，潮汕地区独有的风貌给了我很深刻的印象。

其一就是人口十分密集，城市化程度非常高。沿途过来，已经很少能看到成片的农田，有的是连片的居民楼和厂房，村与村、镇与镇之间很难看到明晰的界限，街道上到处是熙熙攘攘的人流，说着我不熟悉的方言。

其二就是现代与落后并存，在路边到处都是现代化的工厂和新开发的楼盘，但传统的村居和老旧的楼房仍随处可见，路面也比较脏乱。

最后就是这里的聚居与水域息息相关，和北方的村镇不同，几乎每一个村、镇都是沿河而建，从村镇中穿插着一条条的河涌组成复杂的水网，最后形成完整的练江水系。

此外，我还深刻地感受到当地政府治理练江的决心，路上经过的河流边到处是正在对河岸进行改造施工的工人，几乎每一块水域都能看到“禁止乱扔垃圾”的标语，以及村级、镇级河长的公示牌。治水，绝不仅仅是在纸面上的一些数字，这项工程已经融入到当地政府的日常工作中，以及当地百姓的日常生活里。

晚上6点，我和司机住到了潮阳市区里，在房间里我按着地图给自己规划了未来7天的路线，这一周里我希望能找出治理这条河流的难点和痛点，也能见证当地干部群众一年多来努力的成果。愿不虚此行。

要细看 >>

驻河第168天

流域治理，还要经得起细看

2018年12月05日
星期三
天气：阴天

记录人：吴扬
地点：汕头市潮阳区和平镇

今天是我参与驻河的第一天，对于这条我既熟悉又陌生的练江，我出发时的心情有些忐忑。练江是粤东地区的母亲河，曾因河水清澈蜿蜒如一道白练而得名，后来却成了“黑龙”，水污染问题引起中央、省、市和社会各界的高度关注。现在，这张练江治理的答卷，到底能给多少分？

就在今天，汕头市练江整治重点项目——潮南区陇田、陈店、司马浦污水处理厂及管网工程建设13亿元中长期贷款获农发行广东省分行审批，至此，项目建设资

潮阳区和平镇某河涌，河道已经被恶臭的淤泥堵塞

金全部落实，有力助推练江流域环保基础设施建设。这消息，让人对练江治理的未来多了一分期待。

但第一天走访下来，说实话我有点失望。第一天我们选择的地点是汕头市潮阳区和平镇，练江在镇区附近一分为二又再度汇合，而我们初次停车的地点位于和平镇中寨大街，略显古老的房屋依水而建，让出生江南地区的我倍感亲切。但当我走近河边看时，却不禁因扑面而来的肮脏和恶臭而掩面。只见河道边满是塑料袋、饭盒等垃圾，有些垃圾经过常年浸泡堆积，发出刺鼻气味，让人作呕，而靠近河边的水体也呈现出黑绿色。

令我惊讶的是，当地村民对于这股恶臭似乎并不在意，紧靠河边的街道有很多小吃店、餐饮店，正值中午的时间，很多人在这里大快朵颐。对于河水的污染他们是习以为常，还是无可奈何？看到河边当地村委所立的“禁止乱倒垃圾，违者重罚”的告示，我似乎有所觉察，这场治理污染的攻坚战，也应该包括当地人环保意识的提升。

带着走访时拍的照片，我决定去拜访一下和平镇的河长办公室，把今天的见闻好好反映一下。不凑巧的是，负责河涌治理的两位干部因为“创文”今天下乡未归，我满肚的牢骚竟扑了个空。“治理肯定是需要时间的，希望你能理解。”办公室一位年轻同事有些歉意地对我说。

离开和平镇前我特地来到了临近练江干流的妈祖公园，这里视野十分开阔，坐在河边的草地可以静静地看着河水向东南流淌。远处看去河水还是正常的颜色，但我身边就是一处河涌的闸口，凑近看去闸口附近的水却是一片黑。这也是我驻河第一天的最大感受：练江治理，不能只停留在宏观数字，也要经得起细看！

纺织城 >>

驻河第169天

纺织之城谷饶：繁荣之下的污染之痛

2018年12月06日
星期四
天气：多云

记录人：吴扬
地点：潮阳区谷饶镇

“纺织之城”，这是我在前往潮阳区谷饶镇前查阅资料时，我对这座小镇的最大印象。这里以针织内衣闻名全国，且从事针织内衣生产经营的多为家庭式作坊。在网上有一张取景谷饶的照片让我印象深刻：晦暗的家庭工厂内，5个稚嫩的孩子围坐在缝纫机前装带子。纺织，已经深入到这座小镇人们生活的每一个细节中。

而我们的车开入谷饶城区后看到，街道两边的纺织工厂绵延了数公里而不绝，马路上来来往往的运输货车，还有穿着蓝色制服、骑着电动车下班的工人，无不体现出这座工业小镇的生机与活力。

然而这里的污染也让我触目惊心。我们首先在位于东明村附近的东明河边停了车，还未看到河面，我就闻到一股浓烈的化学品气味。而来到河边，只见水面上漂浮着大量黑色塑料袋和絮状的布料，河水长时间浸泡垃圾，呈现出黑绿的颜色。

到底是谁在污染水面？在河边我遇到了一艘正在作业的垃圾打捞船，船上的打捞员周叔告诉我，今天一上午他们已经在河面上打捞了整整三船的垃圾。“主要是丢弃的废布料、印染失败的残次品全都丢在了河里。”周叔说，他从2015年开始做打捞员，不过东明河的水质已经比前些年要好很多了，“国家环保抓得严，很多大企业不敢随意排污了，不过还是有些家庭作坊会偷偷这么做”。

随后，我们又来到位于谷饶西侧的北港河支流，目前这里的河岸加固工程正在进行中，河流的水质较东明河有了很大好转。但有一侧河水仍然呈现出酱紫色，散发出刺鼻的气味。我沿着污染的河水向岸外看去，那边又是一片工业园区，一道水闸将河水和废水相隔开来。

旧的不去，新的不来。建设现代化经济体系要正确把握破除旧功能和培育新功能的关系。根据汕头市规定，从2019年1月1日起园区外印染企业应全部依法停产退出。目前正在建设的潮阳区纺织印染环保综合处理中心，预计将在2019年底投入使用。在这期间如何防止园区外企业继续生产排放，给地方的环保监管带来了挑战。

城“蝶变” >>

驻河第170天

在这里见证“电子垃圾之城”的蝶变

2018年12月07日
星期五
天气：多云

记录人：吴扬
地点：潮阳区贵屿镇

今天上午我们的车驶入了贵屿循环经济产业园区，沿途厂房林立，运输车忙碌地从大门进出，而空气中弥漫着轻微的气味。厂区的工人告诉我，这是拆解电子产品产生的废气，因为园区有废气收集措施，这种程度的气味在以前算不上什么。在这里，我第一次直观地感受到电子拆解污染的严重性。

园区管委会副主任郑金雄说，在传统手工拆解的年代，电子垃圾被分布在贵屿镇的家庭作坊回收后，经拆解出铁、铜、塑料等各种金属和工业材料，“有的还能

潮阳区贵屿镇一处公园，经过多年整治，水质已经明显好转

拆出金、钯等贵金属”。

电子拆解一直以来都是高污染行业，除了产生的废气污染空气，废渣污染土壤之外，对于含金、钯等贵金属的电子垃圾，当地人则采用“洗金”方法，把电子垃圾放入硫酸中，将贵金属“洗”出来，很多小作坊“洗金”后，就把硫酸直接排进河里，严重污染了当地的水土。当时横贯贵屿的北港河，河水的酸度几乎达到了强酸级别。

“2015到2016年是我压力最大的时候，贵屿当时有20多万人口，将近一半的人在从事电子拆解行业。当时潮阳区给我们的要求是：2016年元旦之后，贵屿不能有一家园区外的电子拆解户存在。”郑金雄说。为此，公安、工商、环保等部门组成贵屿联合执法队，严厉查处取缔了一批电子拆解企业，其余的拆解户以联合组成公司的方式进入园区，进行统一管理。

“一开始这些拆解户对于进园区生产是存在疑虑的，但是不少企业现在对我反映说：幸好当初早点进了园区，终于不用再担惊受怕，被环保部门查处污染问题了！”

目前，园区配备了火法冶炼和湿法冶炼设施，运用高科技的手段使冶炼过程不会产生废气。同时，园区还有完善的废气收集装置和污水处理设施。“设备是统一配套供应的，在园区内的企业可根据其生产工序的上下游关系形成完整的产业链条，形成集聚效应。”郑金雄说，“我们园区有专门的交易市场，以前散户经营的时代，市场信息不透明，交易过程十分混乱，现在在公开透明的平台上，企业的公信力也提升了。”

镇上的空气干净了，北港河的水变清了，而十多万拆解工人的就业问题也得到了保障，在污染企业进园的思路下，经济与环境效益得到了双赢。我从郑主任那得知，如今潮阳区很多镇都来他们园区“取经”，学习产业与生态的共存之道。

罚500元？ >>

驻河第171天

社区环境维护靠政府，也靠个人

2018年12月08日
星期六
天气：晴

记录人：吴扬
地点：潮南区峡山街道

“严禁乱丢垃圾，违者罚款100至500元——沙溪居委会。”在沙溪河边，一则“简单粗暴”的告示引起我的注意。

今天第一次进入潮南区的地界，我决定先去区政府所在的峡山街道看一看。据了解，峡山街道现有33条河涌，全长约70公里，分为56段。今年以来，峡山街道结合河长制的工作考核办法，街道全面开展峡山大溪及各支流的清淤整治、两岸拆违工作，确保排洪畅通及峡山大溪全流域河道得到彻底的清淤清障。

而在峡山街道沙溪村看到的景象，让我认可了峡山街道的治水成果。在村口，一道水闸将清澈的河水与污水分隔开来，往内便是沙溪河。沿着村内全长约1公里的沙溪河段溯源而上，一路上水色清澈可见倒影，河堤两侧的花草郁郁葱葱，环境十分清幽。如此干净的水面真的是靠罚款维持的吗？在走访居民时我得知，现在他们真心很爱惜现在的环境。

“我记得政府是去年开始在沙溪河施工的，一开始我们都不知道这是在干什么，还抱怨过施工影响到我们出行。”刘姐在沙溪村生活了40多年，她告诉我过去，沙溪河一直是条污水沟，“以前就全是黑臭的，全是垃圾，路过的时候只能捂着鼻子经过。今年以来明显感觉水变清澈了，水面上还时常有水鸟掠过。”

“其实说罚款也没有想象的那么严格，主要是人们的自觉性上来了。”小张在沙溪村附近当一名汽修工人，他表示没有听说过有因乱丢垃圾被居委罚款的情况，“住在这里的人都挺爱护自家环境的，难得政府花了这么多钱把环境弄干净，我们不能拖后腿是不是？”小张说，偶尔他也会看到有人在河边丢垃圾，如果顺手的话他也会帮忙清理到垃圾桶里。

我很认同小张的观点，其实环保和环保意识是一个整体提升的过程，通过流域环境的综合整治为居民提供清洁舒适的环境，才能为居民的公共卫生意识的进步提供土壤。

"鱼米乡" >>

驻河第172天

新农村建设带动污染整治，村民的幸福感提升了

2018年12月09日

星期日

天气：多云

记录人：吴扬

地点：潮南区陇田镇

今天我们来到了潮南区陇田镇，在潮南这里素有"鱼米之乡"的美名，一条沙陇港支流横穿镇区而过，在其间形成了错综复杂的水网，几乎每个村落都依河而建，因河而生。在这里居住多年的人们，是如何评价今年以来的流域治理工作的？

首先我来到了位于镇区的浩溪社区，这里的沙陇港支流有将近2公里的河段，两岸全是人流密集的集市和居民区，然而河流仍相对比较清澈，绿水中簇拥着一团团的小鱼，偶尔有车辆经过时，水面泛起一道道涟漪——这是一条充满生气的河流。

"每天早上都会有保洁员来收取家里的垃圾，河面上有漂浮物时，也会有打捞船定期清理。"住在河边的陈阿姨告诉我，这几个月来她明显觉得河面干净了很多，往日里走在河边经常闻到的臭味也没有了。陈阿姨说，有了好的环境，现在周围的人都开始自觉注意公共卫生，乱丢垃圾、排污入河的行为少了很多。

辞别了浩溪社区后，我们随后来到了东仙社区，这里有着潮汕地区现存最大的古民居建筑群"东里古寨"，目前已被省政府批准为"广东省文物保护单位"。由于时间关系我没能在古寨中驻足游览，但村里整齐优美的村容村貌和充满潮汕风格的古民居给我留下了深刻印象。

目前东仙社区仍在进行潮南区省级（第三批）新农村连片示范建设工程项目，村内的古建筑正在翻新，沿着村口河流的护栏和村民广场也在重新建设。从广场放眼望去，是一池澄澈透亮的河水，附近的施工工人告诉我，河流的截污和污水管网的建设也是工程项目的内容，"再过几个月，这里的水还会更漂亮。"

在河边我遇到了一个正带着孙子散步的大爷，大爷普通话不好，但还是很高兴地给我指路，带着我在村里转一转。"以前河边是没有亭台桌椅这些设施的，河面上也时常漂着垃圾，这两年搞新农村建设，我们这些老人家终于有地方可以溜达了。"

在潮南区新农村建设的推动下，村容干净了，河水清澈了，生活在陇田这座"鱼米之乡"的人们也幸福了很多。

老书记 >>

驻河第173天

听老书记讲治污的故事

2018年12月10日
星期一
天气：阴转小雨

记录人：吴扬
地点：潮南区峡山街道溪南村

今天我们再次来到了潮南区峡山街道，途中经过一个名为溪南的村庄，这里的河流干净得让我惊异，沿路郁郁葱葱的树木、青砖白瓦的房屋倒映在澄澈的水面上，颇有点江南水乡的神韵。这里治水有什么妙招吗？带着这点疑问，我走进了溪南村的村委会，采访了当地的一名老支部书记。

“我从1985年开始在村委工作，断断续续差不多干了30年。”书记姓连，今年已经64岁，对于溪南村这些年发生的改变，他有很多故事想说。

“我们村是省里认定的贫困村，以前交通十分闭塞，村里的房子也很落后。”连书记说，直到六七年前溪南村家家户户还建有潮汕地区传统的土厕，厕所大多沿着村口的河流而建，当时走在河边只觉得污臭不堪。

从2012年开始，在连书记的主持下，溪南村组建了由两委干部、村民代表组成的村民理事会，村内的大小事务以及资金的筹措都通过理事会讨论再交付实施。“依托理事会我们办成了很多事情，包括很久没有解决的河道整治。”在理事会成员的组织下，村里建成了水泥道路和河堤，溪南村村民自发拆除了自家的土厕，河岸的卫生状况有了根本的转变。

连书记还拉着我去河边转了转，沿河边的房屋、栏杆井然有序，不少老人家坐在古树下的石凳休憩聊天。”连书记说，为了保持河岸的卫生，他给村里每一户人家都配发了卫生桶，户主必须登记领取，且每天早上村里的环卫人员会来收取垃圾，“有了更好的垃圾处理方式，谁还会去破坏自家门前的环境呢？”

连书记还告诉我，目前他们这里的河流夏天游泳是完全放心的，到了端午节村里还会张罗起龙舟队，今年的龙舟比赛很多媒体都过来采访。

“我今年64了，再过个两年可能就要退休，能在任上给村民们办几件实事，我还是深感荣幸的。”临行前我再次和这位可敬的老书记握手，这一池清澈的河水便是对他最大的褒奖！

白鹭“挤”>>

驻河第174天

曾经的臭水沟，如今岸边挤满白鹭

2018年12月11日

星期二

天气：阴天

记录人：吴扬

地点：潮阳区金浦街道寨外村

今天是我驻河的最后一天了，我还想去看看那些过去被污染的创伤，如今修复得怎么样了。在潮阳区金浦街道的寨外村，我看到了一条河流的新生。

在寨外村村委，我们遇到了正在抓“创文”工作的村委梁书记，得知来意后他热情地邀请我顺路去村委门口的七里港河看一看。最近“创文”评选在即，梁书记每天都要在村里转转看看，村口的七里港河一直是他放心不下的地方。

在路上的聊天中我得知，寨外村是一座人口稠密的村庄，由于工厂密集，这里有十多万的常住人口。“十几万人的吃喝拉撒，全都排在河里面，你可以想象这条河过去有多脏。”梁书记说，七里港河在寨外村内有将近两公里的河段，由于大量的生活和工业污水排放，这里曾经是远近闻名的臭水沟。

去年以来，金浦街道开始对七里港流域进行专项整治，包括对河流进行清淤、疏浚和护岸处理。“村里专门雇佣了两个人负责河道的巡查和打捞，发现有企业或个人乱扔垃圾，我们村委会第一时间出面做工作予以制止。”梁书记说，在村干部的宣传下，村民各种不文明的卫生习惯已经少很多了。

听着书记的介绍，我们很快就来七里港河边，目前河道的综合治理工程尚未完工，但河涌中的污水和淤泥已经被清理干净，河岸两边的护坡也已经在建。

让我感到惊喜的是，在河对岸的灌木丛中有很多的白鹭在其中栖息，时而停在枝头，时而展翅飞起。等到河道整治工程完工后，这里会是一片绝佳的观鸟景点。

“河的对岸是工业区，今年以来我们清退了很多重污染的造纸企业，以后这里的生态会越来越好。”梁书记面带自豪地说，明年整个金浦街道的污水管网会接入潮阳城区，曾经的臭水沟有望重见清澈！

临行前梁书记还对我说，希望等明年整治工程完工后再邀请我过来看看。我在心里也许下了一个小愿望：明年回到这里，还能看到这里的绿水蓝天，还有成群的白鹭。

被“围观”>>

驻河第175天

“练江驻河深调研”深入人心

2018年12月12日
星期三
天气：晴

记录人：黄进
地点：汕头市潮南区

与上一批驻河同事的交接地点定在了潮阳区和平大桥桥头。

下了高速后虽然一路走了近两小时的国道、省道，一路有点颠簸，但最终还是在约定时间下午3点顺利完成交接。

交接地的和平桥横跨练江，它是练江中游和下游的分界点，也是江、河水环境一个重要的监测点，汕头市环保局10月29日公布的《2018年第三季度汕头市环境质量状况》还显示，和平桥断面水质为重度污染。

尽管如此，交接的时候，从桥上往下望去，河水中虽然漂浮着一些垃圾，但没有闻到明显的恶臭，也许是因为桥面距离河面有点高的缘故。

当我们拿着“练江驻河深调研”牌子一起合影时，桥上的车辆和行人都放慢脚步，用好奇的目光注视着我们，联想到晚上跟当地一些政府官员在对接第二天的工作时，他们也都清楚“练江驻河深调研”这件事，并且知道会做哪些事，我想这本身就是对增强群众环保理念，促进当地政府加强环保监管的一种很好的宣传方式。

“打折扣” >>

驻河第176天

真刀真枪地干 真金白银地投

2018年12月13日
星期四
天气：晴

记录人：黄进 张伟炜
地点：汕头市区

“明天汕头市环保局和城管局会召开练江综合整治新闻发布会，通报11月汕头市练江流域水污染整治进展情况及水质变化情况。”12月12日晚我一到汕头，便接到了通知。

为强化舆论监督，汕头市建立练江整治新闻发布会制度，这可是该制度建立以来的第二场新闻发布会，上一场是在11月15日。

发布会上，汕头市环保局通报了练江水环境质量变化情况，用一组组数据说明，从2018年7月份以来，练江水质出现明显改善。主要原因是今年6月中央环保督察“回头看”以来，汕头市高度重视练江污染整治工作，超常规推进环保基础设施建设，全面开展五大专项整治行动，严厉打击环境违法行为，流域环境得到有效改善，各类污染物排放得到有效控制和削减。

常言道：“水环境污染问题出在水里，根子在岸上。”这也就是说，水污染治理，如果不把岸上各种可能的“污染源消灭掉”，水环境污染只能是“治标不治本”。

我从发布会上了解到一个好消息，对于练江治本大有裨益。即近期市政府常务会议已审议同意汕头市环保局的建议，按市级财政承担30%，区级财政承担70%的比例分担形式将潮阳区、潮南区等5个区（县）的农村保洁员工资经费纳入今后市、区两级财政年度预算安排，通过建立保洁员工资经费保障机制，确保练江流域农村保洁员队伍的稳定和有效提升队伍的专业化水平，进而确保练江流域村容村貌、环境卫生整治成效更加明显。

从这次新闻发布会的情况来看，我感受到汕头市对于练江治理是真重视，而不是走过场，比如专门为一条河流建立了新闻发布会制度，“真刀真枪地干”，透露出汕头市治理练江的决心，再比如市、区两级财政承担农村保洁工作经费的做法，“真金白银地投”，这也体现了当地治理练江的坚定态度。

发布会结束之时，我在发布会举办地汕头市泰山路9号环境监控中心大楼右后侧看到了“不和谐”的一幕——一条黑乎乎的河流从远处流经环境监控中心大楼后又从道路底下流向远处，河水非常少且又黑又臭，河内漂浮着各种垃圾，河道被黑色淤泥淤塞。

经过现场走访，多个在环境监控中心大楼不远处工地打工的工人告诉我，这条小河多年来都很臭，大家都叫它臭水沟，虽然他们看上去都习以为常的样子，但也都表达了希望河水能早日变清，不再恶臭。

后来经过了解，该条河流并非练江支流，“态度决定一切”，但“细节决定成败”，看来治河工作还有很长的攻坚之路要走啊。

自费清 >>

驻河第177天

居委自费清漂十余年，河水水质仍为劣五类，干群齐呼吁更大投入治河

2018年12月14日
星期五
天气：晴

记录人：黄进　张伟炜
地点：汕头市潮南区陈店镇

今天走访的是汕头市潮南区陈店镇陈店社区居委会，该居委会辖上乡、新圩、刘美三个自然村，面积0.952平方公里，其中耕地面积392亩，以种植水稻为主，由于地处圩市，能工巧匠多，商贩多，共居住了8800多人；主要生产文胸内衣、电子电器等，小档口1000多家，20世纪90年代就兴建了粤东电子城，也是镇墟所在地，外来人口和流动人口较多，是一个典型的“城中村”。

陈店大溪贯穿全村，据了解，陈店大溪位于练江流域上游，为练江一级支流，干流河长51.5公里，流经北沟村、陈围村等19个村，周围人口高度密集。大溪水污染主要为生活污水排放，且范围内存在有重点排污企业及禽畜散养户等若干污染源，水质仍为劣Ⅴ类，环保形势较为严峻。而流经陈店社区居委会的约两公里支流，水质同样不太乐观。

“我们积极对河流进行整治。”居委会委员肖尤雄说，2014年村曾经集资对河岸进行专门整治，另外一举措就是，早在十多年前，居委会就自筹经费对河流进行清漂，都是聘请外面专业的人士来清理河流漂浮物。

“外包费用从最早的3000元每月，到现在1.5万元每月，一直未间断。”居委会委员洪英城说，以前居民乱扔垃圾的现象比较严重，不仅影响了村居的人居环境，也给陈店大溪的治理造成了困扰。

为了制止这一情况，陈店社区居委会去年底筹资在村中各个角落安装了监控，洪英城介绍说，全村目前已安装100多个摄像头，在陈店大溪沿河的几座桥上至少安装了8个摄像头。

“监控一来可以维护治安，同时也给乱扔垃圾之人以震慑作用。”洪英城说，他们出了村规民约，一旦抓到乱扔垃圾之人，会罚款500元—1000元，虽然大家都是乡里乡亲的，一般情况下，也只是教育一下，但对屡教不改的，也真正罚过钱，今年以来就有三个人被罚款了，“罚款的款项直接给收垃圾的工人，通过这种方

法，乱丢垃圾现象得到了改观，河流上的漂浮物也在逐渐减少。”

我在村中巡河时，恰巧碰到清漂的工人——从安徽来汕头打工的许建，他告诉我，每天8点到10点他会划一条简易木船沿河从村头到村尾把河面垃圾清理一遍，然后把清理出来的垃圾用筐装好送到岸上，最后拉到垃圾焚烧站，其他时间，只要看到河面有垃圾就会下河清理。一般情况下，每一天会清理两大筐垃圾。他还告诉我，虽然河面垃圾清理好了，但整个陈店大溪的水质依然不容乐观，许建一边说一边用手在自己鼻子前扇了两下。

“仅靠我们村来整治，不可能彻底。”居委会党委书记洪林城说，要让陈店大溪得到彻底治理，首先需要上游有活水，其次要对河流清淤，还要将居民的生活污水进行处理，而这些都需要大量资金。陈店镇一名负责人也表达了同样的观点，他认为，目前陈店的污水管网正在埋设，但这还远远不够，要彻底治好，政府还需要投人更大。

“挑水喝” >>

驻河第178天

村庄“拥有全区最干净河流”，村民盼回到“河里挑水喝”状态

2018年12月15日
星期六
天气：晴

记录人：黄进　张伟炜
地点：汕头市潮南区陈店镇

今天来到自称“拥有潮南区最干净河流”的村庄——陈店镇浮草村，其河流为练江支流，叫浮草溪，全长约700米。

我现场走访发现，该条河流水质相对并不黑臭，河中还不时能见到有鱼在跳跃，“什么鱼都有，特别是能见到对水质要求比较高的小银鱼。”该村党支部书记林南斌说。

他介绍，浮草村位于陈店镇北部，西邻内新村，东接港后村，通过陈贵路、西环路与周边工业区、揭阳市中心区相连。浮草村整体地势较平坦，村内自然条件较好，江河相拥，村内有大片农林用地，有着优美的田园风光。2016年末，全村户籍人口1995人，总户数376户。村经济以电子配件贸易为主，外出务工为辅。

正因为“村中无工业”，浮草溪因此而没有受到“严重的工业污染”，“目前对于浮草溪的污染主要是村里的生活污染。”林南斌说。

此外他认为，浮草溪水质好的另外一个原因就是“阻断了外来的污染”，据介绍，浮草溪水源原本应是由练江流入，绕村后再次汇入练江，而练江受到污染后，他们把从练江流入的入口闸住，“间接与练江断绝了联系”，也就是说，受污染的水不能流到浮草溪中。

与此同时，有一个机制也让浮草溪的“水更清”——浮草村与隔壁的洋新村采取轮流管理河流制度。洋新村位于陈贵公路西侧，毗邻浮草村，因靠近练江，地势低洼，周围是田洋，俗称“洋内”，洋新村属洋内新村。现有人口2068人，351户，单姓杨。面积0.511平方公里，其中耕地面积286亩，主种水稻、甘薯。历史上有传统制竹器工艺。改革开放以来，以生产文胸内衣为主，现有既有建筑企业3家，小作坊99家。集体兴建外来工公寓出租，增加集体收入。

林南斌介绍，浮草溪有1/4的流域在洋新村，3/4流经浮草村，为了保护好浮草溪，多年前，浮草村与洋新村经过协商，两条村庄轮流管理，每年的8月1日就是交

接日。

这里的管理指的是普通的运维，如固定的巡查、清漂等，每个月开支在8000元左右，而大规模的维修就需要“外包”。

常态的管理人员不固定，以村里的治保队员为主，林南斌说，村干部身先士卒，加上不断地宣传保护河流的好处，目前全村基本没有把垃圾扔进河流的现象发生，河里的垃圾也都是风吹进去的，“20多年前村民还在河里挑水喝，大家都希望有一天河水能回到那个时候的水平。”

经过实地巡河和走访多人，我觉得浮草溪确实是汕头市为数不多的水质较好的河流之一。这是诸多因素所带来的结果，如河流本身“体量不大”易于管理，其远离重大的污染源等，但最重要的因素还是在于人的意识，包括“阻断了外来的污染”“建立轮流管护制度”“村干部身先士卒，加强宣传”等，都是人自身意识到河流保护的重要性，才充分发挥主观能动性，主动作为采取有效措施。

180° 转变 >>

驻河第179天

从“问题村”到“美丽宜居村”，汕头这个村庄从治河着手实现蝶变

2018年12月16日
星期日
天气：晴

记录人：黄进　张伟炜
地点：汕头市潮南区司马浦镇

走进潮南区司马浦镇溪美朱村，宽敞蜿蜒的村道上，保洁人员正在清扫落叶，一条小河沿着村道流过村庄，河岸的大理石围栏一眼望去整整齐齐。

据司马浦镇溪美朱村党支部副书记朱楚然介绍，溪美朱村位于司马浦镇镇区西面。农业以水稻、甘薯为主。工业主要有电器加工、服装等。流经村里的河流叫西围溪，长3.6公里，是练江的二级支流。

曾经的溪美朱村是远近闻名的“问题村”，土地纠纷、村账混乱、官民对立……各种问题在这里都有呈现，2011年村级换届，朱楚然等被推举为新一届村干部。

“要破解村里的问题，一定要找到突破口。”朱楚然说，新一届村干部上任后，经过多次开会，村里决定把西围溪的整治作为“问题村”突围的切入点。

“河道里的淤泥几十年没有清过，加上村里地势低洼，一下大雨就内涝，全村都是臭水。”朱楚然说，河流治理好了，对全村来说是好事，村民肯定会支持和拥护。

于是，从2012年开始，由“溪美朱村福利会”牵头，发动乡贤出资出力，筹集了1000多万元，对河道进行清污、清障，并修筑石篱、石栏杆，种树，还制定村规民约，修建文体公园，改善农村人居环境。

村民深知，西围溪水体污染的一大原因是村里有一些小工厂乱排放，但以前下不了决心，那次河流整治，溪美朱村狠下了心，配合当地政府关停了4家印染厂、1家造纸厂。

与此同时，溪美朱村还制定了相应的制度——每一个村干部负责西围溪的一小段和村中其他西围溪的支流的日常管理工作，“实行包工制，谁负责的河流水质差就会被点名，这应该算是‘河长制’的雏形。”朱楚然笑着说。

也正是在这些措施的作用下，自2013年以来，西围溪水质逐年变好。

“但村民的环保意识还要进一步提高。”朱楚然举例说，村里每年都有一次比较大型的祭祀，祭祀地点就在溪边的祠堂外。祭祀期间，大量没烧完的香烛就直接扔到西围溪里，污染了溪水。加上此前村里没有设置垃圾桶，很多村民也将垃圾直接扔进河里。

目前，该村已经在各个巷口放置了垃圾桶，供村民倾倒生活垃圾，并雇用保洁员每天收集，做到生活垃圾日产日清。同时，村里强调，要从文明祭祀做起，严禁村民将香烛扔进河里；发布村民公约，杜绝村民随意往河里倾倒垃圾的行为，以此规范村民保护环境卫生的行为习惯，共同守护西围溪的美丽环境。

重修闸 >>

驻河第180天

北港水闸：经受“8·30”水灾考验，重建工程一期已通水

2018年12月17日

星期一

天气：晴

记录人：张伟炜

地点：潮阳区铜盂镇、潮阳区水务局

在距离练江出海口的海门湾桥闸约21.5公里的地方，是练江主要支流——北港河出口的排水闸（北港水闸）。在这里，建设中的新北港水闸矗立在老水闸不远处。2018年8月底，这里曾经遭受水灾的冲击，如今已恢复如初，正推进移址重建工程。

在铜盂镇胜前社区居民许伯的印象中，老旧的北港水闸年久失修，桥面仅存两车道供行人、车流出入，遇上高峰期，更是堵得不行。北港河支流在这里汇入练江干流，在桥上可一睹练江风光。

重建水闸的防洪标准按50年一遇洪水设计

根据潮阳区水务局提供的材料，北港水闸作为练江堤防上的一座穿堤涵闸，承担着潮阳区谷饶、贵屿、铜盂三镇和相邻普宁市的南径、麒麟共5个镇的排涝任务，排涝面积117.55平方公里；同时北港水闸闭闸以抬高内河水位，保证灌区约11万亩的农田灌溉用水需要。

“以前，在北港桥闸看练江，水浮莲盖住整个河面，河水也是臭得不行。”许伯告诉记者，他发现近两年的水浮莲不见了踪影，北港河的水体改善了很多，现在时不时可以看到白鹭和鱼儿，每天早上还有人下河捕鱼。

谈起2018年潮汕地区的“8•30”水灾，北港水闸管理处负责人蔡孝顺回忆：当时北港河水水位抬高，漫上堤岸。在老北港水闸处，可见洪水“哗啦啦”流向练江，老旧的闸桥桥体看似随时被冲垮。

蔡孝顺说，水灾前两天，北港水闸的流量估计超过600立方米每秒，逼近原水闸的设计天花板。依稀记得，当天在现场看到：这边，练江一改往日平静的面容，仿佛黄河之水“奔流到海不复回”之势，重建中的北港水闸的进度也因水灾而受阻，接受着洪水的考验；那边，水闸两头的堤岸已被冲垮，当地政府正组织人员用沙袋堵住决口，忙得不可开交……

那么，北港水闸重建工程为何要移址？蔡孝顺给记者“亮”出一本厚厚的报告——由广东省水里电力勘测设计研究院编撰的《汕头市潮阳区北港水闸重建工程初步设计报告》（下称《报告》）。

《报告》指出，原址重建方案与移址重建方案工程土建投资费用差别不大，移址重建方案则有建设场地较宽裕，不影响原有道路的交通衔接，施工期对周边交通和居民生活影响较小，同时缩短练江防洪堤的长度约80米，减少堤防投资，使堤防岸线更加平顺等优点。

“北港水闸左右岸场地开阔，施工布置条件好。工程施工期间对练江河道的通航没有影响。”蔡孝顺称，结合当地实际情况及业主意见，推荐移址重建方案，重建的北港水闸设计闸孔数为5孔，单孔净宽9米，总过流净宽45米，闸底板高程为负4.0米。北港水闸设计防洪标准按50年一遇洪水进行设计，即960立方米每秒。

那么，水闸重建工程进展如何？“北港水闸重建工程一期已经正常通水。”潮阳区水务局局长马勇和说。他介绍，目前二期正在进行抽蕊检测，争取明年4月15日通水。

番外篇 >>

练江儿女之憧憬

河畅景美碧水蓝天

2018年12月18日
星期二
天气：晴

记录人：张伟炜

今天上午，庆祝改革开放40周年大会在北京举行。习近平总书记在讲话中强调，我们要加强生态文明制度建设，实行最严格的生态环境保护制度。要牢固树立“绿水青山就是金山银山”的理念，形成绿色发展方式和生活方式，把我们伟大祖国建设得更加美丽，让人民生活在天更蓝、山更绿、水更清的优美环境之中。

长达半年的练江驻河深调研让我更深刻认识到了保护生态环境的紧迫性和重要性。这是我从事新闻行业以来参与的最大型的基层走访。6月下旬，当看到通知召集驻河记者时，我二话不说马上报了名。随后接到任务展开行动，充满决心。

依然清晰地记得，我的驻河经历从6月28日开始，和经济部同事一起采访了汕头市环保局党组书记曾彦，随后赶赴两潮地区，走访我这次巡河的第一条重要河流——护城河支流。时值炎热的夏天，天气也善变，时而暴晒，时而暴雨，几天下来偶有中暑。但一想到任务重大，能得到锻炼，吃点药竟很快好了起来。

心中有光，脚下有泥。有一次巡河时，经过从河底捞起堆在岸边晾晒的淤泥，竟一不小心陷了进去，鞋子都是泥巴，赶紧回家换了一双继续出发。查看自己3月初刚买的新车里程数发现，驻河几个月里程数激增好几千公里。

作为在练江边长大的儿女，对于练江的污染现象，我和当地老百姓一样也曾麻木过；如今，不管是干部还是群众，都意识到这一次被中央环保督察组严厉批评，既是“危”，也是“机”，要一起努力推进练江整治。诚然，要给练江“做手术”，不仅需要动“大动脉”，各种毛细血管也要波及，实在是一个“大项目”，一定要全民一起参与。

这几个月来，很高兴能看到练江一些支流的水体逐渐改善，但水质变好不是一朝一夕的。通过频繁走访，我从一开始的初识到如今的深入了解练江，把它当做好朋友，每次巡河就像重新认识它，希望它能早日复清。接下来，我会持续关注练江的变化。

河畅景美碧水蓝天——吾辈之憧憬。